HEYNE 〈

FYNN JACOB

DAS BLUT DER NORDSEE

Kriminalroman

Ein Fall für Jaspari und van Loon

WILHELM HEYNE VERLAG
MÜNCHEN

Penguin Random House Verlagsgruppe FSC® N001967

Originalausgabe 03/2024
Copyright © 2024 dieser Ausgabe
by Wilhelm Heyne Verlag, München,
in der Penguin Random House Verlagsgruppe GmbH,
Neumarkter Str. 28, 81673 München
Dieses Werk wurde vermittelt
durch die Agentur EDITIO DIALOG,
Dr. Michael Wenzel (www.editio-dialog.com).
Redaktion: Loel Zwecker
Umschlaggestaltung: bürosüd, www.buerosued.de
Satz: satz-bau Leingärtner, Nabburg
Druck und Bindung: GGP Media GmbH, Pößneck
Printed in Germany
ISBN: 978-3-453-44196-5

www.heyne.de

Keen nich will dieken, de mutt wieken
(»Spatenrecht«, 15. Jahrhundert)

Prolog

»Das Wasser läuft gar nicht ab. Das hab ich auch noch nicht erlebt.« Papa kam von seiner Morgenrunde zurück, die schwere Eingangstür machte das vertraute Klacken, als sie hinter ihm zufiel, ein wenig schneller als sonst, wahrscheinlich hatte der Wind nachgeholfen. Auf Papas Jacke und an seiner Stirn schimmerte es feucht, die Haare klebten am Kopf. Die Gischt der Nordsee, die wie feiner Nieselregen über die Hallig geweht wurde. Der Sturm war in der Nacht stärker geworden, klang nun anders. Teeske war nicht ganz klar, auf welche Art und Weise genau anders, vielleicht ein anderer Ton, ein anderes Rauschen, das um die Häuser der kleinen Warft zog. »Ich hole die Schafe jetzt auch schon mal nach oben. Bevor es nachher hektisch wird.«

Rinder, Pferde und Hühner hatten sie schon in die Notställe gebracht, Heu und Frischwasser verteilt. Die Tanks waren aufgefüllt, für den Fall, dass die Leitung vom Festland beschädigt würde und das Süßwasser in den Fehtingen vom einlaufenden Meerwasser versalzen würde.

»Nimm Wotan mit, auch wenn es dann länger dauert.« Der Schäferhund war fast genauso alt wie Teeske und so etwas wie das zweite Kind der Familie. »Es wird ihm guttun, noch einmal richtig herumzurasen.« Mamas Stimme klang ruhig wie immer. Es würde Land unter geben, Teeske hatte zusammen mit Mama und Papa die Wettervorhersage der Tagesschau gesehen. Und am Morgen hatten es die Behörden bestätigt. Andreas, der Warftobmann, hatte schon um acht Uhr seinen Meldegang gemacht und allen Bewohnern der Warft Bescheid gegeben. Kein Grund zur Beunruhigung, Land unter kam auf den flachen Inseln zehn- bis fünfzehnmal im Jahr vor. Auch wenn der Wind dieses Mal wirklich ungünstig war. Teeske schluckte.

Das Wasser läuft gar nicht ab, hatte Papa gesagt. Die letzte Flut war eigentlich längst vorbei, der Pegel hätte sinken müssen. Tat er aber nicht, und der Sturm drückte die Nordsee weiterhin so sehr gegen die Küsten, dass die Ebbe praktisch ausblieb. Nein, Mamas Stimme hatte sich nicht verändert. Aber ihr Blick war ernst, Teeske konnte ihr ansehen, dass sie sich Sorgen machte. Die Tide schlug um. Die Flut rollte nun heran.

Ihre Eltern hatten von der schlimmen Flut 1962 erzählt, die viele der Häuser auf den Halligen zerstört und so viele Tiere getötet hatte, weil das Wasser einfach zu hoch gestiegen war. Das lag aber lange zurück. Inzwischen hatte man die Warften, die Erdhügel, auf denen die Gebäude der Halligen standen, deutlich erhöht, und außerdem noch in einem weniger steilen Winkel, sodass die Wellen beim Auflaufen ihre Kraft verloren und weniger Schaden anrichten konnten. Papa hatte ihr das genau erklärt. Und

zur Not gab es ja jetzt den Schutzraum, in den sie sich zurückziehen konnten, der war gebaut worden, als Mama mit
ihr schwanger war. Ein kleiner Raum oben in der ersten
Etage, der auf mächtigen, tief in der Warft verankerten
Betonpfeilern ruhte. Es ist alles sicher, hatten Mama und
Papa ihr immer wieder gesagt. Wir wissen nicht, wie hoch
das Wasser steigt oder wie lange es bleibt, wie schlimm
es wird. Aber wir wissen, dass es irgendwann auch wieder geht.

Bereits am Vormittag schwappten die Wellen über den Som-
merdeich, der die Insel umgab, und beim Mittagessen beobachtete Teeske, wie das Meedeland, auf dem sie im Frühjahr
das Heu für die Tiere machten, überschwemmt wurde. Eine
Planke des Holzzauns, der die Warft einfasste, brach von
einem der Pfähle ab. Sie hob den Blick. Die Kirchwarft, die
ihrer Warft gegenüberlag, konnte sie nur schemenhaft erkennen. Ein flacher grüner Punkt, drei Häuser, eine Kirche.
Von Föhr, der nächsten Insel, war nichts zu sehen, nur
scheinbar endloses graues Meer und darüber die dunklen
Wolken, die rasend schnell über sie hinwegzogen.

»Da kommt noch mehr.« Papa blickte immer wieder
auf das Barometer neben der Küchentür an der Wand. Der
Zeiger hing so weit nach links unten wie noch nie. Und
dabei würde das Hochwasser seinen Scheitelpunkt erst in
ein paar Stunden erreichen. Weder Mama noch sie reagier-
ten auf seinen Kommentar, schweigend aßen sie an dem
kleinen, ovalen Tisch zu Mittag. Es gab Kartoffelbrei mit
Apfelmus und gebratenem Speck, leichter Fettgeruch hing
in der Luft.

Auf ordentliches Essen konnten sie trotz der Lage nicht verzichten, sie würden die Kraft vielleicht noch brauchen, sagte Mama. »Dann machen wir weiter.«

Mama steckte die Bretter in die dafür vorgesehenen Schächte, um die Eingangstür und die Fenster im Erdgeschoss zu schützen, Teeske schaufelte an der Lee-Seite des Hauses zusammen mit Papa Sand in die bereitgelegten Säcke. Die Arbeit machte ihr nicht wirklich Spaß, aber es tat gut, wenigstens etwas helfen zu können. Mama und Papa wurden immer stiller. Die Sandsäcke waren so schwer, dass sie sie nicht mehr hochheben konnte. Papa sicherte mit ihnen zuerst die Eingangstür und die Fenster im Erdgeschoss, danach machte er bei der Scheune weiter, einem Anbau direkt am Haus. Unten im Erdgeschoss gab es einen Verbindungsgang, von der Küche aus.

Der Wind schnitt Teeske kalt ins Gesicht, ihre Hände froren trotz der Handschuhe. Neben ihnen tobte die See. Eine Welle brandete zu ihnen hoch, zog sich erst knapp vor der Warftkante zurück. Ob das etwas bringen würde, was sie da taten? Aus der Entfernung sah die Reihe aneinandergestapelter weißer Säcke viel zu mickrig aus, gegenüber den immer gewaltiger werdenden Fluten.

»Lass uns mal reingehen, Große.« Mama nahm sie in den Arm. »Das wird hier langsam zu ungemütlich.«

Sie sah, wie Papa sich aufrichtete, einen letzten Sandsack zurechtrückte und dann zu ihnen hinüberkam. Mit der Hand schirmte er die Augen vor dem Sturm ab. »Ich komme mit. Machen wir drinnen weiter.«

»Meinst du?«

»Lass uns die Sachen nach oben bringen.« Er sah sie ernst

an, erst Mama, dann sie. Ein Lächeln huschte über sein Gesicht. »Wir machen es uns oben gemütlich. Sicher ist sicher.«

Teeske fühlte sich in dem Schutzraum oben in der zweiten Etage ihres Hauses auf eine sonderbare Art wohl. Sehr groß war er nicht, und viel war hier auch nicht drin. Eine alte hellgrüne Schlafcouch, ein kleiner Tisch, ein Schrank mit Vorräten. Sie hatten das Zimmer die letzten Jahre mehr als Abstellkammer genutzt und dementsprechend niemals wirklich eingerichtet.

Mama breitete nun Kekse auf einem Teller aus, heißer Früchtetee dampfte aus ihren Tassen. Es war früher Abend, draußen vor den Fenstern konnte Teeske nicht viel sehen, außer den verschiedenen Grauschattierungen von Meer, Wetter und Wind und dem Licht aus dem Schutzraum der Kirchwarft, in dem jetzt wahrscheinlich der Pastor saß. Um sie herum lag ein ewiges, langes Grollen in der Luft, das zu ihnen hochrollte. Wenn eine besonders mächtige Welle gegen die Warft prallte, meinte Teeske ein leichtes Beben zu spüren.

Aus dem Radiolautsprecher kam ein intensives Rauschen, Papa bewegte mit spitzen Fingern den Drehregler, um die richtige Frequenz einzustellen. Auf seiner Stirn lag wieder diese Falte, die sich nur dann bildete, wenn er sich besonders anstrengte.

Das Küstenmotorschiff Capella … weiterhin manövrierunfähig … elf Besatzungsmitglieder … Borkumer Schutzhafen …

Er drehte noch eine Winzigkeit weiter.

Bei einzelnen Böen werden Windgeschwindigkeiten in Orkanstärke erreicht. Bitte bleiben Sie weiterhin zu Hause und meiden Sie ...

Unten, aus dem Wohnzimmer, klapperte etwas.

»Die Fensterläden, wahrscheinlich hat sich einer aus der Verankerung gerissen«, erklärte Mama. Kein Grund zur Sorge, das konnte man reparieren. Das Klappern war unregelmäßig, dazwischen hörten sie schwappendes Wasser, leise und heimtückisch.

»Wir müssen nach den Tieren sehen ...«, murmelte Papa. Es wirkte so, als wollte er aufstehen.

»Blödsinn. Gar nichts musst du dir ansehen!« Mama funkelte ihn an. »Lass das, was soll das denn werden, du alleine da unten?«

Papa erhob sich trotzdem. »Ich schaue nur nach, ob der Weg außenrum zur Scheune noch frei ist. Macht euch keine Sorgen, ich bin vorsichtig.«

Mama erhob sich erst, als wollte sie ihm antworten, setzte sich dann aber wieder.

Papas große Pranke strubbelte durch Teeskes Haare, mit seinem linken Auge zwinkerte er ihr verschwörerisch zu. »Wenn ich zurück bin, dann gibt es Süßigkeiten aus der Notfallbox. Dazu spielen wir eine Runde Mensch ärgere dich nicht!, was meinst du, Große?« Seine tiefe Stimme hallte beruhigend durch den kleinen Raum. »Ich freue mich darauf.«

»Ja, machen wir! Bis gleich, Papa!«

Mama folgte ihm in die erste Etage in den Flur, wohin sie den Fernseher, den Kühlschrank und die Stühle aus dem Esszimmer getragen hatten. Erst dachte Teeske, dass die beiden einen Streit anfangen würden. Aber aus Mamas Stimme konnte sie nur Besorgnis heraushören, keine Wut.

»Ich passe auf, mein Schatz. Bin gleich zurück.« Das zarte Schmatzen eines Kusses. Teeske hörte seine Schritte auf der Holztreppe, das Plätschern auf dem Weg durch das Erdgeschoss. Das Klacken, als Papa die Verbindungstür zur Scheune öffnete, das plötzliche Aufheulen des Windes, das nach einem weiteren Klacken wieder zu diesem ungemütlichen tiefen Brummen wurde.

»Na ja.« Mama kam nach oben in den Schutzraum zurück und sah sie an. »Papa möchte halt irgendwas tun, auch wenn es nicht viel Sinn hat. Stell dir ruhig Musik an, damit du auf andere Gedanken kommst.«

Teeske ging zu dem Plattenspieler, der direkt neben dem Radio stand, und legte *Mein Gott, Walther* von Mike Krüger auf. Die Liedtexte konnte sie alle mitsingen, und das tat sie auch. Sie wusste, dass sich Mama darüber freute, auch wenn dieses Mal ihr Lächeln etwas gequält kam. »Wie kannst du dir das immer nur alles merken, Große?«

Während sie auf der Couch nebeneinander warteten und der Musik lauschten, schenkte Teeske Tee nach. Danach schaufelte sie fünf Löffel Kandis in die eigene Tasse, Mama bemerkte es nicht einmal. Immer wieder trat sie an den Treppenansatz und spähte nach unten. Die A-Seite der Schallplatte lief, dann die B-Seite. Papa war immer noch nicht zurück.

»Vielleicht sollte ich doch mal …« Mama stand mit einem Ruck auf, die feste Polsterung des Sofas ließ Teeske nach oben wippen.

»Ich komme mit!« Sie folgte ihr in die erste Etage.

»Auf gar keinen Fall, Süße …« Mama zog hastig die Gummistiefel über, dann die gelbe Regenjacke. Ihr scharfer Ton bedeutete, dass darüber nicht zu diskutieren war. Sie machte die letzten Knöpfe zu, zog eine Mütze tief ins Gesicht. Aus der obersten Schublade der Kommode im Flur zog Mama eine Taschenlampe. »Es ist jetzt gefährlich. Du bleibst schön hier, mein Schatz, hast du gehört?«

»Jaja.«

Mama gab ihr einen schnellen Kuss, dann wandte sie sich nach unten. Folgsam blieb Teeske stehen.

Im Schutzraum legte sie noch einmal Mike Krüger auf und blätterte in dem Micky-Maus-Heft, das Mama ihr letzte Woche vom Festland mitgebracht hatte, obwohl sie schon alle Comics gelesen hatte. Nach der dritten Tasse Tee ging sie erst zur Toilette und danach zur Couch zurück. Sie blieb davor stehen. Ihr war kalt. Nein, sie wollte sich nicht hinsetzen.

Da wo Mama die Taschenlampe herausgeholt hatte, gab es noch eine zweite, das wusste sie. Vorsichtig schritt sie weiter nach unten, die Treppe zum Erdgeschoss hinunter, dem Lichtkegel der Taschenlampe hinterher, so weit es ging. Die beiden untersten Stufen waren bereits mit Wasser bedeckt. Dort, wo die Fernsehecke gewesen war, schwamm die Wohnzimmergarnitur, die nicht durch das Treppenhaus nach oben gepasst hatte. Das Wasser lief weiter stetig durch die Ritzen der Tür hindurch, Papa hatte erklärt, dass es keinen Zweck gehabt hätte, das jetzt wegzuschöpfen.

Der Sturm heulte, und es knarzte, knackte und platschte um sie herum. Das Holzgeländer, an dem sie sich festhielt, fühlte sich rau und alt an. Dämmriges Licht wurde von draußen hereingeworfen und spiegelte sich auf den kleinen Wellen, die durch ihr Wohnzimmer schwappten. Es wurde kalt, und es war unheimlich. Das Wasser kam, aber es ging auch wieder. Daran versuchte sie sich festzuhalten. Sie wusste, dass alles gut war. Aber was, wenn die Erwachsenen nicht recht hatten? Eine einzelne Träne rollte über ihre Wange, entschlossen wischte sie sie weg.

Sie wartete, horchte in den Sturm.

1

Iska van Loon stand neben ihrem geparkten Auto und betrachtete das festungsartige Bauwerk, für das Neeltje Jans, die Insel, auf der sie sich befand, über die Region hinaus bekannt war.

Lange Zeit war Neeltje Jans lediglich eine Sandbank in der Oosterschelde gewesen, einer der riesigen Meeresarme der Nordsee im Mündungsdelta von Rhein, Maas und Schelde. Jetzt ragte sie als künstliche Insel aus dem Meer, als Mittelpunkt des Oosterscheldekering, des gewaltigsten jemals gebauten Sturmflutwehrs der Niederlande, eines der architektonischen Weltwunder der Moderne: eine Kette riesiger Sturmfluttore zwischen mächtigen Stahlbetontürmen, die sich über mehrere Kilometer quer über die Oosterschelde zog. Normalerweise konnte die Nordsee ungehindert durch sie ein- und ausfließen. Nur bei Sturmflutgefahr wurden die Tore geschlossen, sperrten den Meeresarm ab, der dann zu einem riesigen Binnenmeer wurde, und schützten so das gesamte Hinterland. Oben auf dem Sperrwerk verlief eine vierspurige Schnellstraße, der Rijksweg 57, eine der wichtigsten Verkehrsadern von Zeeland, der südwestlichen Provinz der Niederlande, die an Belgien grenzt.

Bald, ab den ersten Urlaubsmonaten im April, würde hier das Leben wieder toben, der Strand war ein beliebter Spot für Surfer. Aber noch waren die Strandbar, die auf einem Pfahlgerüst in nächster Nähe zu den Dünen thronte, winterfest geschlossen, die Sonnenterrasse geräumt, die Fenster und Türen verrammelt. Niemand verirrte sich im Winter hierher, sechs Kilometer von der nächsten Ortschaft entfernt, keine Touristen, keine Wassersportler. Normalerweise.

Iska wandte sich wieder nach vorne und betrachtete den Grund, weshalb sie hier war. Das Heck des Fahrzeugs ragte weit aus den Fluten heraus, die morgendliche Frühlingssonne ließ das Kennzeichen leuchten. Ein weißes, es begann mit *NF,* ein Wagen aus dem großen Nachbarland. Die Halterin des Fahrzeugs hatten sie bereits ermittelt: eine Frau Teeske Saathoff aus Wyk auf Föhr, einer Insel im Norden Deutschlands.

»Ja, seltsamer Fall«, bestätigte Iska ihren Kollegen. Der Kleinwagen, ein roter Fiat Panda der vorletzten Generation, stand am Ende der asphaltierten Böschung, mit der Motorhaube auf den obersten Steinen der Hafenbefestigung. Es war Ebbe, die Wassermassen gaben Stück für Stück Teile des Fahrzeugs frei. Auf dem Fahrersitz konnte man hinter dem heruntergelassenen Seitenfenster eine Frau ausmachen, ihr Kopf war auf das Lenkrad gesunken, das sie noch mit beiden Händen umklammert hielt. Sowohl an der linken Schläfe als auch am Hinterkopf schien sie sich Verletzungen zugezogen zu haben. Sicher, so wie sich die Situation darstellte, könnte man auch annehmen, dass die Fahrerin einfach zu spät reagiert hatte und deshalb ungebremst in den leeren Fluchthafen von Neeltje Jans gefahren war.

Ein Unfall? Die Umstände sprachen insgesamt dagegen. Ein Mitarbeiter des Besucherzentrums auf der anderen Seite der Insel, das Touristen über das Oosterscheldekering informierte, hatte den Wagen zufällig entdeckt. Am Abend davor war er noch nicht dort gewesen. Warum sollte jemand mitten in der Nacht zu diesem einsamen Ort fahren? Und dann noch ausgerechnet hier, wo kein Verkehr herrschte, verunglücken? Schwer vorstellbar. Nein, nein.

Vielleicht ein Selbstmord? Bisher war kein Abschiedsbrief oder Ähnliches aufgetaucht, die Suche hatten sie allerdings noch nicht abgeschlossen. Aber warum sollte sie dafür hierherkommen? Den weiten Weg aus Deutschland.

»Dann sehen wir uns das mal aus der Nähe an.« Iska trat an das Fahrzeug heran, tastete sich vorsichtig die Böschung herunter, passte auf, nicht auf dem nassen Asphalt auszugleiten. Es ging ihr nur um einen ersten Eindruck, die Spurensicherung würde nachher eine genaue Untersuchung des Fundorts vornehmen und auch die Bergung des Wracks begleiten.

Das Auto musste während der Flut vollkommen untergetaucht gewesen sein, noch immer schwappte im Innenraum des Wagens das dunkle Meerwasser bis zu den Oberschenkeln der Fahrerin, ein wenig höher als außerhalb des Wagens. Die Frau war mit dem Sicherheitsgurt an den Sitz angeschnallt, ihr Körper durch die Totenstarre wie eingefroren, aber seit dem Zeitpunkt des Todes mochte die Flut ihre Position und Haltung verändert haben. Die Spuren wurden verwischt, kommentierte Iska in Gedanken. Sie schätzte die Frau auf Ende fünfzig, ungefähr so alt wie sie selbst. Der Kopf der Toten war nach links verdreht, vielleicht überdreht, die Gesichtshaut aufgedunsen, die Augen waren offen und leer. Abschürfungen auf der linken Wange, wie von einem Sturz. Am Hinterkopf eine kleine Verletzung, die dunklen Haare verklebt von Salz und Blutresten. An der linken Schläfe klaffte eine größere Wunde, ausgewaschen, etwas Knochen schien durch. Die tödliche Verletzung?

Eine einzelne braune Alge klebte über dem Armaturenbrett. In der Windschutzscheibe war auf Kopfhöhe ein kleiner Kratzer, vielleicht ein Sprung im Glas. Könnte das die Wunde an der Schläfe erklären? Und was hatte es dann mit jener am Hinterkopf auf sich? Vielleicht eine Folgeverletzung, wenn der im Wasser liegende Körper herumgewirbelt … Dass die Hände, weiß und rissig, immer noch das Lenkrad hielten … Seltsam.

Diese ganze Situation, dazu die Verbindung zum Nachbarland … Mehr als ungewöhnlich, ein einziges Rätsel. Iska merkte, wie der Fall sie reizte.

Gut, dass Inspektor Emil Kuijpers sie direkt informiert hatte. Iska überlegte nur kurz. Dann stand sie auf, streckte den Rücken durch. »Ich übernehme die Leitung der Ermittlungen, Emil.«

Seit einem halben Jahr koordinierte sie bei schweren Straftaten die länderübergreifenden Ermittlungen zwischen den Niederlanden und Deutschland. Außerdem besaß sie die Kompetenz, Ermittlungen bei Bedarf an sich zu ziehen, eine Kompetenz, von der sie gerade das erste Mal Gebrauch gemacht hatte. Wenn sich ihr Bauchgefühl nicht bestätigen und sich das alles hier nur als ein Unfall herausstellen sollte, konnte sie den Fall immer noch an jemand anderes delegieren.

»Okay.« Emil kaute auf seinem Kaugummi herum. Ein wenig Missfallen zeichnete sich für einen kurzen Moment auf seinem Gesicht mit dem dunklen Teint ab, mit seinen braunen Augen fokussierte er abwechselnd sie und das Autowrack. Unter der dicken Wollmütze lugte der Ansatz tiefschwarzen Haares hervor, in dem sich erste graue Strähnchen zeigten. Iska hatte ihn eben, als er sie zu dem Fundort geführt hatte, auf Anfang dreißig geschätzt, vielleicht war er doch ein wenig älter. »Okay, okay«, wiederholte sich Emil, sie konnte ihm ansehen, dass er seine Gedanken sortierte. »Dann ... Kannst du mich für deine Ermittlungsgruppe anfordern, Iska? Ich, ähm, ...«

»Ja, mache ich.« Sie wusste, worauf er hinauswollte. Er wollte wissen, was bei den Ermittlungen herauskam, die er selbst gerne geleitet hätte. Ihr gefiel sein Engagement für den Fall. »Ich hätte das so oder so getan. Du warst immerhin als Erster hier.«

»Danke.« Er räusperte sich, schluckte das, was er hatte sagen wollen, aber herunter.

Iska vergrub die Hände in den Taschen ihres Wintermantels. Der Wind frischte auf, der Geschmack von Algen und Salz lag in der Luft. Die Wellen schlugen im stetigen Rhythmus gegen das Autowrack vor ihnen. Ein einsames kleines rotes Auto in einem einsamen Hafen, auf einer einsamen Insel.

Teeske Saathoff aus Föhr, vom anderen Ende der Nordsee, warum bist du hier gestorben?

*

Als Iska nach einem langen Arbeitstag abends müde die Treppen zu ihrer kleinen 35-Quadratmeter-Wohnung in Amsterdam hochstieg, fasst sie die bisherigen Erkenntnisse noch einmal in Gedanken zusammen. Viele Spuren hatten sie nicht sichern können, lediglich Teeske Saathoffs Portemonnaie samt Ausweis und zweihundert Euro in bar, aber kein Handy. Weitere Zeugen, die vielleicht Teeske Saathoffs Ankunft auf Neeltje Jans bemerkt haben könnten, hatten sie nicht gefunden. Das Besucherzentrum war in den Wintermonaten unter der Woche geschlossen, die Strände verwaist, es gab für Autofahrer keinen Grund, den Rijksweg 57 zu verlassen und auf diesen einsamen Parkplatz zu fahren. Warum hatte Teeske es getan? Um dann dort zu sterben. Todeszeitpunkt zwischen achtzehn und dreiundzwanzig Uhr – aufgrund der langen Verweildauer im Meerwasser konnte die Rechtsmedizin keine genauere Angabe machen. Die Art und Verteilung der Wunden in Kombination mit Auffindesituation sprächen aber gegen einen Unfall, hatte die Kollegin nach einer ersten Begutachtung der Tatortfotos gesagt. »Mehr nach der Obduktion, aber vor dem Wochenende wird das nichts. Sie bekommen den Bericht, so schnell es geht.«

Iska schloss die Tür ihrer Wohnung auf und schaltete das Licht ein. An der Garderobe hing noch der rote Schal von Maaike, ihre Tochter hatte vergessen, ihn mitzunehmen. Ihre Gedanken wanderten wieder zurück zum vergangenen Wochenende. Ihr Ex-Mann Daniel, bei dem Marc und Maaike normalerweise lebten, hatte die beiden nur eben bei ihr abgesetzt und war nach kurzem Small Talk wieder zurück nach Sneek in den Norden gefahren. Er hatte einem

Kumpel versprochen, ihm beim Umzug zu helfen. Sie war mit den Kindern erst einmal frühstücken gewesen, in ihrem Lieblingscafé auf der Westerstraat, mit dem eindeutig besten Milchkaffee der Welt. Anfangs war die Stimmung noch etwas gedämpft, da wusste sie noch nicht, was Marc auf dem Herzen hatte. Aber das änderte sich schnell, die beiden Teenager waren in dem Alter, in dem man die Vorteile eines Lebens in einer echten Weltstadt genießen konnte, vor allem, wenn man mit genug Kleingeld in einem der teuersten Viertel der Stadt wohnte.

Nach dem langen Tag mit viel Trubel brach es dann aus Marc heraus, abends, kurz vor dem obligatorischen Horrorfilm. Als Maaike von der Toilette zurückkam, wo sie kurz ungestört mit ihrem Freund telefoniert hatte, fing er einfach an zu weinen und legte seinen Kopf auf ihre Schulter. Es tat so gut, einfach für ihn da zu sein. Es dauerte nur einen kurzen Moment, dann fing er sich wieder.

»Was ist denn?«, fragte sie vorsichtig. Erst wollte er nicht antworten.

»Ich …« Er blickte von ihr weg. »Ich … ähm, ich hab eine *bijna voldoende*.« Eine Fünf auf der Schulnotenskala von eins bis zehn, das war schlecht. »Latein.«

»Hey, das tut mir leid.« Sie wusste, dass er auf einen bestimmten Schnitt zielte. Er war ehrgeizig, im Sport, in der Schule, immer. Ihre Worte hingen irgendwie noch immer in der Luft. Was sagte man da sonst noch? »Latein, das war das mit dem Ablativ, oder?« Sie kam sich unbeholfen vor.

»Du bist niedlich, Mama.« Er grinste sie an. »Das war echt lieb.«

Dann kam Maaike wieder, und der Abend ging weiter.

Marc hatte ihr ein Geschenk gemacht, ohne es zu wissen. Sie vermisste ihn, natürlich auch Maaike, ihre Erzählungen, ihre Launen, ihre Nähe. Schön, dass sie nun wenigstens etwas nachholen konnten, wofür sie damals nicht bereit gewesen war. Oder etwas erleben durfte, wofür es einfach keinen Platz in ihrem Leben gegeben hatte. Daniel hatte die Familie zusammengehalten und ihr den Freiraum für den Job verschafft, den sie benötigt hatte. Dass sie sich vor knapp zehn Jahren getrennt hatten, war nicht ihre Schuld gewesen, Daniel hatte es ihr immer wieder versichert. Sie war eine gute Polizistin, sie hatte sich damals nun einmal ganz auf ihren Job konzentrieren müssen, sonst hätte sie ihn nicht machen können. Und den Kindern ging es gut bei ihm. Alles war gut gewesen.

Ob sie wohl viel von Maaike und Marc verpasst hatte, als sie noch jünger gewesen waren? Bestimmt. Aber sie trauerte der verpassten gemeinsamen Vergangenheit nicht nach. Vielmehr freute sie sich darauf, was die Zukunft ihnen noch bringen konnte.

Sie stellte eine Tasse unter die Siebträgermaschine und bereitete einen Espresso vor. Kaffee konnte sie zu jeder Uhrzeit wie Wasser trinken, aber ein guter Espresso brauchte Raum, ihn musste man bewusst genießen. Zufrieden machte sie es sich mit der kleinen doppelwandigen Glastasse, die die Temperatur hielt, in der Sofaecke bequem. Ihre Lieblingskuschelecke. Ihre kleine Wohnung, ihr eigenes Reich. Sie ließ den Blick schweifen, über die Bücherregale in weißem Holz, über den Nachdruck der *Nachtwache* von Rembrandt, das vergoldete Bronzekreuz zur zehnten Teilnahme am berühmten Nijmegenmarsch, vier mal vierzig Kilometer an vier Tagen. Die Auszeichnung fiel nur dann ins Auge, wenn man auf genau diesem Platz saß. Alles in ihrem Reich hatte sie auf sich ausgerichtet, es war modern, aber nicht kalt. Sie war gerne hier.

Was wohl Maaike und Marc jetzt machten? Dieses Wochenende würden sie bei Daniel verbringen. Sie nahm einen Schluck Espresso, schmeckte ihm nach. Ob Teeske wohl Kinder gehabt hatte?

Es tat gut, wieder einen eigenen Fall zu haben, bei dem sie selbst die Ermittlungen leitete. In den sie sich vertiefen konnte, wie früher, als sie noch unter Dirk beim *Dienst Landelijke Recherche*, spezialisiert auf Organisierte Kriminalität, gearbeitet hatte. Dirk war ins Ministerium gewechselt, und auch sie hatte inzwischen eine neue Position, die nicht nur weniger Stress, sondern auch ein besseres Gehalt bedeutete. Leider auch mehr Bürokratie und mehr Entfernung von der echten Welt da draußen.

Sie ging nach nebenan ins Schlafzimmer, holte den Koffer aus dem obersten Fach im Kleiderschrank und legte ihn aufs Bett. Sie musste ein Gefühl für den Fall entwickeln. Teeske verstehen und die Menschen um sie herum. Auch wenn es viel Aufwand für vielleicht wenig greifbaren Ertrag bedeutete, sie musste selbst nach Föhr fahren.

Nachdem der Koffer gepackt war, schrieb sie Marten, dass sie die Fähre um zehn Uhr nehmen würde. Sie freute sich darauf, ihren deutschen Kollegen wiederzusehen. Seit ihrem gemeinsamen Fall hatten sie sich nicht mehr getroffen.

2

»Warum fährt eine Frau, die in der Nähe der Grenze zu Dänemark lebt, einmal quer die Nordseeküste entlang bis zur Oosterschelde, ganz im Südwesten der Niederlande?« Marten Jaspari schaute seine Freundin an. Nicht dass er von ihr die Lösung erwartet hätte, er wollte das Schweigen durchbrechen, das zwischen ihnen stand.

»Familie, Verwandte?« Katharina blickte nur kurz vom Smartphone auf, auf dem sie mal wieder herumtippte.

»Familie …« Marten warf weitere Kleidungsstücke in den kleinen Koffer. Die Reise nach Föhr passte ihm jetzt gar nicht. Abgesehen von der komplizierten Situation, in der Katharina und er sich gerade befanden, war auch Ben wieder in der Stadt. Sein jüngerer Bruder, der in Yale tatsächlich eine Stelle als Doktorand bekommen hatte, besuchte für zwei Wochen Freunde und Familie in *good old Germany*. Vor allem wohl Freunde, für die Familie hatte Ben nur einen Tag eingeplant, den morgigen Sonntag. Mittagessen mit Mama, Papa und großem Bruder. Ihrer Mutter war es wirklich wichtig gewesen. Und bis heute Morgen hatte

26

es auch noch so ausgesehen, als ob sie sich endlich wirklich mal wieder alle vier treffen würden. Das letzte Mal hatte es an Weihnachten geklappt, allerdings vorletztes Jahr. Familie, das war so eine Sache, und jetzt musste er sich auch noch um Teeske Saathoff kümmern. »Auf ihre Familie bin ich schon gespannt.«

In neun von zehn Fällen kannte das Opfer eines Tötungsdeliktes den Täter, in der Hälfte der Fälle kam der aus der eigenen Familie. Teeske Saathoff war weder von ihrem Ehemann noch von jemand anderem als vermisst gemeldet worden. Marten hatte entschieden, dass er den Hinterbliebenen die Todesnachricht zusammen mit Iska überbringen würde. Er musste sich sehr dazu zwingen, diese Aufgabe zu übernehmen, dennoch wusste er um den Mehrwert der Situation: Er würde die Reaktionen der Angehörigen so unmittelbar und ungefiltert mitbekommen, wie es kein Polizeiprotokoll ermöglichte.

Bei der letzten Zusammenarbeit mit Iska war er noch bei der Polizei Aurich gewesen, inzwischen hatte er eine Stelle beim Bundeskriminalamt. Sozusagen die spiegelgleiche, die Iska in den Niederlanden bekommen hatte, um länderübergreifende Ermittlungen zu unterstützen. Beide Stellen waren neu geschaffen worden, auf Anregung interner Ermittler, die Martens Verhalten bei dem Fall nachträglich untersucht und bewertet hatten. Anfangs hatten sie ihn ganz schön unter Druck gesetzt, versucht, ihm Fehler nachzuweisen. Aber er war mit einem blauen Auge davongekommen. Besser noch: Sie hatten ihm so letztlich die Möglichkeit gegeben, zum BKA zu wechseln.

Er blickte auf seine, die linke Hälfte des gemeinsamen

Kleiderschrankes. Ja, er hatte aus allen Fächern etwas in den Koffer geworfen. Die rechte Seite des Schranks, die von Katharina, war dagegen vollständig leer. Gleich würden sie gemeinsam die Wohnungstür zuziehen. Und Katharina würde drei Stunden später in Hamburg ihre eigene neue Wohnungstür alleine öffnen. »Es wird Zeit.«

»Komm auf der Rückfahrt bitte bei mir vorbei!« Damit hatte Marten nicht gerechnet. Auf der Bettkante sitzend, schaute Katharina ihn mit ihren großen Augen an. Auf einmal schlug die Erkenntnis, dass sie tatsächlich auszog, voll durch. Beinahe im letztmöglichen Moment. »Ich möchte dir gerne meinen Balkon zeigen. Durch eine Baulücke kann man sogar die Außenalster sehen.«

»Ich werde dich bei jeder Gelegenheit besuchen. Sooft es irgendwie geht.« Wie traurig das doch klang. Er versuchte, die entstehende Stille mit einem Spruch aufzulockern. »Du wirst denken, dass ich mit umgezogen bin. Das macht es auch für Youri einfacher.«

»Lass den Hund da raus.« Sie lächelte gequält. So war das nicht gemeint gewesen, aber sie hatte es doch als Vorwurf aufgefasst. Ihr war es wichtig gewesen, dass es ihre eigene, nicht eine neue gemeinsame Wohnung war. Rational gesehen war der Umzug nach Hamburg ja durchaus richtig. Die Immobilienagentur, zu der sie gewechselt war, ließ nur einen Tag Homeoffice pro Woche zu, verständlich bei ihrer neuen Funktion als Abteilungsleiterin. Und vier Tage von Aurich aus zu pendeln, ergab keinen Sinn, schon ohne Stau dauerte eine Strecke mehr als zweieinhalb Stunden. Sie strich über das Betttuch. »Ansonsten bestehe ich darauf. Eine Seite in meinem Bett wird fest für dich reserviert sein.«

»Ich liebe dich.« Der Kuss war zärtlich und weich. Langsam lösten sich ihre Lippen voneinander. Marten war froh, dass sie die Kurve bekommen und nicht wieder gestritten hatten wie so oft die letzten Male. Es war keine Trennung, nur eine neue Phase. Sie besaßen statt einer gemeinsamen jetzt eben zwei einzelne Wohnungen. Wir müssen nicht wie andere Pärchen sein, hatte er irgendwann gesagt und damit sein Einverständnis zu ihrer Entscheidung gegeben. Besser so zusammen als gar nicht. Das hatte er sich nicht vorstellen wollen.

»Und ich dich.«

Katharina hatte ihre Möbel bereits nach Hamburg bringen lassen. Hand in Hand gingen sie durch die halb leere Wohnung, an der ehemaligen Essecke vorbei, bei der sowohl Stühle als auch der Tisch fehlten, an den großformatigen Urlaubsfotos im Flur aus der Phase der ersten Verliebtheit. Vielleicht sollte ich die demnächst mal abhängen, überlegte Marten, und durch etwas Neutrales ersetzen. Vielleicht Kunst, irgendwas Abstraktes? Das würde es einfacher machen, abends nach Hause zu kommen. Langsam streifte er mit dem Daumen über Katharinas Handrücken.

Sie legte ihre andere Hand auf die Klinke. »Bereit?«

»Auf zu neuen Ufern!« Was blieb ihm anderes übrig, dachte er sarkastisch. Gemeinsam schritten sie nach draußen. Dann schloss er die Tür zu der Wohnung ab, die nun ihm allein gehörte.

*

Er erkannte Iska van Loon bereits, als er sich in Dagebüll mit seinem Wagen in die kurze Warteschlange vor dem Fähranleger einreihte. Das Schiff hatte noch nicht angelegt, also stellte er den Motor ab und ging nach vorne zum Kai, wo Iska ihren Blick über den Hafen in Richtung Westen zum Wattenmeer schweifen ließ. Ihre schulterlangen braunen Haare wurden von den Windböen durcheinandergewirbelt. Der graue Wintermantel war chic, aber auch etwas altbacken. Okay, sie ist ja auch gut zwanzig Jahre älter als ich, dachte er schmunzelnd. Sie betrachtete einen einlaufenden Fischkutter, dem ein Schwarm Möwen folgte.

»Schleich dich bloß nicht noch einmal einfach so von hinten an mich an, Marten!«, sprach sie auf Deutsch geradeaus in den Wind hinein, beinahe akzentfrei, wie er mal wieder beeindruckt feststellte, und drehte sich erst dann zu ihm um.

»Du hast mich schon bemerkt?« Er lachte. »Schön, dich zu sehen.« Sie umarmten einander. Nach anfänglichen Schwierigkeiten hatte die durchlebte Gefahr ihres ersten gemeinsamen Einsatzes zu einer echten Freundschaft geführt. Es war schön, sie mal wieder persönlich zu treffen, und nicht als bewegtes Bild per Videotelefonie.

Ein großer weißer Klotz näherte sich der Hafeneinfahrt. Die Fähren der Wyker Dampfschiffs-Reederei brachten nicht nur Passagiere nach Föhr und Amrum, sondern versorgten die Inseln mit allen Gütern des täglichen Bedarfs. Im Winter kamen nur wenige Urlaubsgäste, die Insel und ihre Bewohner waren quasi unter sich, mit nur wenig Kontakt zur Außenwelt. Der kalte Wind ließ seine Augen tränen. Marten war gespannt, was ihn dort drüben erwartete.

*

Die Polizeistation Wyk befand sich direkt am Hafen, in einem inseltypischen, unauffälligen roten Backsteinbau. Polizeihauptkommissarin Vasna Sjöberg, die Leiterin der Dienststelle, erwartete sie draußen und stellte sich vor. Unter den blonden Haaren verriet ihr wettergegerbtes Gesicht Trauer und Wut, dachte Marten.

»Ich sag es direkt: Ich kenne die Saathoffs schon lange.« Sie zog an ihrer Zigarette, die rot aufglühte, bis vor dem Filter nur noch ein grauer Aschebalken übrig war. »Sie sind eine der ältesten Familien der Insel. Wenko kenne ich schon seit Schulzeiten. Und auch mit Teeske hatte ich immer wieder zu tun, seitdem sie vor ein paar Jahren die Stelle als Redakteurin beim *Inselboten* angenommen hatte. Nur dass ihr es wisst.«

»Ist das ein Problem für Sie?«, fragte Iska.

»Nein. Ganz im Gegenteil. Ich will nur verstehen, warum sie nun tot ist.« Hustend flitschte sie die Zigarettenkippe weg. »Mir graut es davor, Wenko die Nachricht zu überbringen.«

»Er weiß noch nichts?«

»Sie haben die Leitung der Ermittlungen. Ich wollte nichts vorwegnehmen.«

»Dann holen wir das so schnell wie möglich nach.«

»Deswegen habe ich hier gewartet. Die Saathoffs wohnen am anderen Ende der Insel, in Utersum. Mir nach, bitte.« Sie stieg in einen Dienstwagen.

Gemeinsam mit Iska, die ihren Wagen bei der Polizeistation stehen ließ, fuhr Marten dem Einsatzwagen hinterher. Auf dem Ortsausgangsschild zu Wyk, der einzigen kleinen Stadt der Insel, wurden die »Inseldörfer« angekündigt.

Rechts der Landstraße lagen braune Felder, links kleine Waldgebiete.

Nach knapp zehn Minuten erreichten sie Nieblum, auf dem zweisprachigen Ortseingangsschild stand auch der friesische Name Njiblem. Auf dem Kopfsteinpflaster der Hauptstraße, die sich in sanften Schwüngen durch das Dorf schlängelte, musste Marten das Tempo drosseln. Einige der Häuser waren reetbedeckt, alles wirkte sehr gepflegt. Idyllisch, bestimmt weit mehr noch im Sommer, wenn die Bäume zu beiden Seiten der Straße anstatt kahler Äste ein grünes Blätterdach trugen. Marten konnte sich gut vorstellen, dass das Dorf, obwohl es weit entfernt von Wasser und Strand lag, bei Urlaubern sehr beliebt war. Wie alle Nordseeinseln war auch Föhr wirtschaftlich vom Tourismus abhängig.

Sie verließen das Dorf in Richtung Westen, folgten weiter der Landstraße, durchquerten noch ein Dorf, Borgsum, kaum weniger attraktiv, vielleicht etwas weniger darum bemüht. Wieder breiteten sich Felder vor ihnen aus, lange Baumreihen markierten den Verlauf von Sielen und Wanderwegen. Einige Bauernhöfe verteilten sich in der flachen Landschaft.

Sie erreichten Utersum, das westlichste Dorf der Insel. Sjöberg blieb auf der Hauptstraße, die in einer lang gezogenen Kurve nach Norden und schon bald wieder aus dem Ort herausführte. Nach wenigen Metern bog sie auf eine befestigte Nebenstraße ein, die bei einem Bauernhof endete.

»Die Saathoffs sind Landwirte?«, fragte Iska.

»Es scheint so.« Er dachte noch über Sjöberg nach. Die

Inselpolizistin kannte die Saathoffs schon lange. Warum sagte sie das so, wie sie es getan hatte? Als schien sie etwas zu ahnen, aber ohne mit der Sprache herausrücken zu wollen.

3

Utersum auf Föhr. Samstag, 28. Februar
14:00 Uhr

Sie verließen die Straße auf der linken Seite und fuhren unter einem riesigen, leicht verwitterten Holzschild hindurch, auf dem *Saathoff* stand, und parkten auf dem gepflasterten Platz direkt vor dem zweistöckigen Haupthaus. Brauner Backstein, weiße Fensterrahmen mit grünen Läden, die geöffnet waren. Auf einer Wiese standen einige Kinderspielgeräte, eine Rutsche, mehrere Klettergerüste, teilweise aus dunklem Holz, teilweise aus Kunststoff. Bei Letzteren waren die Farben verblasst. Hühner liefen über das Gelände. In einer umzäunten Wiese samt offenem Stall grasten drei Schafe und zwei Ziegen. Zwei hintereinanderliegende Gatter bildeten eine Art Schleuse, vor der ersten hing ein Schild mit der Aufschrift *Streichelzoo*. Hinter dem Haupthaus befanden sich zwei große Hallen, wahrscheinlich Ställe, vermutete Marten.

Sjöberg stieg aus. »Ich lasse Ihnen den Vortritt.«

Noch bevor Marten klopfen konnte, wurde die Haustür von innen geöffnet. Ein Mann trat ihnen entgegen. Baumwollhemd, blaue, leicht dreckige Jeans. Dunkelgraue Haare, gepflegter grauer Vollbart, wache tiefblaue Augen, mit denen er nacheinander die Ankömmlinge musterte. »Vasna? Was wird das hier?«

»Das sind Frau van Loon, Hauptinspektorin der niederländischen Polizei, und Kriminalhauptkommissar Jaspari. Sie möchten mit dir sprechen.«

»Ja?« Der Mann sah erst zu Iska, dann zu ihm.

»Herr Saathoff, können wir bitte nach drinnen gehen? Es geht um Ihre Frau.«

»Teeske ist nicht da.« Am Ende des Satzes meinte Marten, dass Saathoffs Stimme höher geworden war. Ein Zeichen von Besorgnis? »Rechercheereise. Aber kommen Sie trotzdem gerne mit.« Er wandte sich in den Flur, ging zwei Schritte voraus. Blieb stehen. »Oder ist etwas mit ihr?«

»Können wir uns vielleicht kurz setzen?«

»Jaja, Moment.«

Links führte eine Tür in die Küche, aber Saathoff ging weiter, in ein großes Zimmer, in dem ein Essbereich mit rundem Holztisch und mehreren Korbstühlen und eine Wohnzimmerecke mit brauner Couchgarnitur samt riesigem Fernseher eingerichtet waren. Auf dem Esstisch lag ein großer Strauß Schnittblumen, offenbar frisch gekauft, sie waren noch in Papier eingeschlagen. Die Wände waren weiß getüncht und von hellbraunen Holzbalken im Fachwerkstil durchzogen. Große Fenster ließen Tageslicht hinein, an den Wänden hingen Familienfotos. Eltern, Tochter und Sohn. Den jüngsten Fotos nach zu urteilen, müssten die Kinder gerade erwachsen geworden sein. Gemütlich, aber modern. Alles wirkte sehr aufgeräumt.

Saathoff bot ihnen Plätze am Esstisch an. »Wie kann ich Ihnen helfen?«

Marten wartete, bis sich alle gesetzt hatten. Das waren die Situationen, vor der sich jeder Polizist fürchtete, hatte Papa ihm schon in den ersten Tagen seiner Ausbildung gesagt. Heute lag es zum ersten Mal in seiner Verantwortung, eine Todesnachricht zu überbringen. Er bemerkte, dass sein Herzschlag sich beschleunigt hatte. Nervös sah ihn Saathoff an. Man findet instinktiv die richtigen Worte, hatte Papa gesagt. Einfach sagen, was ist, dachte Marten. Geradeheraus, ohne Schnörkel. »Herr Saathoff, ist das Ihre Frau?«

Er hielt ihm das Display seines Smartphones hin, auf dem ein Porträtfoto von Teeske aus der Pathologie zu sehen war. Es war friedlich, ihre Augen waren geschlossen, die Wunde an der Schläfe gesäubert, allerdings noch als solche zu erkennen.

»Teeske!« Saathoff hielt die Luft an. »Ja … das heißt … ist sie …?«

»Es tut mir sehr leid.« Es war nicht die Tatsache, dass man nicht wusste, was man sagen sollte, die diesen Moment so schwer machte. Sondern, dass man den Schmerz so ungefiltert, so direkt und voyeuristisch mitbekam, dass es wehtat. Wenko Saathoff, der direkt vor ihm saß, stützte sich mit den Händen auf den Oberschenkeln ab, atmete schwer, sein Blick raste durch den Raum, versuchte, sich irgendwo festzuhalten, fand wieder zurück zu dem Foto, raste wieder los. Sjöberg trat zu ihm, legte eine Hand auf seine linke Schulter. »Wir sind für dich da, Wenko. Du weißt das.«

»Was ist denn passiert? Sie ist tot, oder?« Es brach aus ihm heraus. Seine Stimme wurde schrill. »Wie ist sie gestorben?«

»Wir versuchen, das herauszufinden.« Marten räusperte

sich. »Sie wurde am gestrigen Morgen tot in ihrem Auto gefunden, am Oosterscheldedamm, in den Niederlanden. Es wurden schwere Kopfverletzungen festgestellt.«

»Ein Unfall?«

»Wir wissen es nicht.«

Saathoff sah ihn an. Nickte langsam. »Sie befürchten, es könnte sein, dass sie …?«

Marten wollte das Wort nicht aussprechen. »Wir sind noch ganz am Anfang.« Ihm fiel es schwer, die nächsten Worte zu finden.

Wenko Saathoff gab mit der Hand ein Zeichen, dass er sich kurz sammeln müsste. Sie gaben ihm die Zeit.

Marten ließ seinen Blick noch einmal über die Familienfotos schweifen. Nur eines der Fotos war in Schwarz-Weiß gehalten, es war offensichtlich auf einem Bauernhof aufgenommen worden, ein Pärchen und ein vielleicht fünfjähriges Mädchen, im Hintergrund ein Traktor älterer Bauart, dahinter flaches Marschland. Teeske Saathoff?

Die meisten anderen Fotos zeigten die beiden Kinder der Familie. Einmal als Babys in einem Zwillingskinderwagen. Beide lachten in die Kamera. Kinderlächeln, und das doppelt. Martens Gedanken wanderten weiter. Katharina und er, er hatte immer gedacht, dass sie eines Tages Kinder haben würden. Wäre er überhaupt bereit dafür? Er wusste es nicht. Eigentlich hatte er es immer als Selbstverständlichkeit angesehen, jetzt war er sich nicht mehr so sicher.

Iska nahm das Gespräch schließlich wieder auf. »Es kann sein, dass wir Sie bitten müssen, zur Identifizierung noch einmal nach Amsterdam ins Institut zu kommen.«

»Natürlich.«

»Wir müssen nun versuchen, die letzten Stunden und Tage ihrer Frau zu rekonstruieren«, fuhr Marten fort. »Herr Saathoff. Wann haben Sie sie zum letzten Mal gesehen?«

»Vor ... Vor zwei Wochen. Am Freitag ... zum Frühstück. Danach ist sie losgefahren. Mit unserem Auto. Wir haben neben dem Traktor nur noch einen Kleinwagen, ich hab bei dem extra noch eine Inspektion machen lassen vorher ...«

»Wohin losgefahren? Alleine?«

»Ja, sie war alleine ... Ich muss mich ja hier um die Tiere kümmern. Entschuldigung.« Wenko Saathoff stellte den rechten Ellbogen auf die Knie, stützte so den Kopf ab, wischte sich mit den Fingern über die Augen. Er nahm sich noch einmal fünf Sekunden, dann blickte er auf. »Zu einer Recherchereise. Sie hat vor ein paar Wochen mit einem neuen Thema begonnen, also, sie ist Redakteurin hier bei *föhruns*, der Zeitung hier auf Föhr. Der Deich zwischen Utersum und Dunsum soll modernisiert werden, und da wollte sie einen Artikel drüber schreiben. Damit hat das angefangen.«

»Und deswegen ist sie in die Niederlande gereist?«, fragte Marten.

»Ja ... also indirekt schon. Zuerst nach Langeoog, eine Insel in Ostfriesland. Sie meinte, also, sie hatte einen Kontakt, so hat sie es genannt. Sie war ganz durcheinander, also aufgeregt ...« Er brach ab.

»Wir werden alles tun, um zu ermitteln, warum Ihre Frau sterben musste. Dafür müssen wir verstehen, warum Ihre Frau dort war. Wir wissen nicht, ob es zu etwas führt, aber ... jede Information hilft uns weiter.«

»Ich fange noch einmal an.« Saathoff erzählte, dass Teeske beim Schreiben des Artikels über die geplante Deichverstärkung auf einen Blogeintrag gestoßen war, in dem ein Umweltschützer auf Langeoog schwere Vorwürfe gegen das Unternehmen erhoben hatte, das dort die Bauarbeiten durchführen sollte. Angeblich hatte es Unregelmäßigkeiten bei Sandvorspülungen gegeben. Der Blogeintrag soll nach gerade einmal vierundzwanzig Stunden wieder gelöscht worden sein. »Das hat Teeske, warum auch immer, wahnsinnig aufgeregt. Sie hat Kontakt zu diesem Umweltschützer aufgenommen, er wollte aber nur unter vier Augen mit ihr reden. Sie hat ihn also besucht, ist morgens hin- und abends wieder zurückgefahren.«

»Und anschließend ist sie dann in die Niederlande gereist? Das hatte auch mit dieser Recherche zu tun?«

»Ja, nach Zeeland. Das war vor zwei Wochen. Eine weitere Quelle wollte ihr dort Informationen geben. Sie hat sich dort für wenig Geld eine Unterkunft genommen, die Strecke da runter ist einfach zu lang, als dass man sie zweimal an einem Tag fahren möchte.« Er räusperte sich. »Sie hat wohl tatsächlich Dokumente erhalten, die sie noch in ihrer Pension begonnen hat durchzuarbeiten. Daraufhin hat sie ihren Aufenthalt in Zeeland verlängert, zuerst nur um ein paar Tage, dann eine Woche, hat sich von dort aus einige Sachen vor Ort angesehen. Und dann wohl noch einmal neue Unterlagen erhalten, so hat sie es mir gesagt. Und dann hat sie noch ein weiteres Mal verlängert.«

»Sie blieb also die ganze Zeit in den Niederlanden?«

»Ja, sie hat wohl weiter in dieser Pension an dem Thema gearb... ich ...« Er biss sich auf die Unterlippe. »Ich ...

Ich ... habe das ehrlich gesagt nicht mehr ernst genommen. Ich hab gedacht, sie hat sich da völlig verrannt, das Thema ging ihr nahe, natürlich ... Das hat sie dann vollkommen falsch verstanden. Und dann ... mir wurde das dann alles zu viel. Ich wollte es nicht mehr wissen, hab ich gesagt.« Es war ihm anzusehen, dass er das damals Gesagte bereute.

»Wann haben Sie zuletzt mit Ihrer Frau gesprochen?« Iska hatte die Frage mit ruhiger Stimme gestellt.

»Mittwoch. Am Handy. Das Gespräch war kurz.« Saathoffs Augen schimmerten feucht. »Ich hab sie gebeten, wieder zurückzukommen. Teeske hat zugestimmt, hat gesagt, sie sei jetzt fertig mit der Recherche. Morgen wollte sie wieder hier sein.« Der Mann hustete. »Ich hab eben angefangen, es uns hier ein bisschen nett zu machen, ich muss noch putzen ...«

Saathoff schwieg. Jetzt die Stille bloß nicht zu lang werden lassen, dachte Marten. Zurück zu klaren Fakten. »Die Namen der Kontaktpersonen Ihrer Frau, können Sie uns die geben? Und die Adresse der Pension, in der Ihre Frau sich eingemietet hatte?«

»Natürlich.« Saathoff räusperte sich. »Oben, in unserem Arbeitszimmer, da müsste ich alles finden. Warten Sie, ich suche es Ihnen direkt raus.« Als er sich aus dem Sessel erhob, dachte Marten, dass ihm jetzt ein anderer Mann gegenüberstand. Ein Mann, der in den letzten zwanzig Minuten um zehn Jahre gealtert war. Der sich jetzt trotzdem um Haltung bemühte. »Wenn Sie möchten ... Wollen Sie eben mitkommen?«

»Gerne.« Eine gute Gelegenheit, sich etwas im Haus umzusehen. Marten hatte schon überlegt, auf welche Weise er

Saathoff um genau das bitten sollte, ohne aufdringlich zu wirken. »Sie sagten, unser Arbeitszimmer? Also auch das Arbeitszimmer Ihrer Frau? Vielleicht fällt uns etwas auf, was uns weiterhelfen könnte.«

Zusammen mit Iska folgte er dem Mann die knarzenden Stiegen hinauf.

4

Die Treppe endete in der ersten Etage in einem Flur, von dem insgesamt vier Türen abgingen. An den beiden auf der linken Seite hingen Namensschilder, Ansgar und Svenja, eine weitere führte in ein Badezimmer, die letzte war verschlossen.

»Ihre Kinder wohnen weiterhin hier?«

»Nein. Sie waren in den letzten Wochen nur öfters hier, um Einkäufe vorbeizubringen, Ansgar hat mir mit dem Zaun geholfen, der musste neu gemacht werden … Sie haben sonst ihre eigenen Wohnungen, Svenja in Witsum und Ansgar in der Hafenstraße in Wyk. Sie sind ja jetzt vierundzwanzig.«

»Hmm. Ich habe unten die Fotos im Wohnzimmer gesehen, da habe ich mich wohl verschätzt.«

»Die sind auch so knapp fünf Jahre alt. Na ja, jedenfalls haben die beiden auch noch ihre alten Kinderzimmer. Sie unterstützen uns manchmal hier auf dem Hof, und wenn wir uns abends mal bei einem Bier verquatschen …« Er öffnete die letzte Tür, ein Arbeitszimmer kam zum Vorschein.

»Sie wollten gleich auch beide vorbeikommen, wegen Bundesliga, es ist ja Samstag. Sie sind bestimmt bald da.«

»Wir würden gerne mit ihnen sprechen. Ist es okay, wenn wir so lange hierbleiben, bis sie da sind?«

»Natürlich.« Saathoff trat einen Schritt in den Raum hinein. »Eigentlich unser gemeinsames Büro, aber Steuer und die Vermietung und Abrechnung der Gäste und so, das hat immer Teeske übernommen, und dann in den letzten Jahren das Schreiben für die Zeitung … es war mehr ihr Zimmer als meines.«

»Vermietung?«

»Von der Landwirtschaft alleine kann man heute kaum noch leben. Wir haben einen der alten Ställe umgebaut und dort vier Gästezimmer eingerichtet.« Er machte mit der rechten Hand eine unbestimmte Kreisbewegung. »Viele Höfe hier machen nur noch ein bisschen Viehwirtschaft, die sich gerade selbst trägt, vielleicht mit einer eigenen Käserei und Verkauf über den Hofladen. Urlaub auf dem Bauernhof ist eine einfache Ergänzung dazu. Ein paar Übernachtungen kriegen Sie so immer.« Er erzählte, dass in den letzten Jahren einige Nachbarn ihre Höfe beinahe vollständig auf Tourismus ausgerichtet haben. »Denn Laufkundschaft, also Gäste aus Wyk oder so, die locken sie nur mit Fußballgolf und Indoor-Spielplatz. Dafür muss man richtig investieren.«

»Haben Sie das auch vor?«

»Wir haben darüber nachgedacht. Aber vielleicht bin ich zu alt dafür. Es geht auch so, wie es jetzt ist. Es ist knapp, aber es …« Saathoff brach ab und ließ seinen Kopf hängen.

Das Büro war dunkel, das einzige Fenster zwar recht breit, aber von einer gelben Gardine verdeckt. Saathoff schaltete die Deckenleuchte an. Die Wände waren von Aktenschränken gesäumt. Vor dem Fenster standen zwei Schreibtische, der linke war komplett leer. Auf dem rechten fanden sich ein großer Bildschirm, Computermaus und Tastatur, verbunden mit einer leeren Dockingstation, außerdem noch ein Behälter mit verschiedenen Stiften und ein kleiner Kaktus.

»Hat Ihre Frau dort ihre Artikel geschrieben?« Marten wies auf den Bildschirm samt Dockingstation. »Ihr Notebook hat sie mitgenommen?«

»Ja. Beides, ja. Sie kennen das Klischee, das örtliche Feuerwehrfest, Jahrestag des Landfrauenverbandes, neues Bauvorhaben … Irgendwas gibt's immer. Ein Hobby, es hat ihr Spaß gemacht. Und es hat auch noch ein paar Euro in die Haushaltskasse gespült.«

Nicht gerade die reißerischen Themen. »Und dann plötzlich ein umstrittener Deichausbau in Utersum?«

»Erst klang das auch nach reiner Routine. Sie war vor Ort, das ist ja quasi um die Ecke, hat zwei Fotos gemacht und ein Interview geführt. Dann hat sie aber zufällig etwas im Internet gefunden. Von diesem Umweltschützer.«

»Was denn?«

»Es gab irgendeine Querverbindung zu dem Unternehmen, das bei den Arbeiten auf Langeoog Pfusch gemacht hat. Ein Beitrag auf einem Blog, Teeske hatte es sich sofort ausgedruckt, sie konnte es kaum glauben. Kurz darauf wurde der aber, wie gesagt, schon wieder gelöscht. Teeske … na ja. Dann hat sie sich darin verbissen.«

»Haben Sie diesen Blogbeitrag zur Hand? Können Sie uns den geben?«

»Der lag hier immer herum, Moment. Sie hat ihn in so eine Klarsichthülle gelegt. Beweismappe hat sie die genannt, mit den wichtigsten Notizen und so …« Er ging zu dem rechten Schreibtisch, zog die obere der zwei Schubladen auf. Dort war lediglich ein Stapel unbeschriebener Blätter, in der zweiten eine Sammlung alter Kassenbons. Zuletzt öffnete Saathoff die Schranktür unter den Schubladen. »Nein, da ist sie auch nicht. Ich hätte sie eigentlich hier irgendwo erwartet … Mitgenommen hatte sie die Mappe nicht, das weiß ich.«

»Und was ist das da?«, fragte Marten. Im Innern des Schrankes standen lediglich drei graue Aktenordner, mit Jahreszahlen der letzten fünf Jahre beschrieben. Marten nahm den ersten in die Hand, schlug ihn auf. Eine Sammlung von Zeitungsartikeln, ausgeschnitten und auf DIN-A4-Papier geklebt.

»Das sind all ihre jemals veröffentlichten Artikel. Ihre Trophäensammlung.« Saathoff trat näher, schaute ihm zu, wie er durch die Seiten blätterte. Da war alles Mögliche dabei, Berichte über Jubiläumsfeiern, Wyk im 19. Jahrhundert, Änderungen der Fährverbindungen zu den Halligen.

»Die würde ich auch gerne mitnehmen. Vielleicht hat Ihre Frau sich einige Feinde gemacht, wenn auch unbewusst.« Marten glaubte selbst nicht daran.

Saathoff sah sich in dem Zimmer um. »Ich habe noch eine Idee, wo dieser Ausdruck sein könnte. So, wie ich sie kenne …« Der Mann ging zu dem mittleren Aktenschrank, öffnete ihn. In dem untersten Regal befand sich ein kleiner

Safe, soweit es Marten erkennen konnte, ein eher einfaches Modell. Er holte aus der rechten Hosentasche einen Schlüsselbund hervor, probierte die einzelnen Schlüssel durch. »Mist.«

»Können Sie den Safe nicht öffnen?«

»Einen Moment.« Er ging zu dem kleinen Kaktus, hob ihn vorsichtig an und holte einen silbernen Schlüssel hervor. »Ihr Lieblingsversteck, schon immer …« Er schabte etwas Erde ab, dann öffnete er mit dem gesäuberten Schlüssel die Safetür.

Marten schaute ihm über die Schulter. Reisepass. Schlüssel. Ein Bündel Bargeld. Fotos. Ein Buch, er entzifferte langsam die Schnörkelschrift auf dem Deckel, das Stammbuch der Familie. Schade. Okay, das wäre vielleicht zu einfach gewesen.

»Hm …« Saathoff nahm das schmale Geldbündel aus dem Fach heraus, zählte die Scheine.

»Stimmt etwas nicht?«

»Es fehlt knapp die Hälfte … im Vergleich zum letzten Mal … Wir wollten eigentlich mehr griffbereit haben.«

»Wie viel fehlt denn ungefähr?«

»Zweitausend Euro. Mindestens.« Saathoff fuhr noch einmal mit dem Zeigefinger durch das Bündel, nun etwas langsamer. »Es sind noch 2500 Euro. Genau 2500 fehlen.« Er stand etwas unschlüssig im Raum herum.

»Können Sie sich das erklären?«

»Nein.« Saathoff legte das Geldbündel zurück, schob die Safetür wieder zu, versteckte nachdenklich den Schlüssel an seinem alten Ort. Seine Miene war jetzt sowohl verärgert als auch bestürzt. »Nein … ich denke, nicht.«

Marten kam es so vor, als ob er doch eine Ahnung hatte, sie aber nicht preisgeben wollte. »Weswegen wir ja hier oben sind … Die Kontaktpersonen und Adressen.«

»Natürlich.« Saathoff ging wieder zurück zu seinem Schreibtisch. »Ich bin da noch ganz altmodisch, ohne Computer.« Er öffnete die oberste Schublade des anderen Schreibtisches, holte einen Notizblock mit Kalender hervor und blätterte ein paar Seiten zurück. Er hielt Marten die Seite hin, damit er sie lesen konnte, es war die vom 6. Februar.

Teeske: Josef Hansen 13 Uhr. »Das ist ihr Besuch auf Langeoog, da ist sie am selben Tag schon wieder zurückgefahren.«

Dann blätterte er zum 13. Februar:

Teeske: 13.02–14.02. Burghsluis, Pension »Oude Schapenboerderij«. Treffen mit Quelle um 17:30.

»Sie wollte eigentlich nur für zwei Tage bleiben, von Freitag auf Samstag. Wie gesagt, sie hat dann um eine Woche verlängert und dann noch einmal um eine weitere.« Marten machte mit dem Smartphone Fotos von den Eintragungen. Ob *Quelle* der Mörder von Teeske Saathoff war?

*

Ansgar Saathoff war seinem Vater wie aus dem Gesicht geschnitten, fand Marten. Nur eben Mitte zwanzig und nicht Anfang fünfzig. Auch bei seiner Schwester fiel die Ähnlichkeit zu ihrem Vater auf.

»Nein, ich weiß auch nicht, was genau Mama herausgefunden hatte«, bekräftigte Ansgar Saathoff. Er hatte erst schockiert auf die Todesnachricht reagiert. Doch im Verlauf des Gesprächs mischte sich zur Trauer auch Wut in seine Antworten. Er starrte auf den Boden, ballte die Fäuste und lief ziellos durch den Raum. »Wir haben nur mal kurz geschrieben. Sie wollte mir alles erzählen, wenn sie wieder da ist. Was immer es war, es schien ihr selbst nicht ganz geheuer zu sein.«

»Ich hab Mama am Donnerstag vor ihrer Abreise zum letzten Mal gesprochen, zum gemeinsamen Abendessen. Es … es gab Grünkohl und Mettwurst … Ich erinnere mich noch, dass ich gar keinen Appetit darauf hatte«, sagte Svenja tonlos. Im Gegensatz zu ihrem Bruder blieb sie auf einem der Stühle am Essplatz sitzen, erschüttert, es war so, als könnte sie es immer noch nicht glauben, was sie gehört hatte. Wieder und wieder schüttelte sie ihren Kopf.

»Ist Ihnen in letzter Zeit irgendetwas Besonderes aufgefallen? Wirkte ihre Mutter besorgt, hat sie vielleicht ihr Verhalten geändert?«

»Nein, nicht dass ich wüsste.« Svenja war anzusehen, dass sie eigentlich an etwas anderes dachte.

»Gab es irgendwelche besonderen Vorkommnisse in den letzten Wochen, Telefonanrufe, Besucher … einfach Sachen, die anders als gewohnt waren?«

Svenja blickte kurz zu einem unbestimmten Punkt an der Decke, Ansgar aus dem Fenster. Wenko Saathoff durchbrach die Stille. »Sie war vielleicht etwas schweigsamer in der letzten Zeit. Als wäre sie beunruhigt. Sie macht so etwas erst einmal mit sich selbst aus. Oder wütend, das könnte es auch sein. Aber vielleicht kommt mir das jetzt auch nur so vor.« Kraftlos zuckte er mit den Schultern.

Es war der Familie anzusehen, dass sie nur aus der Situation herauswollte. Sie brauchten Zeit für sich. Es gab zwar noch einiges zu klären, aber das konnten sie auf morgen verschieben. Marten spürte, wie alle Blicke auf ihm lagen. Er gab sich einen Ruck. »Okay, die allerwichtigsten Fragen haben wir ja schon klären können. Nur der Vollständigkeit halber: Wo waren Sie am Donnerstag, vor allem am Donnerstagabend?«

»Wir müssen das fragen«, erklärte Sjöberg.

»Bei meinem Freund, Hans Pfeiffer. Auf Langeneß«, antwortete Svenja Saathoff als Erstes. »Es lief ein Fußballspiel, Europa League. Ich hab dann auch da übernachtet. So spät kommt man von der Hallig nicht mehr wieder runter.«

Marten notierte sich die Kontaktdaten.

»Ich war hier.« Wenkos Stimme wurde wieder fest. »Die Kühe, die brauchen pünktlich ihr Futter, das ist ohne Aussuchen. Außerdem hab ich den Tag über den Zaun im Norden gestrichen. Ja, ich war allein.« Die Frage war ihm offenkundig unangenehm.

»Und Sie?«, wandte Marten sich an Ansgar Saathoff.

»Auf der Arbeit. Der Supermarkt am Hafen. Ich hatte Schicht bis zwei Uhr.« Der junge Mann sah von ihm zu Sjöberg, zu Iska und dann wieder zu ihm zurück. »Danach habe ich mich auf die Couch gehauen, bin eingeschlafen, für zwei Stunden oder so … Abends habe ich dann auch Fußball geguckt, inklusive Verlängerung. Bremen hat gewonnen.«

»Okay … Irgendwelche Besonderheiten? Sind Sie irgendwem begegnet? Haben Sie mal jemanden kurz an der Tür getroffen oder so?«

»Nein …« Ansgar Saathoff malmte mit den Zähnen. »Hab einfach das Spiel gesehen und dann den Fernseher ausgemacht, als es zu Ende war. Musste ja gestern wieder früh raus.«

Marten bedankte sich bei der Familie.

Als die Tür hinter ihm ins Schloss fiel, bemerkte er dieses Gefühl im Bauch, wie ein leichtes Unwohlsein. Irgendetwas stimmte in dem Haus und mit der Familie nicht. Er dachte an den Ehemann, an die Kinder. Irgendeine Situation war merkwürdig gewesen. Nein, nicht merkwürdig, unlogisch. Wie bei einem fertigen Puzzle, bei dem eines der Teile mit Gewalt hineingepresst worden war.

»Das gefällt mir nicht«, sagte er, halb zu Iska, halb zu sich selbst.

»Was meinst du?«

»Ich weiß es nicht. Irgendetwas … eine Situation gerade, irgendetwas war unlogisch oder … unerwartet. Ich weiß es nicht. Mehr ein Gefühl, eine Ahnung.«

Er konnte überhaupt nicht festmachen, was genau es war. Vielleicht irrte er sich auch.

5

Ansgar blickte aus dem Wohnzimmerfenster über die Terrasse, zwischen den Pappeln hindurch, die den Hof umgaben,
über die Felder bis zum nahe gelegenen Deich, nach Westen.
Dämmerlicht, die Sonne hing niedrig, sie blendete ihn, wenn
sie sich durch den Wolkenschleier hindurchkämpfte. Papa
saß noch immer am Esstisch, redete nicht. Svenja hatte ihm
ein Glas Wasser hingestellt. Seitdem die drei Polizisten weg
waren, hatte er kein Wort mehr verloren. Leere. Das musste
es sein, bestimmt. Papa fühlte einfach nichts mehr. Es war zu
früh für das Verstehen, zu früh für Trauer. Jetzt war da einfach nur … die Nachricht, dass Mama fehlte. Eine leere Stelle,
wo vorher sie gewesen war. Denn genau das fühlte auch er,
eine plötzliche Leere, die sich vor ihm wie ein Krater aufge-
tan hatte. Aber dieser Krater füllte sich. Mit Hass.

Er verlagerte das Gewicht auf das andere Bein. Mama
hatte hier gestanden, vor wenigen Wochen, nach ihrer Reise
nach Langeoog, mit ernstem Gesicht. Ob sie sich Sorgen
machte, hatte er gefragt. Um das herauszufinden, würde sie
nach Zeeland fahren, war ihre Antwort gewesen.

Ansgar schluckte. Und er erinnerte sich an letzte Woche, als er Papa besucht hatte, unangekündigt. Auch Papa hatte hier gesessen, in dem Sessel, den er vom Tisch weg- und zum Fenster gedreht hatte, die Arme vor der Brust verschränkt. Neben ihm auf dem Boden lag eine leere Flasche Rum. Ansgar berührte ihn behutsam an der Schulter, doch der sah einfach weiter nach draußen.

»Tim Gravensen«, sagte Papa ganz leise, die Augen glasig und entrückt. Sein Atem stank nach süßem Alkohol. »Er wird alles vernichten.«

»Er wird was?«

Aber der Alte antwortete nicht. Irgendwann stand Papa grummelnd auf und ließ sich von ihm nach oben ins Schlafzimmer führen.

»Tim Gravensen, warum?« Er hörte die Angst in der Stimme seines Vaters. Dann schlief Papa ein.

6

Marten folgte Sjöberg, die auf einem Parkplatz direkt hinter den Dünen hielt, am Haus des Gastes, einem Ausflugslokal in unmittelbarer Nähe eines befestigten Strandübergangs. Als er beinahe beim Parken den Motor abwürgte, bemerkte er, wie Iska neben ihm grinsen musste und sich gerade noch einen Kommentar verkneifen konnte. Gemeinsam mit der Inselpolizistin liefen sie den kurzen Weg bis zur Deichkrone hoch. Ein weißes Schild wies darauf hin, dass das Unternehmen *Heintz und Söhne* ab dem kommenden Frühjahr Baumaßnahmen durchführen würde. Eine Firma aus Wyk, erklärte Sjöberg, während sie, oben angelangt, hörbar schnaufend stehen blieb. Die machten keinen Pfusch, das könne sie sich nicht vorstellen.

Der Blick auf die Weite des Meeres, eine Holztreppe vor ihnen führte nach unten zu einem breiten Sandstrand. Links und rechts waren, durch Dunstschwaden verdeckt, die nächsten Inseln zu erkennen, Amrum und Sylt mussten das sein. Marten mochte die Aussicht, trotz des kalten Windes.

»Vor achthundert Jahren hätte man da wahrscheinlich noch gemütlich rübergehen können.« Sjöberg zeigte in Richtung Amrum. »Es war größtenteils sumpfig und mit großen Prielen durchzogen, aber Land. Die Sturmfluten im Mittelalter haben diesen Bereich der Uthlande, wie die Friesen das Gebiet hier nannten, förmlich in kleine Teile zerrissen. Zehntausende Menschen sollen gestorben sein, ganze Dörfer und Städte sind untergegangen.«

»Hatte Teeske vielleicht wirklich Angst davor, dass so etwas wieder passieren könnte?«, fragte Marten. Er drehte sich nach Osten, Iska tat es ihm nach. Nun fiel der Blick auf die Insel, eine braun-grüne Kulturlandschaft, bestehend aus Feldern, Wiesen und kleinen Dörfern. Marten zeigte auf den Hof der Saathoffs, den man schemenhaft erkennen konnte. »Sie wohnte nicht weit weg und hat sich womöglich intensiver mit dem Thema beschäftigt als andere. Auch wenn die Sorge rational vielleicht nicht berechtigt ist.«

»Doch, das ist sie«, wandte Sjöberg ein. Er merkte, dass er mit seiner Bemerkung bei der Inselpolizistin, ohne es zu wissen, einen empfindlichen Punkt getroffen hatte. »Es ist die Sorge, die uns wachsam hält. Und das müssen wir bleiben. Ich erkläre es Ihnen.«

»Was?«

»Unsere Wachsamkeit. Es geht um uns, wir müssen auf uns und unser Land aufpassen.« Sjöberg wies mit der Hand in Richtung Inselmitte. »Ein Großteil von Föhr, das ganze Marschland im Norden und im Zentrum, liegt quasi auf Meereshöhe oder darunter. Nur der Süden, auf dem Geestrücken, liegt etwas höher. Ohne den Küstenschutz würde Föhr untergehen. Wir müssen weiter wachsam sein, auf uns aufpassen. Wir werden niemals damit aufhören können.«

»Wie bei uns in den Niederlanden«, bemerkte Iska. »Auch bei uns liegt ein großer Teil des Landes unter dem Meeresspiegel und wird nur durch ein aufwendiges System aus Deichen und Sperrwerken vor Überflutung geschützt.«

Sjöberg wandte sich wieder Marten zu, deutete auf den Deich. »Es geht nicht darum, dass ein paar Wellen herüberschwappen könnten. Dieser Bereich ist ein ganz neuralgischer Punkt der Insel.« Sie zeigte jetzt den Deich entlang nach Norden. »Dunsum, das nächste Dorf im Norden, liegt wie Utersum ein wenig höher. Aber das Gefährliche ist, hinter dem Deich zwischen Utersum und Dunsum erstreckt sich eine lang gezogene Senke.«

»Genau dort, wo der Hof der Saathoffs steht?«, fragte Marten.

»Ja. Und diese Senke geht weiter, bis tief in die Insel hinein. Das heißt, diese Stelle spielt eine zentrale Rolle für ganz Föhr.« Sie räusperte sich. »Es ist auch der gefährdetste Bereich der Insel. Wir sind hier an der Westseite von Föhr, hier greift uns die Nordsee frontal an. Bei Sturmflut gibt es nicht einfach nur ein paar größere Wellen, sondern das Wasser steht insgesamt dreieinhalb, vier, fünf Meter höher. Zwischen der See und dem dann verhältnismäßig viel tiefer gelegenen Inselinnern befindet sich dann nur noch dieser schmale Erdwall.«

»Verstehe.« Trotzdem fiel es ihm schwer, sich vorstellen, dass die jetzt so harmlose, weit unter ihnen liegende Nordsee dem Deich ernsthaft würde zusetzen können. »Und was hat das jetzt genau mit diesen Strandaufspülungen zu tun?

Vermutlich haben sie Teeske Saathoff doch dazu veranlasst, so intensiv zu recherchieren.«

»Die sind sozusagen das Vorwerk zum Deich.« Sjöberg zeigte zum Wasser. »Jedes Jahr nimmt uns die Nordsee hier von dem Strand durchschnittlich sechzigtausend Kubikmeter Sand weg, was ein echtes Problem ist, denn der Deich hier stammt im Kern noch aus den Siebzigern. Er ist zu steil, sowohl zum Wasser als auch zum Land hin. Vor allem, wenn der Strand weggespült wird.«

»Können Sie das genauer erklären?«

»Ein breiter Strand nimmt den Wellen die Kraft. Sie branden dann in einem flachen Winkel den Deich hoch. Er muss einfach weniger aushalten. Wird der Strand abgetragen, schwächt das den Deich, und zwar massiv. Er ist ohne den schützenden Strand einfach dünner, wird auch schneller durchweicht. Darum gab es im letzten Sommer noch einmal diese Sandvorspülungen. Sie sollten den Deich schützen, bis er in diesem Jahr von Grund auf modernisiert und auf den neuesten Stand gebracht wird.«

»Und Teeske vermutete, dass dort gepfuscht wurde? Könnte das stimmen?«

»Wenn man auf die letzte Stufe der Treppe schaut, von da muss man ja noch mal einen richtigen Sprung zum Strand runter machen. Da könnte man schon denken, dass da ein bisschen was fehlt. Aber so eine Maßnahme wird natürlich kontrolliert und gemessen. Ob da zu wenig Sand aufgespült wurde, ist jetzt im Nachhinein unmöglich zu sagen.«

»Im Nachhinein?«

»Wir hatten um Weihnachten herum schon einige kräftige Stürme, das Wasser hat den Strand komplett überschwemmt und stand nur knapp zwei Meter unter uns. Da wurde bestimmt viel Sand weggetragen. Und die letzten beiden Wochen kamen noch zwei heftige Winterstürme dazu. Jedenfalls liegt der Strand jetzt schon recht tief.«

So langsam verstand Marten, weshalb Teeske Saathoff so viel Energie in die Recherche investiert hatte. Wenko Saathoff hatte erzählt, dass es wohl auch auf Langeoog Probleme mit diesen Sandvorspülungen gegeben hatte. Ja, wenn ich an Teeske Saathoffs Stelle gewesen wäre, mich hätte das auch interessiert, dachte Marten. Das erklärte zumindest ihre erste Reise.

7

Iska betrachtete die rötlich braune Flüssigkeit in ihrem Cocktailglas. Würzig, herb, ein wenig bitter. »Sehr lecker.«

»Whiskey und roter süßer Wermut. Früher wurde manchmal in den Manhattan auch Absinth hineingemischt. Hat mein Opa mir jedenfalls erzählt.« Sjöberg wischte sich mit dem Handrücken über die Lippen. »Das ist quasi unser Nationalgetränk hier auf Föhr. Vor den Weltkriegen sind viele nach Amerika ausgewandert, haben aber den Kontakt zur Heimat nicht abgebrochen. Einige kehrten zurück und haben diesen Cocktail mitgebracht, im 19. Jahrhundert der Geschmack der weiten Welt. Noch immer gibt es in New York eine Gemeinschaft von Nachkommen ehemaliger Föhrer. Ich hab da auch einen Onkel zweiten Grades, oder so ähnlich. Kennengelernt haben wir uns nie.«

Es war Sjöbergs Vorschlag gewesen, in diese Kneipe zu gehen. Um runterzukommen, so hatte sie es formuliert. Es war gemütlich hier, die Wände im einfachen Fachwerkstil, wenige Gäste für einen Samstagabend, gedämpfter Lärmpegel, sie hatten eine Nische für sich, in der sie ungestört blieben. An der weiß getünchten Wand hinter ihr hingen gerahmte Schwarz-Weiß-Skizzen der Insellandschaft, die mit ihrer Schlichtheit den Laden irgendwie modern wirken ließen.

Iska hatte überhaupt keine Lust, *runterzukommen*, ganz im Gegenteil, aber sie hatte den Vorschlag der Polizistin nicht abweisen wollen. Der Fall ging Sjöberg sichtlich nahe. Iskas Gedanken wanderten wieder zurück zu dem seltsamen Todesfall, bei dem noch so vieles ungeklärt war. Sie brauchten mehr Informationen. Marten hatte bereits Telefondaten und E-Mail-Verkehr des Opfers von den Providern anfordern lassen, hoffentlich lagen die Dokumente bald vor.

Sie waren sich einig darin, dass der Ermittlungsschwerpunkt erst einmal Teeske Saathoffs Recherchen sein musste. Sie schienen der Schlüssel zu sein, um ihren Tod zu verstehen. Wen hatte sie getroffen, was hatte sie genau herausgefunden? Wen konnte das stören? Wer hatte etwas zu verlieren?

»Okay. Ich denke, das Beste ist, wenn wir uns aufteilen«, nahm Iska die Planung der nächsten Schritte wieder auf. Sie trank einen weiteren Schluck, fühlte die Wärme des Alkohols. Das sollte der einzige Drink für heute bleiben, beschloss sie. »Ich fahre morgen früh zurück nach Zeeland. Die Pension, in der Teeske Saathoff untergekommen ist, und ihr Zimmer möchte ich gerne selbst in Augenschein nehmen.«

»Ich denke, es macht Sinn, dass ich auch direkt morgen nach Langeoog fahre.« Marten rieb sich mit der Hand über das Kinn. »Ich habe diesen Hansen leider noch nicht erreichen können, er hat nur eine Festnetznummer. Bin mal gespannt, ihn kennenzulernen.«

Iska war es recht, dass Marten das Gespräch mit dem Umweltschützer selbst übernehmen wollte und nicht etwa die Kollegen vor Ort einspannte.

»Aber ich verstehe auch die Familie noch nicht«, fuhr Marten fort. Er wandte sich an Sjöberg, die die Ermittlungen vor Ort koordinieren sollte. »Gibt es eigentlich noch etwas, was wir über die Saathoffs wissen müssen? Was sind das für Leute?«

»Die Saathoffs leben hier seit weiß ich nicht wie vielen Generationen. Wenko hat mir mal erzählt, dass es ihren Hof schon gab, als Föhr noch dänisch gewesen war, und dass seine Familie die Bezeichnung Königsfriesen gerne getragen hatte.« Sjöberg erklärte kurz, dass der Westen der Insel damals direkt der dänischen Krone unterstand und nicht nur mittelbar wie der Osten, als Teil des Herzogtums Schleswig. Das schien damals eine wichtige Rolle für die Föhrer gespielt zu haben. Sie setzte ihr Glas noch einmal an, trank, es kam Iska so vor, als ob sie dabei überlegte, was sie erzählen sollte. »Traditionen bedeuten ihnen viel. Wenko war es wichtig, den Hof seines Vaters weiterzuführen. Packt immer noch so richtig an, und für seine Familie macht er alles. Auch wenn es mal etwas schwieriger ist.«

»Etwas schwieriger?«, hakte Marten ein. »Sind die Saathoffs denn in Geldnöten? Ist Ihnen so etwas bekannt?«

»Nein, so hab ich das nicht gemeint.« Es schien der Inselpolizistin unangenehm zu sein, das Thema angesprochen zu haben. Sie ruderte zurück. »Weiß ich nicht. Er hat halt sehr lange noch ausschließlich auf Landwirtschaft gesetzt und erst sehr spät angefangen zu vermieten. Andere sind viel früher damit gestartet und haben die Höfe viel mehr auf den Tourismus ausgerichtet. War nur eine Vermutung, weil er ja auch etwas … sparsamer ist als andere.«

»Alles, was Sie wissen, kann uns weiterhelfen«, sagte Marten. Er klang beinahe so, als würde er eine Zeugin befragen. »Sie sagten, Sie kennen ihn schon lange. Bitte, wenn Sie eine Idee haben, die uns weiterhilft …«

Sjöberg blickte erst ihn, dann Iska an und gab sich schließlich einen Ruck. »So, ich mach das jetzt einfach mal. Wir trinken was zusammen, dann sollten wir uns auch duzen, was meint ihr? Ich bin Vasna.« Sie hielt ihr die Hand hin.

»Iska.« Stimmt, für die Deutschen war das ja ein wichtiger Schritt, vom Sie zum Du, und hatte weniger mit dem Alter der Angesprochenen zu tun als in den Niederlanden. Trotzdem, beinahe wäre es ihr lieber gewesen, sie hätte nicht eingewilligt.

»Marten«, akzeptierte auch ihr Kollege zögernd die Verbrüderung.

»Nehmt es mir nicht übel, ich will natürlich nicht die Ermittlungen beeinflussen, aber Wenko … bitte seid nett zu ihm. Er ist vielleicht etwas schrullig, aber wir sollten ihn in Ruhe lassen, soweit es geht. Und seine Familie. Sie haben mit Teeske einen wunderbaren Menschen verloren.«

»Ich möchte einfach nur, dass wir unsere Hausaufgaben machen«, erklärte Marten. Es war natürlich Teil der notwendigen Kleinstarbeit, so viele Fakten wie möglich zusammenzutragen, das wusste auch Vasna, und Marten hatte diese Selbstverständlichkeit vielleicht eine Spur schärfer im

Ton unterstrichen, als es nötig war. Iska erkannte, dass er sich über sich selbst ärgerte. »Er hat nun einmal kein Alibi.«

»Ihr kennt sie nicht.« Vasna umklammerte ihr Glas. »Ganz ehrlich, ihr habt doch keine Ahnung.«

»Vasna …?« Iska schaltete sich ein, um die Situation zu beruhigen. Ihr fragender Tonfall verschaffte Vasna die Gelegenheit, sich wieder einzubremsen.

»Schon gut.« Vasna räusperte sich. »Das hier geht mir nahe. War nicht so gemeint. Mir passt es nicht, dass ich nicht … dass das BKA, also nichts gegen euch, die Ermittlungen … ach, ich will einfach wissen, warum Teeske sterben musste. Für Wenko, für Svenja, für Ansgar. Und für Teeske.«

»Deshalb sind wir hier, Vasna«, versuchte auch Marten versöhnlich zu sein, mit mittelmäßigem Erfolg.

»Ja. Es tut mir leid …« Sie hatte sich wieder in den Griff bekommen. Vasna schob das halb volle Glas weg von sich, in die Mitte des Tisches. »Entschuldigt, ich wollte mich nicht unprofessionell aufführen. Nehmt es mir nicht übel, aber bevor ich mich noch mehr danebenbenehme … Ich geh ins Bett. Die Drinks gehen auf mich. Gute Nacht, zusammen.«

Vasna klopfte beim Aufstehen auf den Tisch, nickte erst Marten, dann ihr zu und bahnte sich ihren Weg zum Ausgang.

»Sie ist angetrunken«, sagte Iska zu Marten. Die beiden würden noch miteinander auskommen müssen. Er nickte und atmete tief durch.

»Sie ist nicht die Erste, mit der ich …« Marten suchte nach den richtigen Worten. Grinste verlegen. »Ich trete immer wieder in diese Fettnäpfchen. BKA, die neue Stelle, manchmal ist es etwas schwierig … mit den Leuten vor Ort.«

Iska nickte, sie wusste, wovon er sprach. Davon abgesehen war ihm sein immer noch jüngeres Alter anzusehen und manchmal auch anzumerken. »Vielleicht ist sie das Beste, was uns für diese Ermittlungen passieren kann. Ich bin mir sicher, sie will sich nicht vorwerfen lassen, uns nicht nach Kräften geholfen zu haben. Sie wird jeden Stein auf der Insel umdrehen.«

»Natürlich. Vasna wird bestimmt eine gute Unterstützung sein.«

Ihm war anzusehen, dass er das Thema wechseln wollte. Sie beschloss, ihm zu helfen, über die Ermittlungen und die nächsten Schritte hatten sie lange genug gesprochen. »Was gibt es eigentlich Neues bei dir und Katharina? Hat sie den neuen Job angenommen?«

»Ja. Es ist wohl ein Glücksgriff.« Er senkte den Kopf, hob ihn aber schnell wieder, lächelte sie an. »Wir haben jetzt allerdings zwei Wohnungen.«

»Okay.« Sie wusste nicht, was sie sagen sollte. »Tut mir leid.«

»Nein, alles gut. Nicht, was du denkst, wir sind noch zusammen.« Marten hob entschuldigend die Hände, blieb aber ernst. Seine Augen wanderten für einen Moment in die Ferne, dann sah er sieh direkt an. »… Es ist allerdings … Bin gespannt, wie wir das schaffen.«

»Wenn du mal jemanden zum Quatschen brauchst …« Sie schluckte. Gerne hätte sie etwas Aufmunterndes gesagt, aber sie wollte ehrlich bleiben. Zum Glück fragte Marten sie nun, wie es ihren Kindern ging, das lenkte das Gespräch in sichere Bahnen.

8

Marten grübelte noch immer über das Telefonat nach, das er am Morgen mit Josef Hansen, Teeskes Kontakt auf Langeoog, geführt hatte. Als er ihren Namen erwähnt hatte, war der Mann sehr vorsichtig geworden. Mal sehen, wie sich der Termin entwickeln würde, heute Nachmittag würde er sich mit ihm auf der Insel treffen. Er hatte die Gelegenheit sofort erkannt, vorher noch etwas anderes Wichtiges zu erledigen.

Mit einer seltsamen Mischung aus Vorfreude und mulmigem Gefühl steuerte Marten den Golf in die einzige Parklücke in der Burgstraße in Aurich. Viereinhalb stressige Stunden Autofahrt lagen hinter ihm, mitsamt einem Stau vor dem Elbtunnel in Hamburg und einem neuen Foto kurz vor Bremen, das die Kollegen von der Verkehrsüberwachung von ihm gemacht hatten. Das Auto stand, er schaltete den Motor aus.

Das Smartphone zeigte zwölf verpasste Nachrichten an. Einige unwichtige Sachen, eine Umstrukturierung beim BKA, von der er wahrscheinlich nicht betroffen war. Aber auch Vasna hatte bereits geschrieben. Am Vormittag hätte sie das Gespräch mit den Saathoffs fortgesetzt, ohne wesentliche neue Erkenntnisse zu gewinnen. Jetzt wollte sie mit den Kollegen Teeske Saathoffs Freundinnen und Bekannte aufsuchen und befragen. Routinearbeit, notwendig, aber eintönig und sehr wahrscheinlich ohne Belang für die Lösung des Falles. Grundsätzlich konnte er ihre schlechte Laune vom Vortag schon verstehen.

Marten schnaufte einmal durch, kontrollierte die Frisur, nahm das Jackett vom Kleiderbügel im Auto und stieg aus. Das Restaurant, das Papa ausgesucht hatte, der *Piqueurhof* im Auricher Schlossbezirk, war die beste Adresse der Stadt. Er schritt auf den weißen neoklassizistischen Bau zu.

Ben, Mama und Papa warteten schon am Tisch auf ihn. Ben sah genauso aus wie früher, die Haare nur durch ein einziges Haargummi gebändigt, der oberste Knopf seines grauen Hemdes stand offen. Als hätte er sich die Mühe gegeben, exakt dem Klischee eines zukünftigen Philosophieprofessors zu entsprechen. Papa trug einen schwarzen Anzug mit grauem Einstecktuch, das seiner Haarfarbe entsprach. Wahrscheinlich eine Idee von Mama, das war jedenfalls ihr Humor. Sie hatte sich für ein langes Kleid entschieden und lächelte ihn herzlich an, als er über den weichen Teppichboden auf seine Familie zukam. »Schön, dass du es doch einrichten konntest.«

»Genau. Aber wie kommt es, dass du doch heute hier sein kannst? Hast du den Fall schon aufgeklärt?« Der pensionierte Polizeipräsident war aus seinem Vater nicht herauszukriegen.

»Meine Kollegen vor Ort sind da dran.«

»Hast du die Leitung an sie abgegeben?«

»Nein, ich übernehme hier eine separate Spur ...« Marten brach ab, er wollte sich nicht rechtfertigen. Außerdem hatte Mama früher immer darauf bestanden, dass die Arbeit nicht an den Essenstisch mitgenommen wird. Eine der wenigen Anliegen, mit denen sie sich konsequent gegen Papa durchgesetzt hatte.

»Na ja. Musst du wissen.« Papas Missbilligung war deutlich herauszuhören. »Aber lass dir nicht deine Rolle streitig machen.«

Marten schluckte den Kommentar herunter, dass Papa seine Rolle doch gar nicht wirklich verstanden hatte. Kein Streit, nicht jetzt beim Wiedersehen. Schon die letzten Male hatte sein Vater mit schmallippigen Bemerkungen kommentiert, dass Marten andauernd auf Dienstreise war, in Wiesbaden beim Hauptsitz, in Berlin beim Terrorismusabwehrzentrum, bei den Landeskriminalämtern, bei den Dienststellen der Polizei vor Ort und nicht zuletzt in den Niederlanden bei den Koordinierungstreffen mit den Kollegen. Eigentlich war er an vier von fünf Arbeitstagen unterwegs. Ein unbestimmtes Ziehen im Magen beschäftigte ihn. Ob auch der neue Job etwas damit zu tun hatte, dass Katharina ausgezogen war? Sie hatte es nie offen thematisiert oder gar angesprochen. Er schob den Gedanken beiseite.

Als die Bedienung kam, bestellte Marten das Original Wiener Kalbsschnitzel, was Papa dazu veranlasste, ihn zu fragen, ob er auch Ketchup dazu wolle. Wie Ben quälte er sich ein Lächeln ab. Ben und Papa nahmen das Lammrückenfilet, Mama den Lachs. Das Essen war vorzüglich, und Ben erzählte ein paar Anekdoten aus den USA. Immer wieder besuchten berühmte Alumni den Campus, herausragende Führungspersönlichkeiten aus Wissenschaft, Kunst und Politik. Letztens seien erst die Clintons da gewesen. Er schwärmte von den Möglichkeiten, die sich ihm auftun würden. Alles könnte nicht besser laufen. Er hoffte, sein Forschungsprojekt im kommenden Jahr abschließen zu können.

»Gut gemacht. Bin echt stolz auf dich, mein Junge. Du bist deinen Weg gegangen!« Vor ein paar Jahren hatte ihr Vater ihn noch verständnislos angeschaut, was er denn eines Tages mit diesem Quatsch anfangen wolle. Jetzt klopfte er ihm auf die Schulter, im nächsten Moment auch Marten. »Auf meine beiden Söhne.« Dann hielt er einen Vortrag darüber, dass sich Fleiß und Disziplin schon immer bewährt hätten. Keiner kam zu Wort, bis er zu Ende referiert hatte. Die nachfolgende Gesprächspause war allen vieren peinlich.

»Wie läuft es eigentlich mit dir und Katharina?«, fragte Mama.

»Gut, alles gut. Es ist toll, dass sie so eine Chance in Hamburg bekommen hat.«

»Ich finde es gut, wie ihr füreinander da seid!« Papa tupfte sich den Mund ab. »Halt sie fest.«

Nach dem Dessert, vegane Kokos-Pannacotta, sagte Ben, dass er nun leider zu seiner nächsten Verabredung müsse, ein alter Freund aus Schulzeiten. Marten erklärte sich bereit, ihn eben dorthin zu fahren, einer der nördlichen Vororte, quasi auf dem Weg nach Langeoog. Sein Vater nickte verständnisvoll und ließ die Rechnung kommen. Auf dem Parkplatz verabschiedeten sie sich von den Eltern. Mamas Umarmung war herzlich, der Händedruck von Papa fest.

Gemeinsam mit seinem Bruder ging Marten zu seinem Wagen.

»Jedes Wort eine Bewertung. Ich hätte es keine zwei Minuten länger ausgehalten«, sagte Ben, als im Rückspiegel die winkenden Eltern kleiner wurden. »Ich hasse es, wie wir alle automatisch immer wieder in die alten Verhaltensmuster verfallen.«

»Er merkt es einfach nicht.« Marten setzte den Blinker, um auf die Bundesstraße zu gelangen, die einmal um den Stadtkern herumführte. »Aber es war auch schon mal schlimmer.«

»Das meine ich ja.« Ben schaute aus dem Seitenfenster. »Ja, früher war es schlimmer. Deshalb wollten wir beide ja auch da weg, du erinnerst dich.«

Nein, du wolltest weg, dachte Marten. Er sah zu ihm hinüber, ihre Blicke trafen sich. Es tat gut, Ben zu sehen. Er war stets der Stärkere von ihnen beiden gewesen. Schweigend fuhren sie durch ihre alte gemeinsame Heimat. Früher hatten sie die Gegend auf ihren Fahrrädern durchstreift. Marten musste schlucken. »Schön, dass du da bist.«

»Ich hab es für Mama getan.« Ben dirigierte ihn von der Hauptstraße weg. »Hätte übrigens früher nie gedacht, dass du tatsächlich Papas Weg gehst und ebenfalls Polizist wirst.« Vielleicht schwang hier eine Spur Mitleid mit.

»Und das sagst du mir zehn Jahre nach meiner Entscheidung?«, fragte Marten mit gespielter Empörung, damit das Gespräch nicht zu ernsthaft wurde.

»Umso interessanter, dass du weiter ins BKA gewechselt bist. Auch aus psychologischer Sicht.«

»Und das bedeutet was?« Marten wartete nicht auf die

Antwort, er wollte es nicht hören, er wollte auch nicht darüber nachdenken. Obwohl er wusste, dass er das bestimmt noch tun würde, ob er es wollte oder nicht. »Es hat sich nun mal so ergeben.«

»Nein, das stimmt nicht.« Ben lächelte. Er zeigte auf einen roten Häuserblock auf der rechten Seite. »Da vorne ist es schon. Ich hab dich lieb, großer Bruder.«

Marten hielt an. Ben drückte ihn noch einmal fest an sich, dann löste er den Sicherheitsgurt, öffnete die Beifahrertür und stieg aus.

»Ich muss mich jetzt erst mal entspannen.« Er grinste ihm zu. »Mach's gut, Marten. Pass auf dich auf.«

»Und du auf dich!«

Er sah Ben nach, wie er mit wehendem offenem Wintermantel in einen Fußweg einbog. Hier wohnte Alex, Bens erste Freundin. Papa war gegen die Beziehung gewesen, weil sie ihn angeblich zum Rauchen verführt hatte. Das stimmte sogar, wenn auch anders, als er es vermutete. Ben und Alex hatten ganze Nachmittage bekifft vor dem Fernseher verbracht.

9

Iska hatte noch am Vorabend Emil angewiesen, bei der Pension *Oude Schapenboerderij* auf sie zu warten und die von Teeske Saathoff genutzte Unterkunft bis zu ihrer Ankunft zu versiegeln. Natürlich hätte sie ihn auch einfach anfangen oder die Ermittlungen vor Ort ganz übernehmen lassen können. Aber sie wollte die Gelegenheit nutzen, sich selbst einen ersten Eindruck zu verschaffen, wie ihn Fotos, die man sich später ansah, nicht boten. Sie hatte trotz Müdigkeit die erste Fähre genommen und nur eine kurze Pause auf einem Rastplatz hinter Hamburg gemacht. Drei große Baustellen mit kleinen Staus. Hinter der Grenze gab es dann keine Verzögerungen mehr, am Nachmittag kam sie endlich bei ihrem Ziel an.

Burghsluis war der Hafen von Burgh, das zusammen mit Haamstede eine Gemeinde bildete. Es lag am Nordufer der Oosterschelde, eigentlich mehr eine lose Ansammlung weniger Häuser, dazwischen Felder und Wiesen. *Oude Schapenboerderij* erwies sich als Bauernhof, der noch immer mit Schafen und Kühen bewirtschaftet wurde.

Drei Schneemänner eines Spurensicherungsteams stiegen ebenfalls aus ihren Autos aus. Ihre Chefin stellte sich als Tanya Molling vor, ihr Gesicht war trotz der Jahreszeit mit Sommersprossen übersät, sie wirkte ernst.

Die Betreiberin von *Oude Schapenboerderij*, in Fleece-pulli und Jeans, führte sie zu einer ehemaligen Scheune, die abseits vom Haupthaus inmitten kahler Sträucher stand. »Hier sind die Fremdenzimmer untergebracht. Einfach, aber komplett eingerichtet. Auf Wunsch bieten wir auch einen Frühstücksservice an.« Sie drückte die unverschlossene Tür des Gebäudes auf. »Das Zimmer hat Frau Saathoff bis einschließlich heute gebucht. Wir haben sie aber seit Donnerstag nicht mehr gesehen.«

»Ist denn viel los zurzeit?«

»Nein. Im November endet die Saison eigentlich. Im Winter haben wir so gut wie nie Touristen, dann bieten wir die Unterkünfte auch tageweise an, sonst nehmen wir einen Mindestaufenthalt von vier Nächten. Nur die letzten zwei Wochen waren ein paar Gäste aus dem Rheinland da, die wohl vor dem deutschen Karneval fliehen wollten. Und seit letzter Woche wohnen hier noch zwei Handwerker aus Polen, die gerade für Reparaturarbeiten am Hafen und in der Stadt … So, da ist es.«

Sie standen am Ende eines Flures vor einer Tür aus unbehandeltem Kiefernholz. »Haben Sie oder jemand anderes die Räumlichkeiten in der Zwischenzeit betreten? Zum Beispiel für eine Reinigung?«

»Nein, wir machen nur eine Endreinigung.«

Die Frau holte einen Schlüssel hervor, an dem ein dicker Holzklotz hing, in den »Nr. 8« eingebrannt war. Sie schloss die Tür auf und drückte die bronzefarbene Klinke herunter. »Bitte schön«, sagte sie mit einer einladenden Handbewegung, während sie selbst neugierig einen Blick hineinwarf. »Ach du Sch…!«

Das hatte Iska auch auf der Zunge gelegen. »Danke.« Sie schob die Hausherrin mit sanftem Druck von der Tür weg. »Wir kommen auf Sie zu, sollten wir noch Fragen haben.« Sie schaute kurz der Frau hinterher, die langsam davonging. Dann zog sie die von Emil angereichten Einmalhandschuhe an und stülpte die Plastiküberzüge über die Schuhe.

Das Zimmer war eindeutig durchsucht worden. Sie gingen hinein, Emil zückte eine Kamera und schoss die Fotos für die Akten. Die Einrichtung wirkte schlicht, aber modern. Holzlaminat, weiße Wände, im Eingangsbereich ein grauer Läufer. Ein leerer Garderobenständer, gegenüber ein geöffneter Wandschrank, darin ein grüner Koffer, offen, der Inhalt im Schrank verteilt. Auf einem Kleidungsstück lag eine kleine Plastikflasche. Iska drehte sie so, dass sie das Etikett lesen konnte. Pfefferspray.

Nach dem Flur folgte eine Küchennische, mit zweiflammigem Gasherd, einer Kapsel-Kaffeemaschine und einem Wasserkocher. Alle Schubladen und Schranktüren waren aufgezogen, Küchengeräte, zerbrochenes Geschirr und Besteck auf dem Boden verstreut. Ein Holztisch mit zwei Stühlen. Das Doppelbett war zerwühlt, die leeren Schubladen des Nachttisches standen offen. Das Fenster war von innen verschlossen. In der Ecke eine Yuccapalme in einem überdimensionierten Blumenkübel. Eine Doppelflügeltür führte auf eine Terrasse, auf der zwei weiße Plastikstühle um einen ebenfalls weißen Plastiktisch standen.

Iska durchschritt den Raum. Sie besah sich das Schloss der Terrassentür und die Fenster. Soweit sie erkennen konnte, war alles intakt, keine Beschädigungen.

Eine Tür zur linken Seite führt zum Badezimmer. Es wirkte auf den ersten Blick so gut wie unberührt, eine Zahnbürste stand in dem dafür vorgesehenen Becher, daneben die Zahnpastatube. In der Badewanne lag ein leerer blauweiß gestreifter Kulturbeutel, daneben, in der Wanne verteilt, sein Inhalt.

»Das sind eigentlich nur Sachen für ein paar Tage.« Emil war zurück zum Eingang gegangen und fuhr gerade vorsichtig mit dem behandschuhten Zeigefinger durch die Kleidungsstücke. »Nur deutlich mehr Unterwäsche.«

»Wahrscheinlich nachgekauft«, antwortete Iska.

»Und ausschließlich Kleidung«, stellte Emil fest. »Kein Buch, kein Handy, keine Unterlagen, nicht einmal Block und Stift.«

Und kein Notebook. Iska sog die Luft ein. Teeskes Computer war weder auf Föhr noch am Fundort gewesen und nun auch nicht hier. Sie betrachtete das Schlachtfeld vor sich. Die oberen Schranktüren waren nicht geöffnet, der Läufer nicht umgeklappt, die Matratzen noch auf dem Bett. Entweder war derjenige, der die Unterkunft durchwühlt hatte, nicht sehr gründlich gewesen oder unerfahren bei der Durchsuchung von Räumen. Oder, deutlich wahrscheinlicher, er hatte schnell gefunden, wonach er gesucht hatte.

Natürlich würde die Spurensicherung alles gründlich untersuchen. Aber viel Hoffnung, dass das Notebook von Teeske Saathoff auftauchte, hatte sie nicht.

»Es ist, wie es ist«, sagte sie zu Emil, als sie nach draußen traten und den Schneemännern das Feld überließen.

＊

»Haben Sie eben zwei Minuten für uns?«

»Ja, natürlich.« Die Vermieterin schwang sich von dem Traktor, mit dem sie eben neues Stroh in den Kuhstall gebracht hatte.

»Wissen Sie, ob Frau Saathoff alleine hier war oder ob sie sich mit jemandem treffen wollte?«

»Ich kann Ihnen nur sagen, dass sie den Schlüssel alleine abgeholt hat«, antwortete die Vermieterin. »Die Fremdenzimmer sind ja von unserem Haus aus nicht einsehbar. Wir haben das mit Absicht so gemacht, wir selbst möchten ja auch etwas Privatsphäre …«

»Haben Sie denn vielleicht mal jemanden kommen oder gehen sehen, der Frau Saathoff hier besucht hat?«

»Puh.« Sie blickte nach rechts oben in den Himmel. »Ja, warten Sie …«

»Ja?«

»Also, nicht direkt. Aber letzte Woche habe ich einmal ein Auto hier wegfahren sehen, das mir nicht bekannt vorkam. Zurzeit sind ja außer Frau Saathoff, wie gesagt, nur ein paar Handwerker hier eingemietet, in den ersten beiden Zimmern ganz vorne, die haben diese weißen Lieferwagen. Und zu Frau Saathoff gehörte dieser Fiat Panda. Da ist mir der schwarze SUV schon aufgefallen. BMW oder Audi oder so. Ein Mann saß darin, dunkle Haare …«

»Können Sie ihn genauer beschreiben?«

»Puh, schwer. Ich würde ihn wiedererkennen, aber beschreiben … Es war weit weg, also … Er wirkte recht groß.«

»Wann war das genau?«

Sie überlegte einen Moment lang. »Das müsste … am Mittwoch gewesen sein. Vielleicht auch am Donnerstag. Ich kann den Platz, wo die Gäste parken, ja nicht einsehen von hier aus, ich sehe die Autos nur, wenn ich daran vorbeigehe, zur Scheune oder so. Ansonsten lassen wir die Gäste auch einfach in Ruhe, wie gesagt.«

Iska entschied, das Thema erst einmal ruhen zu lassen.

»Wie kam Ihnen Frau Saathoff denn vor, wie würden Sie sie beschreiben?«

»Sehr ruhig, sehr bedächtig. Zurückhaltend. Ich habe sie aber eigentlich nur die beiden Male gesehen, als sie ihren Aufenthalt verlängert hat. Ich habe ihr beim zweiten Mal einen kleinen Rabatt gewährt, da hat sie sich sehr drüber gefreut.« Der Vermieterin huschte ein Lächeln über das Gesicht.

»Und wissen Sie denn, was Frau Saathoff hier gemacht hat? Ich meine, hat sie mal was fallen gelassen, wollte sie …« Iska überlegte einen Moment. »Ist sie vielleicht zum Radfahren hierhergekommen, zum Wassersport vielleicht? Irgendeine Andeutung?«

»Hm, also, gesagt hat sie nichts. Ein paar Mal war sie mit dem Auto unterwegs, jedenfalls stand der Panda nicht mehr auf dem Parkplatz, aber ansonsten … Fahrrad, nein, das nicht. Nur direkt am Anfang habe ich gesehen, wie sie am späten Nachmittag noch spazieren gegangen ist. In Richtung Hafen, ich denke, sie wollte zum Plompe Toren, dem großen Turm am Deich direkt an der Oosterschelde. Sie

hatte mich darauf angesprochen, und wir haben uns darüber unterhalten, was für eine fantastische Aussicht man
von dort hat.«

*

Sie ließen die Autos stehen. Rekonstruktion, sie wollten
wissen, was Teeske Saathoff hier erlebt hatte, was sie gefühlt
und gedacht hatte. Also war es einen Versuch wert, sich
gleichsam auf Teeskes Spuren zum Turm zu begeben. Als
sie und Emil oben am Deich ankamen, zog der kalte Wind
an ihren Haaren. Sie fror an den Händen, versteckte sie in
den Manteltaschen. Vor ihnen lag der Sportboothafen. Ein
paar größere Jachten schaukelten in dem vom Wind aufgewühlten grauen Wasser, die Segel unter dicken Planen
wettersicher verpackt. Kleinere Boote standen auf einer
Wiese, auf Trailern aufgebockt. Bei einem arbeitete ein
älterer Mann am unteren Teil des Rumpfes. Wahrscheinlich ein Schutzanstrich, der Muschelbildung verhindern
sollte. Iska wusste, dass der Winter oft dazu genutzt wurde,
Schiffe für die nächste Saison vorzubereiten. Daniels Vater
hatte früher eine kleine Jolle besessen.

Sie ließ den Blick über die Weite vor ihr schweifen. Auf
der rechten Seite verschwammen die Konturen des gewaltigen Oosterschelde-Sperrwerkes nach und nach in unbe-
stimmtem Grau, das gegenüberliegende Südufer des Mee-
resarms war bei dem diesigen Wetter nicht auszumachen.
Dort lag Noord-Beveland, eine der vielen Inseln von Zeeland, die inzwischen über Deiche und Brücken miteinander verbunden waren. Früher war die ganze Provinz ständig
von Überflutungen bedroht gewesen. Ihr Blick wanderte

weiter über die riesige Wasserfläche der Oosterschelde, bis er schließlich am diesseitigen Ufer an einem Bauwerk hängen blieb. Der Plompe Toren, bestimmt über zwanzig Meter hoch. Ein ehemaliger Kirchturm, hatte die Vermieterin erzählt.

»Lust auf einen kleinen Spaziergang?«

»Nein. Das sind fast zwei Kilometer.« Emil grinste, als er zu ihr sah. »Aber ... wenn es sein muss.«

Sie liefen die Straße auf der Deichkrone entlang. Auf der linken Seite begann nach den letzten Häusern Brachland, braune Felder und sandige Wiesen wechselten sich ab, sogar einige flache Teiche hatten sich durch den Regen der letzten Wochen gebildet. Weiter hinten ein paar karge, windschiefe Bäume. Auf der rechten Seite war nur der obere Teil des Deiches mit Wiese bedeckt, danach kam ein straßenbreiter Teerstreifen, der auch von Autos befahren werden konnte, gefolgt von einer massiven Befestigung mit einbetonierten Steinen, die bis ans Wasser reichte. Alles wirkte sehr gepflegt. Auch wenn das Sperrwerk jetzt das gesamte Gebiet an der Oosterschelde vor einer Überflutung schützte, wurde auf die alten Deiche weiterhin sorgsam geachtet.

Nach zwanzig Minuten erreichten sie den aus roten Backsteinen errichteten Turm, der unten viereckig war, sich im oberen Drittel jedoch zu einer achteckigen Form verjüngte.

»Was wollte sie hier?« Nur karge Wiesen, in denen bleiches, trockenes Gras im Wind schwankte. Und dieser Turm. Emil verzog das Gesicht. »Ein Turm im Nichts.«

»Hier war mal was.« Iska deutete auf eine Informationstafel. Das Dorf Koudekerke, dessen Kirchturm der Plompe Toren einst gewesen war, und weitere dreizehn Dörfer. »Sie sind alle vor knapp vierhundert Jahren aufgegeben worden.«

»Was genau hat Teeske Saathoff hier gemacht? Was hat sie gesucht?«

»Oder wen?« *Treffen mit Quelle um 17:30.* Iska erinnerte sich an den Eintrag in Wenko Saathoffs Notizbuch. Sie spähte den Turm hinauf. »Ich glaube, man kann hochgehen.«

Der Zutritt war kostenfrei. Im Innern konnten sich Besucher über großformatige Bilder einen Eindruck darüber verschaffen, wie es hier früher ausgesehen hatte. Iska betrachtete sie nur kurz. Etwas hatte Teeske Saathoff hierhergezogen, und es war Iska, als würde es ihr auch so gehen. Sie eilte die Wendeltreppe nach oben. Sie trat nach draußen auf eine Plattform. Kalter Wind blies ihr ins Gesicht und ließ die Augen tränen.

Emil klomm die letzten Stufen herauf. »Ganz schön sportlich, wie du nach oben gesprintet bist.« Der junge Kollege schenkte ihr sein breites Lächeln. Das hatte bestimmt schon auf manche Frauen in seinem Alter gewirkt, dachte Iska und schmunzelte in sich hinein. Die paar Meter hochzusteigen, war wirklich keine Herausforderung gewesen. Aber sie freute sich trotzdem über das Kompliment, wie ernst auch immer er es gemeint hatte.

»Du bist leicht zu beeindrucken«, erwiderte sie dann.

Von hier oben konnten sie weit in das Umland blicken. Einzelne Autos auf einsamen Straßen, drei Containerschiffe schoben sich durch die See der Oosterschelde. Auf einer umlaufenden Schiene war ein Fernglas montiert. Keine Ortschaft, keine Wälder versperrten den Blick. Bei besserer Sicht hätte man über Kilometer jeden, der sich einem näherte, sehen können.

10

Burghsluis. Sonntag, 1. März

15:30 Uhr

Tim Gravensen betrachtete die vielen Leute, die zwischen den Autos, dem weißen Lieferwagen mit der Aufschrift *Politie* und dem Eingang der Scheune hin und her liefen. Einige in Uniform, einige in weißen Schutzanzügen, einige in Zivil. Sie konnten ihn nicht sehen in seinem Versteck inmitten der immergrünen Büsche, er sie dagegen schon. Sie schienen etwas entdeckt zu haben. Was?

Die Dokumente, die auch er gesucht hatte? Hoffentlich nicht. Er hatte einfach nicht genug Zeit gehabt. Wütend überdehnte er die Finger, bis die Gelenke knackten. Ein sanfter Schmerz, der ihn innehalten ließ. Nicht genug Zeit … Ja, das war es, was nicht stimmte. Er atmete ruhig und tief ein und aus, sortierte die Gedanken, versuchte, den richtigen weiterzuführen. Folge deinem Instinkt.

Nicht genug Zeit. Er hatte nicht genug Zeit gehabt. Was war am Freitag genau passiert? Die seltsamen Nachrichten. Seine Fragen, auf die ihm die Antworten verwehrt worden waren. Das tote Handy.

Was sagte der Instinkt? Dass er nicht alles wusste. Warum

nicht? Was für ein Spiel wurde hier gespielt? Sei auf der Hut, ermahnte er sich. Die Zweige der Büsche schnellten in ihre Ausgangsposition, als er sich zurückzog. In einem weiten Halbkreis durchquerte er das Unterholz, bis er bei seinem schwarzen Geländewagen ankam.

11

»Ja, wir denken, dass Teeske Saathoff sich am Plompe Toren mit ihrer Quelle treffen wollte.« Iska schirmte das Smartphone gegen den Wind ab. »Warum genau dort, das weiß ich nicht.«

»Vielleicht … wollte sie einen neutralen Ort oder sichergehen, dass die Quelle alleine kommt. Oder die andere Person hat darauf bestanden.« Sie konnte in Gedanken sehen, wie Marten die Stirn in Falten zog. »Oder, wenn die Gegend so menschenleer ist, vielleicht eine Art Falle?«

»Schwierig zu sagen«, wich sie seinen Spekulationen aus.

Marten beendete das Gespräch, er würde jetzt gleich in die Inselbahn auf Langeoog steigen und konnte nicht weiter offen telefonieren.

*

Als sie wieder beim *Oude Schapenboerderij* ankamen, lotste sie Tanya Molling direkt in Saathoffs Zimmer. »Wir haben Blutspuren«, sagte die Leiterin der Spurensicherung und deutete in die Nähe des Tisches. »Nicht viel, aber eindeutig.«

»Ein Kampf?«

»Kann man nicht sagen. Aber bei dem Chaos hier ... gut möglich.« Iska sah Emil an. Vielleicht war Teeske bereits hier getötet worden? War derjenige, der hier alles durchsucht hatte, auch der Mörder?

»Wissen wir inzwischen, wie die Person, die das Zimmer auf den Kopf gestellt hat, hier eingedrungen ist?« Iska blickte zu der geschlossenen Terrassentür.

»Nein. Keinerlei Schäden an Fenstern oder Türen.«

»Okay.« Das war ja auch ein Ergebnis.

»Zwei weitere Sachen wollte ich euch noch mitteilen. Zuerst das hier.« Sie hob mehrere durchsichtige Plastikbeutel hoch, in denen sich kurze Haare befanden. »Die lagen überall herum: auf dem Koffer, dem Tisch, dem Bett, im Badezimmer. Vermutlich von der Person, die das Apartment hier durchsucht hat, oder einem vorherigen Mieter, falls hier nicht gründlich sauber gemacht wurde.«

»Also verwertbare DNA?«

Molling nickte. »Und wir haben noch etwas anderes.« Auf dem Parkettboden in der Mitte des Zimmers hatte jemand eine Folie ausgebreitet, auf dem der Inhalt des Hausmülls verteilt war. Eine übliche Vorgehensweise, um das Ganze zu fotografieren und gegebenenfalls einzelne Objekte für eine weitere Untersuchung auszuwählen.

Da lagen Obstreste, alte Kaffeepads, Papp-Kaffeebecher einer bekannten Kette sowie Schalen von Ein-Personen-Mikrowellen-Gerichten. Am Rand des Haufens ein ehemals zusammengeknülltes kariertes Blatt, das wahrscheinlich von der daneben liegenden Bananenschale durchweicht worden war. Darauf hatte jemand mit einem Kugelschreiber

Notizen gemacht. Eine Reihe von Vornamen, untereinander-
geschrieben, alle durchgestrichen, bis auf einen relativ weit
oben, der eingekringelt war.

»Eine Art Schmierzettel.« Iska musste über sich selbst
grinsen. Früher hätte sie sich solche Spekulationen verbo-
ten. »Raphael? Sagt mir nichts.«

»Nein, der Name ist mir bei den Ermittlungen auch noch
nicht begegnet.« Emil atmete tief aus. »Hm. Angenommen,
Teeske Saathoff hat diese Liste erstellt. Warum?«

»Wir werden es noch herauskriegen.« Vorsichtig wendete Iska das Papier. »Auf der Rückseite steht auch noch
etwas.« Die Buchstaben waren verschmiert und krakelig.

Fr. [5125? -> Di
Fr. [6229!? -> Mi
Fr. [6433!! -> Do

Es folgte ein langer Strich quer über das Papier, dann eine
weitere Notiz in der gleichen Handschrift:

Board!!! Sa, 21.02. -> 17:00 Uhr? B2. Neellje Jans!

Iska rieb sich mit dem Handrücken über die Augen. So
langsam bemerkte sie die Anstrengungen der letzten Tage.
Sie hoffte auf das, was Marten rausbekommen würde. So
waren es zu viele Informationen ohne erkennbaren Zusam-
menhang.

12

Marten wartete am Gleis. Anders als auf Föhr waren auf der ostfriesischen Insel keine Autos zugelassen. Und weil sich der Hafen außerhalb der Ortschaft befand, musste Marten wie alle Passagiere die Inselbahn nutzen. Endlich konnte er einsteigen.

Die bunten Waggons mit ihrem nostalgischen, verspielten Design erinnerten ihn an die Eisenbahnen aus dem 19. Jahrhundert, wie er sie nur von Fotos oder aus dem Spielwarenhandel als Miniaturen kannte. Ein wenig kam es ihm so vor, als wäre er in einem Vergnügungspark. Was für ein Aufwand für ein einfaches Gespräch.

Die Fahrt dauerte nur sieben Minuten und endete am anderen Bahnhof in der Innenstadt. Josef Hansen empfing ihn am Gleis. Der alte Mann war ein wahrer Hüne, er trug eine blaue Allwetterjacke, Arbeitshosen und festes Schuhwerk, die grauen Haare quollen wild unter einer ebenso grauen Wollmütze hervor. Über die rechte Gesichtshälfte, von Auge bis Kinn, zog sich ein weißer Verband. Sein Händedruck erinnerte an einen Schraubstock.

»Sie kennen diese Person?« Marten zeigte ihm eine vergrößerte Aufnahme von Teeske Saathoffs Personalausweisbild.

»Ja. Sie ist die Journalistin, die mich angesprochen hat.« Er schaute Marten mit ernster Miene an. »Sie hat am Telefon bereits etwas angedeutet. Warum …?«

»Wir untersuchen ihren Tod.«

»Sie ist … gestorben?« Ihm war der Schreck deutlich anzusehen. »Woran?«

»Das wollen wir herausfinden.« Marten merkte, wie es in dem Mann arbeitete. »Ich versuche noch, mir ein Bild von Frau Saathoff zu machen. Wie würden Sie sie beschreiben? Wie haben Sie sie erlebt?«

»Ich … einen Moment.« Der Hüne bedeckte mit seinen Handflächen sein Gesicht. Als er sie wieder herunternahm, atmete er tief aus. »Sie, ähm, sie wirkte auf mich wie eine sehr gewissenhafte Journalistin.«

»Wie meinen Sie das?«

»Es ist schwer zu beschreiben. Sie, hm … sie war sehr angespannt.« Er hatte offenkundig Mühe, sich auf die Beantwortung der Frage zu konzentrieren.

Themawechsel. »Weswegen hat Teeske Saathoff Sie angesprochen?«

»Ja …« Der alte Mann atmete flach, blieb noch immer wie versteinert stehen. Er biss sich auf die Unterlippe. Endlich gab er sich einen Ruck. »Okay.«

»Was, okay?«

»Ich muss es Ihnen zeigen. Kommen Sie mit.« Hansen ging vor, dabei zog er das rechte Bein nach und biss die Zähne zusammen, als unterdrückte er einen Schmerz.

»Kann ich Ihnen helfen?«, fragte Marten.

»Nein, geht schon. Ich … ähm, ich bin nur … vor einer knappen Woche die Treppe heruntergefallen … alles gut.«

Vom Bahnhof führte die gepflasterte Hauptstraße in das Stadtzentrum, es waren überraschend viele Menschen unterwegs, einige auf Fahrrädern, aber auch ein Pferdefuhrwerk und ein mit Koffern beladenes Elektrofahrzeug kamen ihnen entgegen. Trotz seiner Verletzung legte Hansen ein zügiges Tempo vor. Schnaufend erzählte er, dass er für eine Naturschutzorganisation arbeite. »Nur weil ich in Rente bin, heißt das ja nicht, dass man die Hände in den Schoß legen muss. Letztlich haben mich meine Enkel zu *Blue Home* gebracht. Ich setze mich für eine ordentliche Übergabe ein.«

»Wie meinen Sie das?«

»Langeoog ist mein kleines Paradies, mein Altersruhesitz, und sie besuchen mich hier, seitdem sie drei waren. Sie lieben die Nordsee, genau wie ich. Jetzt sind sie zwölf. Ich möchte, dass sie Langeoog eines Tages auch ihren Kindern und Enkeln zeigen können.«

Hinter dem letzten Haus des Ortes, einer Buchhandlung, führte der Weg die Dünen hinauf, an dem malerischen alten Wasserturm vorbei, der auf der Hälfte aller Postkarten der Insel abgebildet war. Der mit roten Steinen gepflasterte Weg schlängelte sich durch die hügelige Landschaft, grünblondes Dünengras schwankte im Wind. Das Meeresrauschen wurde stärker, die Luft roch salziger, Möwen kreischten über ihren Köpfen. Nach einer letzten Steigung sahen sie das Meer, das an einen riesigen, endlos langen und breiten Strand brandete. Marten blieb unwillkürlich stehen, ließ das Panorama auf sich wirken.

»Was sehen Sie hier nicht, Herr Hauptkommissar?«

»Worauf wollen Sie hinaus?« Marten hasste Fragen, auf die der Fragende bereits die Antwort kannte.

»Es gibt hier keine Küstenschutzwerke zur Nordsee hin. Keine Betonbefestigungen, keine künstlichen Deiche wie auf den anderen ostfriesischen Inseln, die ohne diesen Küstenschutz aufgrund der Strömungsverhältnisse jedes Jahr im Westen Land verlieren und im Osten Land gewinnen würden. Langeoog ist lagestabil. Bei uns reicht es, wenn alle paar Jahre der Strand aufgespült wird.«

»Eine Sandaufspülung.« Wie bei Utersum auf Föhr, dachte Marten.

»Diese Art des Küstenschutzes ist zwar teuer, hat sich hier aber in den letzten Jahren bewährt.« Hansen räusperte sich. »Es gab hier nur einen riesigen Pfusch. Und genau deswegen hat mich Frau Saathoff angeschrieben.«

»Was?«

»Ich habe darüber in meinem Blog berichtet. Es finden sich zahllose Anhaltspunkte, aber ich konnte es leider nicht final beweisen.« Hansen zeigte nach Osten. »Da hinten, da liegt das Pirolatal, direkt hinter den Randdünen. Wir von *Blue Home* haben dort eine Forschungsstation, wegen des Artenschutzes ... Jedenfalls, da ungefähr beginnt auch die Süßwasserlinse, die für unsere Trinkwasserversorgung hier auf der Insel besonders wichtig ist. Langeoog hat keine Wasserleitung vom Festland hierher, und dort sind einige der Inselbrunnen. Na ja, und das Wasserwerk, die Werte da ... Die Wasserwerte sind öffentlich einsehbar. Der Salzgehalt hat eindeutig zugenommen. Vor allem nach den schweren Winterstürmen letztes Jahr. In diesem

Winter wurden sie noch nicht aktualisiert, obwohl es vorgesehen war.«

»Warum, was vermuten Sie? Dass die Sandaufspülung nicht ausreichend war?«

Er nickte. »Genau. Wenn die Dünenkette zu dünn ist, sickert das Meerwasser in die Süßwasserlinse ein. Mit der Sandaufspülung wird regelmäßig eine Spezialfirma beauftragt, Wasserbau Römer GmbH heißt die. Die wiederum geriet in finanzielle Schieflage und wurde bereits vor einigen Jahren von einem Unternehmen aus den Niederlanden gekauft. *Epsilon international bv.* Ein Finanzinvestor.«

»Und …?«

»Und seitdem macht Wasserbau Römer Pfusch. Wahrscheinlich Sparvorgaben. Ich vermute, dass sie die aufgespülten Sandmengen falsch ausweisen. Jedenfalls werden die Intervalle, in denen es neuen Sand braucht, immer kürzer, die Mengen immer größer und die Schäden an den Dünen immer schlimmer. Die Dünenflora verändert sich. Das habe ich öffentlich gemacht.«

»Und warum hat Frau Saathoff Sie jetzt genau besucht? Wie kam sie auf Sie?«

»Weil sie herausgefunden hat, dass auch das Unternehmen, das bei Utersum arbeiten soll, seit einem Jahr einen neuen Mehrheitseigentümer hat. Raten Sie mal.« Er schnaufte in seine eigene Kunstpause. »Richtig, Epsilon.«

»Das also ist die Verbindung.« Marten nickte. So etwas in der Art hatte er sich vorgestellt. »Was hat Frau Saathoff denn jetzt genau hier noch gemacht? Konnten Sie ihr irgendwie helfen?«

»Sie war auf der Suche nach Beweisen. Nach Anhaltspunkten. Sie hat sich von mir den Strand zeigen lassen.« Er wandte sich Marten zu. Seine grauen Haare flatterten strähnig vor seinem Gesicht. »Nun, da konnte man natürlich nichts mehr sehen, die Strandaufspülung wurde letztes Jahr wiederholt, und angeblich mit den erforderlichen Mindestmengen. Ich hatte Fotos aus dem letzten Frühjahr von der damaligen Abbruchkante für sie, die Wintersturmfluten hatten sich tatsächlich sehr weit in die Dünen hineingefressen.«

»Meinen Sie ... war die Insel in Gefahr? Hätten die Dünen brechen können?«

»Nee, nee, machen Sie sich da mal keine Sorgen.« Der alte Mann lächelte für eine Sekunde väterlich milde, zeigte dabei eine Reihe gelber Zähne. Dann biss er sich wieder auf die Unterlippe.

Er ist sich unsicher, dachte Marten. Und besorgt. Er weiß nicht, was er mir sagen soll oder darf. »Also kein Skandal?«

»Doch, doch. Ich habe hier durch meinen Blog eine Menge Unruhe geschürt. Eine Versalzung der Trinkwasserblase wäre nicht nur ökologisch eine Katastrophe, sondern auch wirtschaftlich.« Hansen schien wieder zu überlegen, was er sagen sollte. »Im Sommer, wenn Zehntausende Urlauber hier sind, brauchen wir alle unsere Brunnen. Vom Festland aus können wir nicht versorgt werden. Wenn wir tatsächlich Gäste abweisen müssten ... Der potenzielle Schaden wäre gewaltig. Es geht hier einfach um Geld, um sehr viel Geld.«

Die Informationen schwebten wie einzelne Bausteine vor Martens geistigem Auge. Aber er konnte sie noch nicht zu einem Gebäude zusammensetzen, er hatte noch nichts

Belastbares in der Hand. »Können Sie mir diesen Blogbeitrag, den Sie geschrieben haben, einmal zeigen, bitte? Ich konnte ihn online nicht mehr finden.«

»Nee, kann ich nicht.« Hansen schüttelte den Kopf. »Dürfte ich auch gar nicht, ich habe unterschrieben, dass ich alle Kopien vernichtet habe und dass ich mich dahin gehend auch nicht mehr öffentlich äußere. Das haben die Anwälte von Epsilon sehr deutlich gemacht.«

»Aber Sie erzählen mir das doch auch gerade.« Marten erkannte, dass Hansen ihm etwas vorenthielt. Etwas, das ihm Sorgen machte.

»Daraus können sie mir auch keinen Strick drehen.«

»Aber Frau Saathoff kannte Ihren Blogeintrag schon, oder? Warum ist sie dann hierher...« Auf einmal machte es klick bei Marten. Hansen hatte Angst vor Repressionen seitens Epsilon. Deswegen war er so vorsichtig ... und deshalb war Teeske Saathoff hierhergekommen. Er hatte sie hierherbestellt, weil er ihr Informationen nur unter vier Augen geben wollte. Vertrauliche Informationen, die nicht in falsche Hände gelangen durften. Marten fixierte sein Gegenüber. »Frau Saathoff hat etwas von Ihnen erhalten, wofür sie extra den weiten Weg hierhergekommen ist, oder?«

Hansen stand stumm vor ihm, sah ihn an.

»Herr Hansen?«

Hansen sah stumm zur Nordsee, rieb sich über das Kinn.

»Herr Hansen, Frau Saathoff ist tot. Und ich habe die starke Vermutung, dass ...«

»Jaja.« Der Mann nickte, hob abwehrend die Hand, ließ sich aber Zeit mit seiner Antwort. Auf einmal wirkte er erschöpft. »Ja.«

»Ja, was? Was haben Sie Frau Saathoff gegeben?« Marten ärgerte sich, dass Hansen dieses Spiel mit ihm trieb.

»Die wahren Beweise. Ich wollte ihr die ganze Geschichte erzählen.«

»Wie bitte?«

»Gestiegener Salzgehalt im Trinkwasser, dadurch Anpassung von Flora und Fauna, Veränderung der Artenvielfalt, das stimmt zwar alles, aber das wäre mir nie aufgefallen.« Hansen fuhr sich mit der Zunge über die Unterlippe. »Das war nur meine Tarnung, sozusagen. Um meine Quelle vor der Öffentlichkeit zu schützen.«

»Ihre Quelle?« Die Formulierung kam Marten bekannt vor.

»Eine Quelle, die mir den Pfusch von Wasserbau Römer verraten hat. Systematischer Pfusch. Berechnungen von Arbeitsstunden, Kalkulationen von Sachkosten und so weiter.«

»Woher sollte jemand diese Informationen haben … Jemand Internes?«

»Genau.« Hansen sah ihm in die Augen. »Ein Informant von Epsilon selbst.«

»Wer ist es? Und wie hat man Sie kontaktiert?«

»Ein Anruf von einer unbekannten Nummer. Eine männliche Stimme, eindeutig mit holländischem Akzent. Ich weiß nicht, wie er ausgerechnet auf mich kam, aber er hat mir alles erklärt. Ich wollte das erst alles gar nicht glauben, da hat er mir zugesagt, mir entsprechende Dokumente als Beweis zur Verfügung zu stellen. Allerdings mit der Bitte, diese nicht öffentlich zu machen, damit sich das Ganze nicht zu ihm zurückverfolgen ließe … Einen Tag später habe ich eine E-Mail erhalten, von einem anonymen Absender. Der

E-Mail waren die versprochenen Unterlagen zur internen Kalkulation beigefügt, sie wirkten valide auf mich. Also habe ich nach einem Weg gesucht, die Informationen zu verbreiten.«

Marten nickte. »Ich brauche den Namen Ihrer Quelle!«

»Nein.«

»Herr Hansen, das ist kein Sp…«

»Ich würde es ja tun, wenn ich könnte.« Der alte Mann ließ die Schultern hängen. »Wir haben nur per E-Mail kommuniziert, ich zeige Ihnen den Mailverlauf, wenn Sie mir nicht glauben.«

»Sie haben nicht versucht herauszufinden, wer Ihnen diese Informationen gegeben hat?« Ungläubig blickte Marten den alten Mann an. Anonymen Quellen konnte man nicht vertrauen, kein Polizist oder Journalist würde so etwas tun.

»Nein. Das war der Deal, den ich mit ihm hatte, er hat mich gebeten, das nicht zu tun, und daran habe ich mich gehalten.«

»Aber Sie haben seine Dokumente an Frau Saathoff weitergegeben?«

»Nachdem ich mich bei ihm rückversichert hatte, ja. Und auch seine E-Mail-Adresse. Er schrieb, dass er froh wäre, wenn sich jemand anderes der Sache annähme.«

»Ich brauche das auch. Beides.« Marten sah den Mann ernst an.

»Kriegen Sie.« Hansen nickte. »Kriegen Sie alles.« Der Mann humpelte ein paar Schritte weiter. Es war, als ob er am liebsten einfach vor dem, in das er hineingeraten war, weggelaufen wäre.

*

Auf der Rückfahrt hatte Marten die Fähre beinahe für sich alleine, durch das Panoramafenster konnte er den Hafen von Bensersiel langsam näher rücken sehen. Teeske Saathoff hatte Kontakt zu Hansens Quelle aufgenommen, da war er sich sicher. Hatte sie die richtige Person gefunden? Es ging um eine Menge Geld, so hatte Hansen sich ausgedrückt. So viel Geld, dass jemand dafür einen Mord begehen oder in Auftrag geben würde? Er schluckte.

Beim abendlichen Statusmeeting, das er auf der Rückfahrt nach Aurich abhielt, berichtete er von der Spur, die zum Finanzinvestor zu führen schien. »Es ist vermutlich jemand aus der Buchhaltung von Epsilon. Aber weder Hansen noch Saathoff kannten ihren Informanten. Wir wissen nicht, wen sie am Plompe Toren getroffen hat. Und Teeske Saathoff auch nicht.«

Eine kleine Gesprächspause folgte. Dann hörte er Iskas Stimme aus den Lautsprechern. »Ich denke, sie hat versucht, es herauszufinden.« Noch einmal eine Pause. »Und das Gute ist«, fügte sie dann hinzu, »sie war offensichtlich erfolgreich.«

13

Iska schaute auf die Armbanduhr. Sie hatte sich entschieden, Herrn Raphael de Light einen frühmorgendlichen Besuch abzustatten, dem einzigen Buchhalter bei Epsilon mit
dem Vornamen Raphael, zumindest bei LinkedIn und Xing.
Sie ging davon aus, dass Teeske Saathoff unter anderem dort,
vielleicht anhand der Profilfotos, nach ihrem Informanten
gesucht hatte. Deshalb auch die Liste, auf denen alle bis auf
den einen umkringelten Namen durchgestrichen waren.

»Da wohnt er.« Emils Finger vergrößerten die Karte auf
dem Smartphone-Display. Zarte Hände, gepflegte Finger-
nägel. Kein Ring. Viele der Kollegen waren mit der Zeit
nachlässiger geworden, was das Äußere anging, er nicht.
»Eine Sackgasse.« Missbilligend spähte Emil in die Herenstraat hinein. »Wahrscheinlich kannst du da nirgends
wenden.«

»Wir lassen den Wagen hier stehen und gehen die paar
Meter zu Fuß.«

Iska setzte zwanzig Meter zurück und rangierte in die
einzige Parklücke am Turfkaii, direkt vor einem Antiquariat.

Sie befanden sich in einer sehr guten Wohngegend, mehrere der malerischen Brücken über den Hafenbecken waren zu Rijksmonumenten erklärt worden. In den Sommermonaten, wenn deutsche Urlauber nach Zeeland strömten, tummelten sich hier ab dem späten Vormittag bestimmt die Touristen.

Die Herenstraat, in der de Light wohnte, eine schmale Straße ohne eigenen Bürgersteig, verband den Turfkaii mit der Innenstadt. Über einigen Hauseingängen waren die Namen der Häuser in die Fassade eingraviert, aus der Zeit vor Napoleon, der wie in vielen anderen Gebieten auch in Zeeland die Hausnummern eingeführt hatte. Kurz bevor dicke, in den Boden versenkbare Poller den Übergang zu der Fußgängerzone der Innenstadt markierten, direkt neben einer Weinhandlung, kamen sie an der ermittelten Adresse an.

Im Erdgeschoss der Wohnung wurde gerade das Licht eingeschaltet. Das Plissee im Fenster rechts neben der Haustür war weit heruntergezogen, Iska erkannte weiße Küchenschränke in Hochglanz. Sie sah, wie ein schmaler Mann mit Glatze den Raum betrat, er trug eine moderne Brille und ein weißes Hemd. Schade, es wäre schön gewesen, wenn er dunkle Haare gehabt hätte. Also war es nicht der Besucher, den die Vermieterin von Teeskes Pension gesehen hatte. »Zumindest wecken wir ihn nicht.«

Sie klingelte.

»Komme«, tönte es von innen. Es dauerte keine zehn Sekunden, dann öffnete der Mann, den sie vorher in der Küche beobachtet hatte, die Tür. Nachdem sie ihren Dienstausweis gezeigt hatte, bat er sie und Emil herein.

»Kennen Sie diese Frau?« Emil zeigte ihm die Vergrößerung von Teeske Saathoffs Ausweisfoto. Der Mann sagte nichts, saß weiter stocksteif an seinem Küchentisch, vor ihm eine Tasse Kaffee. »Herr de Light, Sie erkennen diese Frau, habe ich recht?«

De Light zuckte unmerklich, dann fuhr er sich mit der Zunge kurz über die Unterlippe. »Ja.«

»Und woher kennst du sie?« Iska hatte bewusst zum Du gewechselt, de Light war trotz seines konservativen Äußeren mindestens zehn Jahre jünger als sie, und Iska wollte der Situation die Förmlichkeit nehmen. Der Mann hatte Angst. Aber nicht vor ihnen.

»Moment.« De Light stand auf, setzte sich wieder. »Worum geht es genau?«

Er versucht, auf Zeit zu spielen, um die Situation einschätzen zu können. Sie wägte ihre Worte genau ab. »Wir ermitteln in einem Todesfall.«

»Teeske ist tot?«

Iska nickte. »Sie wurde am Freitag tot in ihrem Auto aufgefunden.«

»Woran … Ein Unfall …?«

»Wir ermitteln in alle Richtungen.« Sie beugte sich zu ihm vor und fuhr leiser fort. »Bitte, hilf uns. Woher kennst du Teeske?«

»Ich …« De Light faltete seine Hände, wie zum Gebet, dann atmete er tief aus. »Ich werde euch alles erzählen. Aber vorher muss ich mit meinem Anwalt sprechen.«

14

Wenko Saathoff schob die Bettdecke zur Seite und tastete nach dem Wecker. Endlich, nach dem dritten Versuch, fand er ihn, schaffte es, auf den Schlummerknopf zu drücken. Zu spät. Er war wach. Ihm war sofort klar, dass er jetzt keinen Schlaf mehr finden würde.

Lass dich nicht hängen. Stark sein. Er schwang sich auf, fuhr sich mit den Händen über das Gesicht. Gestern hatte er mit Ansgar noch lange im Wohnzimmer gesessen und geredet und geschwiegen und getrunken. Zu viel, als dass Ansgar mit dem Wagen hätte nach Hause fahren dürfen. Ihm war es recht gewesen, er hatte nicht alleine sein wollen, und Ansgar war es bestimmt ebenso gegangen. Nur ausgesprochen hatten sie es beide nicht. Wir sind weicher, als wir es nach außen zeigen, das hatte er wohl an seinen Sohn weitergegeben. Stark sein, sich nicht hängen lassen. Teeske, sie war immer hart gewesen, gegen sich und andere, als es drauf ankam.

Seine Zunge fühlte sich pelzig an. Er richtete sich auf, ging nach nebenan ins Badezimmer, trank vom Wasserhahn,

spuckte aus. Gelblich dunkel landete der Speichel im Waschbecken. Aus dem Spiegel schaute ihn eine zerstörte Version
seiner selbst an. Er trottete zurück. Ein kleiner Kater, nichts,
was ihn aus der Bahn werfen würde. Aufstehen, stark sein,
für die Kinder. Tim Gravensen. Beinahe hatte er ihn vergessen, nun war er wiedergekehrt, ein Geist aus der Vergangenheit.

Stark sein. Er sah durch das kleine Fenster nach Norden,
über das Marschland, über brach liegende Felder und Wiesen, die kleinen Gehölze dazwischen. Verdammt, es war
manchmal ziemlich beschissen gewesen hier draußen. Die
Erinnerungen kamen zurück, an den Schmerz, an die Ver-
zweiflung. Als er fast schon hatte aufgeben wollen. Wie alt
war er damals gewesen? Es musste zu Beginn seiner Zeit am
Gymnasium gewesen sein …

Seitdem er Tim kannte, seit ihrer Zeit im Kindergar-
ten, hatte er Ärger mit ihm gehabt. Und es war jedes Mal
schlimmer geworden. Eigentlich war er ihm da schon immer, wenn irgendwie möglich, aus dem Weg gegangen,
denn wann immer sie auch nur zufällig aufeinandertrafen,
hatte es Stress gegeben. Tim war schon immer stärker gewesen als er. Und ein Schläger. Und heimtückisch. Erst ging
es nur um kleinere Raufereien. Da hörte Tim auch noch auf,
wenn er am Boden lag, vielleicht auch nur, weil andere zu-
sahen. Doch eines Tages kam es dann zu dem Vorfall auf
dem Schulweg.

Auf dem Weg zum Gymnasium nach Wyk, als er Tim
überholen wollte, trat der ihm gegen das Fahrrad. Er verlor
das Gleichgewicht, kam ins Trudeln und prallte ungebremst

gegen den Laternenpfahl, flog über den Lenker und landete brutal auf dem Bürgersteig. Schulter geprellt, Hände aufgerissen, Ärmel blutig. Niemand bekam es mit, sie waren allein. Tim lief auf ihn zu, wie er da auf dem Boden lag, streckte ihm die Hand hin, und er dachte noch, warum will Tim mir denn jetzt aufhelfen, als dieser ausholte und ihm genau auf die Nase schlug. Und dann auf den Finger trat. Kurz danach kam ein Auto vorbei, wurde langsamer, hielt unweit von ihnen. Tim beugte sich zu ihm herunter: »Beim nächsten Mal«, sagte er, »wirst du vor Schmerzen nicht mehr schreien können.« Dann lief er schluchzend zu dem aussteigenden Fahrer und erzählte, dass sein Freund einen Unfall gehabt habe. Ein Rettungswagen brachte ihn mit Blaulicht zum Krankenhaus, die konnten aber außer ein paar Prellungen nichts feststellen.

Ein paar Tage später, im alten Marschland. Er war so gerne dort gewesen, als kleineres Kind noch zusammen mit den Eltern, später allein, zwischen den Seen und Teichen, zwischen den Vogelschwärmen auf den riesigen Wiesen. In den kleinen Gehölzen baute er Hütten, entdeckte Geheimverstecke, von denen sonst niemand wusste. Das war sein Reich. Sein Rückzugsort. Niemand sonst kam hierher, normalerweise. Es waren Sommerferien. Tim musste mitbekommen haben, dass er sich gerne hier draußen aufhielt und die Gegend erkundete. Seine Silhouette hatte er schon von Weitem erkannt, nur zu spät.

Was hat Tim hier zu suchen?, dachte er noch. Auf einer der wilden Wiesen, die nur zur Heuernte genutzt wurden, das Gras reichte ihm hoch bis zu den Knien. Zwischen ihm und dem Hof, der bestimmt einen Kilometer weit weg lag, war Tim im Dunst des Nachmittags kaum zu erkennen. Es schien, als wollte er ihm den Fluchtweg abschneiden. Wann immer Wenko die Richtung änderte, tat das Tim auch. Inzwischen hatte er sich bis auf gut hundert Meter genähert.

»Bleib doch stehen, Wenko«, rief Tim ihm zu. Es klang freundlich, nett, hätte er ihn nicht gekannt, wäre er auf ihn hereingefallen. Seitwärts wich er zurück, aber Tim holte weiter auf. Während er versuchte, die aufkommende Panik zu unterdrücken, sah er sich um.

Offenes Gelände, tiefer Boden, Wasserrinnen. Keine Chance, sich hier zu verstecken. Der Deich erhob sich rechts von ihm. Dort, am Fuß, befand sich ein kleines Gehölz. Wenko kannte sich dort gut aus, es gab dichtes Unterholz, in dem einige Wildtiere Zuflucht suchten, Fasane und Kaninchen und was sonst noch. Alles war besser als hier auf offenem Feld. Die Panik kroch in ihm hoch, stetig, aber unaufhaltsam.

Er drehte sich um und rannte los, ohne sich noch einmal umzusehen, durch die Wiese, stolperte über Unebenheiten, Gestrüpp schabte an seiner Jeans, er sprang über Pfützen und glitt beinahe im Matsch aus. Ein Schwarm Gänse stob, flatternd mit Flügeln schlagend, ganz in der Nähe auf. Er erreichte das Gebüsch, der Puls klopfte in seinen Ohren, außer Atem schaute er das erste Mal wieder über seine Schulter. Tim war ihm gefolgt, nicht in Eile, sondern in lockerem Laufschritt, der Abstand zwischen ihnen hatte sich nur unwesentlich vergrößert.

Wenko rannte am Rand des Gehölzes entlang, dichte

Zweige und Äste versperrten den Zugang. Vielleicht konnte er Tim dadurch abhängen, dass er das Gehölz umrundete? Sobald er einmal aus seiner Sicht verschwunden war, hatte er wieder eine Chance, ihm zu entkommen. Vielleicht konnte er sich dann doch irgendwo verstecken, in einer Mulde im tiefen Gras, im Gebüsch, oder vielleicht war doch der Rückweg offen ...

Noch einmal erhöhte er das Tempo, bog um die nächste Ecke des Gehölzes, machte einen Satz über einen Entwässerungsgraben, der sich plötzlich vor ihm auftat, landete unsanft, ein Schmerz zuckte im rechten Bein hoch, vom Knöchel den Unterschenkel entlang, er beachtete ihn nicht, jetzt nicht, einfach weiter. Tränen stiegen ihm in die Augen. Irgendwie vertreten, der Fuß war ganz unsicher, es tat weh. Weiter.

Enger an den Bäumen entlang, wo war Tim, er konnte ihn nicht mehr sehen, überall dichtes Buschwerk, seit der letzten Kurve schon. Ob er die Verfolgung abgebrochen hatte? Nein, niemals.

Ich bin zu laut, schoss es ihm durch den Kopf, so wird er mich auf jeden Fall finden. Wieder knickte er mit dem rechten Fuß um, rutschte im feuchten Gras aus. Wütend unterdrückte er einen Schmerzensschrei. Heiß pulsierte es an seinem Knöchel.

Nein, nicht beachten, weiter, befahl er sich und stemmte sich wieder hoch. Schleppte sich weiter, ging eigentlich ganz gut, Tim war noch immer nicht zu sehen, die nächste Ecke des Gebüsches kam schon, dahinter müsste es wieder zurück nach Süden gehen, nach Hause. Er umrundete vorsichtig den letzten Baum, spähte um die Kante. Dunkel erhoben sich die Umrisse des Hauptgebäudes hinter den Baumreihen, die das Hofgelände umschlossen und den Gebäuden Schutz vor dem Wind bieten sollten. Rechts stießen die warmen Strahlen der Nachmittagssonne durch die Wolkendecke.

Schneller, direkter Weg nach Hause. Er lief los. Ein Schatten tauchte auf, löste sich plötzlich von der Kante des Gehölzes vor ihm, ein Mensch. Abrupt blieb Wenko stehen. Es war Tim, er hatte das Gehölz auf der anderen Seite umrundet und ihm den Weg abgeschnitten, nur war er jetzt viel näher als vorher, nur noch zwanzig Meter entfernt vielleicht.

»Hey, lieber Wenko, warte doch mal kurz, ich laufe dir doch schon die ganze Zeit hinterher!«, flötete er mit seiner sanften Stimme. Mit ihr und seinem unschuldigen Nied-lich-Gesicht konnte er die Leute um den Finger wickeln. Dabei war das doch nur eine Maske, die er beliebig auf- und absetzen konnte. Vorsichtig wich Wenko einen halben Schritt zurück.

Und dann setzte Tim zum Sprint an, kräftig, schnell, seine langen blonden Haare flogen wild hinter ihm her, als er auf ihn zuraste. Was hatte er da in der Hand, einen Ast, einen armlangen dicken Stock …?

Keine Möglichkeit mehr zur Flucht. Wenko ballte die Faust, die Bauchmuskeln spannten sich an. Herzrasen. Eine Waffe, war irgendetwas in der Nähe, das er als Waffe nutzen konnte? Nur Gras, nicht mal ein Stein, und Tim war jetzt schon beinahe da, schwang diesen schweren Ast wie einen Baseballschläger. Wenko konnte den Blick nicht davon lösen, alles verkrampfte sich, mühsam hob er den Arm, um den Schlag abzuwehren, suchte mit dem hinteren Fuß einen festen Halt auf dem matschigen Untergrund, seine Augen verengten sich zu Sehschlitzen.

Wie es genau passierte, wusste er nicht, aber Tim machte irgendetwas anderes, als er gedacht hatte, eine schnelle Bewegung, und stieß den Stock wie einen Speer nach vorne, traf ihn genau am Kinn. Die Wucht des Stoßes schleuderte ihn nach hinten, ihm wurde schwarz vor Augen, jede Kraft fiel von ihm ab, er schaffte es gerade noch, sich zur Seite zu drehen, um nicht gerade nach hinten zu fallen. Schwer sackte er zu Boden, Dunkelheit, Taubheit, kein Schmerz. Die Augen öffnen … Es ging nicht.

Und dann spürte er die Schläge, die in sein Gesicht, auf Augen, Ohren und Wangen prasselten, während seine Arme und Beine wie betäubt einfach nur herumlagen. Warum, dachte er nur, und dann ließ er es einfach geschehen, während er sich tiefer in sich zurückzog, als ob er die Hülle sich selbst überließ.

Es hörte schneller auf, als er gedacht hatte. Tim hatte wohl den Spaß daran verloren. Er hörte, wie es neben ihm raschelte. Spürte fremden Atem neben seinem Ohr. »Ich bin das Böse, Wenko. Ich werde dir wehtun, immer und immer wieder. Weil ich es kann. Und du kannst nichts dagegen tun. Du wirst mich niemals loswerden.«

Er erkannte an den Geräuschen, dass Tim aufstand, die Hände an der Hose abwischte. Ausspuckte, einmal, zweimal, etwas landete auf seiner Wange, die Feuchtigkeit kühlte. Schritte, die sich entfernten.

Lange lag er so da. Stunden, so kam es ihm vor. Die Stille tat gut. Wobei, es war keine Stille. Es rauschte um ihn herum. War das der Wind, oder … das Meer? Irgendwelche Insekten zirpten. Ein Vogel zwitscherte, ein anderer antwortete. In seinem Gesicht pochte und brannte es, ein leiser Luftzug verschaffte ihm Linderung. Er blinzelte. Öffnete vorsichtig die Augen, die Lider waren wie verklebt, alles verschwommen. Grelle, helle Farben. Sich bewegende Punkte am Himmel. Ein Vogelschwarm. Wildenten wahrscheinlich, jetzt schallte das Quaken zu ihm hinunter. Eigentlich schön, alles so friedlich.

Dann wurde ihm kalt, die Nässe des Bodens hatte sich durch die Kleidungsschichten gearbeitet. Mühsam drehte er sich, stemmte sich auf Hände und Knie. Wartete einen Moment, bis der Schwindel nachließ. Mit der Hand befühlte er sein Gesicht. Ein wenig verklebtes Blut, ein Schneidezahn wackelte. Tat aber gar nicht weh, jedenfalls nicht besonders, ungefähr so wie der Rest seines Körpers. Vorsichtig setzte er den rechten Fuß auf. Es schmerzte, aber es ging. Musste gehen. Zu Hause war weit entfernt. Von Tim nichts mehr zu sehen. Er kam am Hof an, als die Sonne untergegangen war. Einen Moment lang fragte er sich, ob er sich das alles nur eingebildet hatte.

Zwei Wochen später, als er sich wieder halbwegs bewegen konnte, präparierte er Hundeleckerlis mit Rattengift, und verteilte sie nachts heimlich auf dem Hof der Gravensens. Tims dämlicher Köter verreckte elendig.

Eines Tages hatte Tim die Insel verlassen. Alles war gut gewesen, die Vergangenheit ein dunkler Traum. Warum nur, zur Hölle, war Tim nun auf einmal in sein Leben zurückgekehrt?

15

Die Köhlbrandbrücke ragte in einem majestätischen Bogen über die Schallschutzwände. Noch eine knappe Viertelstunde, dann würde er da sein. Was ihn in Hamburg erwartete? Marten wusste es nicht.

Es war seltsam gewesen, als er gestern spätabends die Wohnungstür aufgeschlossen hatte. Leer und still. Keine Schuhe von Katharina, die im Flur herumstanden, ihr Mantel hing nicht an der Garderobe. Und kein Youri, der freudig bellend auf ihn zulief. Dazu das Wissen, dass sie auch nicht später nachkommen würde. Er holte das eine der beiden bauchigen Weingläser aus der Vitrine, das ihm noch geblieben war, schenkte großzügig ein und ließ sich einfach auf den Boden der Küche sinken. Sein Blick wanderte zu der Stelle auf dem Sofa, die mal sein Lieblingsplatz gewesen war. Nein, die kalten Fliesen waren genau das, was er gewollt hatte. Manchmal tat es gut, sich im Selbstmitleid zu suhlen. Dann, wenn es niemand sah. Vielleicht hatte er sich sogar auf die Gelegenheit gefreut.

Der Wein war trocken, zu trocken, zu kalt. Egal. Er stellte das Glas neben sich ab. Der Boden war staubig. Bisher hatten Katharina und er sich die Hausarbeit geteilt, ihm graute davor, die gesamte Wohnung alleine sauber halten zu müssen. Ob er etwas Neues suchen sollte? Nein, das wollte er nicht. Das hier waren seine vier Wände, sein Zuhause. Er mochte es hier. Ob er eine Putzkraft anstellen sollte? Wenn er denn eine finden würde.

Aber es wäre nötig. In den Ecken hatten sich schon beträchtliche Staubbällchen gebildet. Dazwischen glitzerte etwas. Er rutschte näher, um es zu begutachten. Kleine Glassplitter. Der Streit in der Küche, der von vorletzter Woche. Die letzten Reste des anderen Lieblingsweinglases. Er nahm einen Splitter, betrachtete ihn zwischen den Fingern.

Auf einmal sah er sich selbst, in all seinem Mitleid. Meine Güte, was bin ich lächerlich. Peinlich. Katharina und er hatten doch gar nicht Schluss gemacht. Wir sind noch immer füreinander da. Halt sie fest, das hatte sogar Papa gesagt. Raff dich auf. Fahr zu ihr. Morgen, auf dem Weg nach Föhr, musste er doch eh quer durch Hamburg, quasi bei ihr vorbei.

Er stand auf, schüttete den Wein in die Spüle und schrieb Katharina eine Nachricht, dass er zum Frühstück gerne durch die Baulücke die Außenalster sehen würde. Eine halbe Stunde später schrieb sie ihm zurück, dass er Brötchen mitbringen solle. Und dahinter stand ein rotes Herz.

Marten betrachtete das weiße Haus in Eppendorf, blickte hoch zur vierten, obersten Etage, da wohnte Katharina also jetzt. Die Papiertüte in seiner Hand knisterte. Zwei Brötchen, zwei Croissants, noch warm, vom Bäcker direkt um die Ecke. Er lief zur Haustür, suchte bei den Namensschildern ihren Nachnamen. Seltsam, ihn alleine dort stehen zu sehen. Er klingelte, kurz danach summte es.

»Du bist echt verrückt, Süßer«, klang es blechern aus der Gegensprechanlage. Im Treppenhaus kam ihm ein Mann in seinem Alter entgegen, die Haare neumodisch zerzaust. Für einen kurzen Augenblick kam ihm die irre Idee, dass er gerade Katharinas neuem heimlichem Lover begegnet war, den sie gerade noch rechtzeitig aus der Wohnung geschoben hatte. So ein Blödsinn.

Katharina erwartete ihn an der Tür mit einem strahlenden Lächeln, sie trug noch ihren Morgenmantel, ihre nackten Beine guckten daraus hervor. Youri kam herbeigewedelt, Marten ging in die Knie, um den Barsoi zu begrüßen. Herzlich strubbelte er sein Fell.

»Der Frühstückstisch ist schon gedeckt.«

»Ich rieche sogar den Kaffee!« Er gab ihr einen zarten Kuss, den sie erwiderte. Warm und weich fühlten sich ihre Lippen an. Sie fuhr mit der Hand über seinen Rücken, er fasste an ihren Po.

»Der Kaffee kann warten …«

Im Schlafzimmer schlossen sie die Tür, damit Youri nicht störte.

Später, als sie in der Küche zum Frühstück saßen, die frischen Brötchen und den Kaffee genossen, kam ihm die ganze Situation surreal vor. Aber schön. Katharina tunkte ihr Croissant in den Kaffee, so wie immer. Ihre Wangen waren gerötet. Er musste grinsen. Das Leben konnte so einfach sein.

Ob er vielleicht doch auch nach Hamburg ziehen sollte? Es gab doch nichts, was ihn wirklich noch in Aurich hielt, außer eine verklärte Vergangenheit.

Um Viertel nach zehn verließ er ihre Wohnung, etwas später, als er eigentlich geplant hatte.

*

Mittlerweile war Marten die Fährfahrten gewohnt. Trotz des mäßigen Windes pflügte der weiße Stahlkoloss durch die Wellen, als würde er auf Schienen nach Föhr fahren. Die letzten Male hatte er die Aussicht noch genossen, die kalte Schönheit der Nordsee. Heute, nachdem Iska ihm von der morgendlichen Befragung von de Light und deren seltsamer Verschiebung auf den Nachmittag berichtet hatte, versuchte er mühsam, sich auf seinen Teil des gemeinsamen Falles zu fokussieren. Beim Schiffskiosk kaufte er einen Kaffee und etwas Nussschokolade, das half ihm beim Denken.

Teeske Saathoff. Noch hatte er kein klares Bild von ihr. Er dachte daran, wie sich der alte Naturschützer über sie geäußert hatte. *Sie wollte einen nicht hinter ihre Fassade gucken lassen, aber ... sie war sehr angespannt.* Was motivierte sie, wie tickte sie? Was war ihre Vergangenheit? Wie war sie zu der Person geworden, die morgens ganz alleine von Föhr bis nach Zeeland fuhr, um dann dort zwei Wochen später ermordet zu werden? Ja, eigentlich kennen wir sie noch gar nicht, stellte Marten fest. Die Tote verheimlicht uns etwas.

Teeske Saathoff wurde ermordet, sagte ihm sein Bauchgefühl. Wer profitierte von ihrem Tod? Jemand, der etwas zu vertuschen hatte, der nicht wollte, dass sie etwas über ihn veröffentlichte. Oder war es vielleicht viel profaner?

Sie mussten ihre Hausaufgaben auf Föhr fertigkriegen. Er dachte an das merkwürdige Gefühl, das er beim erstmaligen Verlassen des Hauses der Saathoffs gehabt hatte. Stimmten die Alibis? Hatte es Streit gegeben? Und nicht zuletzt, gab es Konflikte? Finanzielle Probleme? Wie sahen eigentlich die Eigentumsverhältnisse bei den Saathoffs mit ihrem Hof aus? Vasna hatte da so etwas angedeutet, aber dann nicht ausgeführt. Er hätte jetzt schon gerne gewusst, was sie hatte sagen wollen und dann doch für sich behalten hatte. *Lass dir nicht deine Rolle streitig machen.* Ja, Papa.

Die Fähre legte an, und er ging zurück aufs untere Deck, zum Auto. Irgendetwas machte bei ihm im Hinterkopf klick, ein Gedanke, der nach oben schwebte, den er aber nicht zu fassen bekam. Die Wagen vor ihm rollten los, und er steuerte seinen Golf hinterher. Die hoch am Himmel stehende Sonne ließ das vom letzten Regen noch feucht glänzende Hafengebiet hell leuchten. Gedankenverloren fuhr er die wenigen Meter zur Polizeiwache.

Vasna hatte ein Besprechungszimmer in eine Einsatzzentrale umgewandelt. Die Polizeichefin selbst lief telefonierend auf und ab, als Marten den Raum betrat. Auf den Tischen stapelten sich Ausdrucke, ganz vorne lag ein einzelnes Blatt. Die Gesellschafterliste zu Heintz und Söhne, ein Eintrag war mit grünem Filzstift eingekringelt. Tatsächlich war Epsilon vor einem halben Jahr als Gesellschafter eingestiegen, dem Investor gehörten einundfünfzig Prozent des Unternehmens.

Vasna schirmte kurz mit der Hand das Mikro des Smartphones ab. »Die Info stimmt. Epsilon lässt aber angeblich der alten Geschäftsführung weitgehend freie Hand. Hat mir jedenfalls der alte Heintz erzählt.« Sie nahm das Gespräch wieder auf, offensichtlich sprach sie mit jemandem vom Amtsgericht.

Marten nahm vom ersten Stapel die obersten Blätter, ein Vernehmungsprotokoll, die Chefredakteurin der *föhruns*, für die Teeske Saathoff gearbeitet hatte. Das Nächste war von dem Bäcker, bei dem Teeske Saathoff am frühen Donnerstagmorgen Brötchen »für die lange Autofahrt« eingekauft hatte, dann eins vom Paketzusteller. Marten staunte über die Gewissenhaftigkeit der Kollegen. Dort lagen mindestens vierzig Protokolle, jedes einzelne säuberlich mit einer Metallklammer am oberen Rand zusammengeheftet.

Vasna beendete das Telefonat, wandte sich ihm zu. »Das war das Nachlassgericht, es gibt ein Testament von Teeske Saathoff. Sie haben es aber noch nicht eröffnet.« Vasna nahm einen Schluck aus ihrer Kaffeetasse. »Ich hab da mal Druck gemacht. Der Gerichtssprecher hat mir unter der Hand zugesagt, dass der Termin für morgen angesetzt wird.«

Es war offensichtlich, dass sie gute Arbeit abliefern wollte. »Gibt es eigentlich eine Lebensversicherung oder so? Haben wir da etwas gehört?«

Vasna schüttelte den Kopf. »Nein, da wissen wir nichts von.«

Marten nickte. »Und die grundsätzliche finanzielle Situation der Saathoffs?« Die gleiche Frage, die er ihr vorgestern gestellt hatte. Dieses Mal wich sie nicht aus.

»Ich weiß, dass Wenko und Teeske vor ein paar Jahren mal finanziell recht knapp waren. Während der Corona-Pandemie. Angeblich hat er sogar darüber nachgedacht, den Hof zu verkaufen.«

»Haben wir da irgendetwas in der Hand?«

»Nicht offiziell, nur das, was er mir mal im Vertrauen bei einem Bier gesagt hat. Aber er hat es nicht getan, soweit ich weiß. Ich meine, die Bank hat den Kreditrahmen ein weiteres Mal vergrößert.«

»Okay ...« Er betrachtete die vielen Ausdrucke auf dem Tisch. »Ihr habt echt einiges geschafft.«

»Danke. Hausaufgaben können wir.« Trotz der spitzen Andeutung schwang ein wenig Stolz mit. Schnell sprach sie weiter. »Wir haben alle interviewt, alle Freundinnen und Bekannten, die uns eingefallen sind, aber auch Personen, von denen wir annahmen, dass sie Teeske gelegentlich begegnet sind, Leute vom WTB, dem Wyker Turnerbund, ihrem Sportverein. Wir waren bei den Landfrauen, Teeske hat dort bei den *Feer Ladys* gesungen. Ob ihnen etwas Besonderes zu Teeske aufgefallen ist. Ob es Streitigkeiten, Konflikte, Veränderungen, Neuigkeiten, was auch immer gab.« Sie nahm einen Schluck Kaffee. »Ist auch schon alles in der elektronischen Akte abgelegt, aber ich lass die Protokolle immer noch ausdrucken. Ich kann so besser arbeiten.«

»Ja, das kenne ich. Ist einfach Gewöhnung«, stimmte Marten ihr zu. Eigentlich hielt er das Vorgehen für Papierverschwendung, wollte aber die Stimmung nicht weiter beeinträchtigen. »Kam denn schon irgendetwas Bestimmtes heraus?«

Vasna fasste die dünnen Ergebnisse der letzten Befragungen

zusammen. Eine Freundin von Teeske Saathoff hatte angegeben, dass sie in den letzten Wochen irgendwie verändert gewirkt habe, konnte das aber nicht konkretisieren. Weder konnte jemand berichten, dass Teeske Saathoff neuerdings besonders besorgt gewirkt habe, noch, dass sie oder jemand aus der Familie in Streitigkeiten verwickelt gewesen sei. Abgesehen von der Fehde der Saathoffs mit den Gravensens, aber das sei ja ein alter Hut.

»Was für eine Fehde?«

»Das ist wirklich verjährt.« Vasna steckte die Hände in die Hosentaschen der Uniform. »Die Saathoffs und die Gravensens waren Nachbarn, ihre Höfe lagen direkt nebeneinander. Sie haben sich aber noch nie abgekonnt. Warum auch immer, das müsste man mal bei jemandem erfragen. Das hat aber spätestens aufgehört, als die letzten Gravensens nach Wyk gezogen sind, schon vor fünfundzwanzig, dreißig Jahren. Also nichts, das aktuell wäre.«

»Okay.« Er nickte Vasna zu. »Wie sieht es eigentlich mit den Alibis aus?«

»Nichts Neues. Hans Pfeiffer, der Freund von Svenja Saathoff, hat bestätigt, das Spiel von Bremen in der Europa League, oder wie der UEFA-Cup inzwischen heißt, zusammen mit Svenja angesehen hat. Sie hat die Hallig erst am nächsten Vormittag wieder verlassen.«

»Und Wenko und Ansgar?«

»Ansgars Angaben scheinen zu stimmen. Seine Schicht hat um vierzehn Uhr geendet, er hat wohl auch pünktlich den Markt verlassen. Am nächsten Morgen hat ihn sein Nachbar gesehen, als er ihm ein Paket, das er für ihn angenommen hatte, gegeben hat.«

»Okay, er wird in der kurzen Zwischenzeit kaum in den Niederlanden gewesen sein.« Allein die Fahrt dorthin dauerte acht Stunden. »Und Wenko?«

»Er hatte ja nicht wirklich ein Alibi, der Zaun, den er angeblich zur Tatzeit repariert hat, sieht allerdings wirklich neu aus. Aber gesehen hat ihn niemand.«

»Also weiterhin offen?«

»Formal und überkorrekt, ja. Als Nächstes habe ich mir übrigens schon die hier vorgenommen.« Vasna ging zu einem Tisch, deutete dort auf drei graue Aktenordner. Marten erkannte sie wieder, es waren die, die ihnen Wenko Saathoff am Samstag übergeben hatte. »Die Artikel, die Teeske Saathoff in den letzten fünf Jahren veröffentlicht hat.«

»Schon reingesehen?«

»Überflogen, aber nichts, was mich auf eine Idee gebracht hätte.«

Vasna sah ihn an, wartete darauf, dass er die Richtung vorgab. Oder als wollte sie ihn fragen, ob er auch noch etwas zu den Ermittlungen beitragen wolle. Es kam ihm vor, als würde sie ihn testen.

»Okay, ich würde mal sagen, wir ermitteln in alle Richtungen weiter, schließen erst einmal nichts aus. Was meinst du?«

»Gut.«

»Dann schaue ich mir als Erstes die Protokolle durch. Vielleicht fällt mir als Außenstehender ja etwas auf. Und du übernimmst also Teeskes alte Artikel?«

»Können wir so machen.« Vasna wollte wohl erst noch etwas sagen, unterließ es dann aber doch. Hm, ob sie es als Kontrolle seinerseits sah, dass er die Protokolle gegenlas?

Na ja, jetzt war es zu spät, sich anders zu entscheiden. Und er hatte auch keine Lust, übertrieben Rücksicht zu nehmen.

Er schaute sich das erste Vernehmungsprotokoll an. Wieder dieses ungute Gefühl, das irgendetwas hier nicht stimmig war. Na dann, machen wir uns mal an die Kleinstarbeit. Wie Stochern im Nebel, dachte er bitter.

*

Es dämmerte bereits, er hatte gerade die letzte Akte zugeschlagen, als die E-Mail von der Technikabteilung kam, auf die er so lange gewartet hatte. Sie hatten nun endlich Zugriff auf Teeske Saathoffs E-Mail-Konto. Außerdem hatte der Telefonanbieter ihnen die Verbindungsdaten ihres Smartphones übermittelt, mit denen sie Zeitpunkte und Teilnehmer ihrer Gespräche und Kurznachrichten auswerten konnten.

16

Sie hatten mit de Light einen Termin für den frühen Nachmittag in der Polizeistation Middelburg ausgemacht. Den Vormittag konnte Iska nutzen, um noch einmal mit der Spurensicherung die Ergebnisse zum Fundort zu besprechen, leider ohne neue Erkenntnisse.

Emil hatte bereits einen freien Schreibtisch bezogen, er sah vom Bildschirm auf, als sie den Raum betrat. »Epsilon ist ein ziemlicher Drecksladen, wenn ich das mal so sagen darf.«

»Warum?«

»Vom Kern her sind sie jetzt eine Investmentgesellschaft mit einer Spezialisierung auf Infrastrukturprojekte, vor allem Wasser- und Tiefbau, Küstenschutzwerke. Deichbau. Früher war das anders, aber das verschweigen sie inzwischen.«

»Aha?«

»Es war nicht ganz einfach herauszufinden, diese Spezialisierung auf Wasserbau, das machen sie erst seit knapp zehn Jahren. Seitdem firmieren sie auch unter Epsilon. Aber vorher, da gab es den Laden auch schon, *Invest FaSa bv* hießen sie damals. Und sie haben mit allem Geld verdient, wo ich mir lieber die Finger abhacken würde, als da etwas mit zu tun zu haben. Nahrungsmittelspekulation, Waffenhandel, es gab auch Gerüchte über Geldwäsche. Kein Wunder, dass sie den Namen geändert haben.« Emil reichte ihr einen Auszug aus dem Unternehmensregister. Einen Eintrag hatte er rot markiert.

»Du hast das echt ausgedruckt? Und ich dachte, du wärst gar nicht so alt.« Sie schmunzelte, nahm ihm das Blatt ab. »Invest FaSa? FaSa steht für … was?«

»Ich tippe mal für Fabienne Sanders. Sie war damals Sprecherin der Geschäftsführung, genau wie heute bei Epsilon. Eine durchaus schillernde Persönlichkeit, auch bemerkenswert gut politisch vernetzt.«

»Was? Wie kommst du da drauf?«

»Eine einfache Bildersuche im Internet liefert erstaunlich viele Treffer.« Er rief Bilder von Gala-Empfängen und Diskussionsforen auf, die eine schlanke blonde Frau zeigten. Vielleicht fünfzig Jahre alt, mit einer Vorliebe für weiße Hosenanzüge in Kombination mit hellblauer Bluse.

Iska erkannte einige der Gesichter, mit denen sie zusammen posierte. »Sie scheint vor allem recht eng mit den Sozialdemokraten verbandelt zu sein.«

»Ja, das kann durchaus vorteilhaft für sie gewesen sein. An der aktuellen Regierung sind die Sozialdemokraten ja nicht beteiligt, aber früher haben sie über Jahre das Infrastrukturministerium, Justizministerium und Finanzministerium geführt.«

Infrastrukturministerium. Das war auch für Wasserwirt-

schaft und damit für den Küstenschutz zuständig, rief sich
Iska in Erinnerung. Passte ja alles ins Bild. Sie war gespannt
darauf, was das Gespräch mit de Light bringen würde.

*

Raphael de Light und sein Anwalt diskutierten im Nachbar-
raum. Durch die Plexiglasfenster beobachtete Iska die beiden, konnte sie aber nicht verstehen. Sie hatte mit Absicht
einen der besseren Meetingräume der Polizeiwache ge-
wählt, de Light sollte sich wohlfühlen. Die beiden hatten um
eine letzte kurze Beratungspause gebeten, und Iska hatte
sie ihnen gewährt. De Lights Finger waren ständig in Bewegung, als würden sie wegrennen wollen, während der Rest
des Körpers ruhig und unter Kontrolle blieb. Iska ahnte,
wie de Light tickte. Der wollte reden. Ihre Aufgabe würde
es sein, ihm den Weg dafür zu bereiten. Nein, das brauchte
sie nicht, korrigierte sie sich. Der war schon weich.

Der Anwalt winkte ihnen zu, das Zeichen, dass es mit der
Vernehmung weitergehen konnte. Zusammen mit Emil betrat sie den Raum. De Light stand der Schweiß auf der Stirn,
trotz der eher kühlen Temperaturen.

»Raphael will eine Aussage machen. Unter gewissen Bedingungen.«

»Welchen?«

»Sein ehemaliger Arbeitgeber darf davon nichts erfahren.« Der Anwalt schaute bittend zu ihnen hoch.

Sie wechselte einen Blick mit Emil. Ehemaliger Arbeitgeber? »Ich möchte den Tod von Teeske Saathoff aufklären.
Alles andere ist mir egal.«

»Das ist nicht, was wir hören wollten.« Der Anwalt lehnte sich ein Stück über den Tisch. »Mein Mandant befürchtet, dass der Tod von Frau Saathoff mit dem zu tun hat, was er Ihnen gleich sagen möchte. Sollte das so sein, hat er Sorge um seine Sicherheit. Er bittet um Ihren Schutz.«

Iska sog die Luft ein, das hatte sie in der Direktheit nicht erwartet. »Wir werden dich natürlich schützen, Raphael, wenn es nötig sein sollte. Aber das kann ich nur konkret bestätigen, wenn ich weiß, worum es geht. Es tut mir leid, mehr kann ich nicht anbieten.«

Der Anwalt sah fragend zu seinem Mandanten, Raphael de Light schien zu überlegen. Emil beobachtete schweigend und mit starrer Miene die Szene. Schließlich entschied sich de Light.

»Vielleicht ist es so das Beste.« Er streckte den Rücken durch. »Frau Saathoff hat mich kontaktiert. Vor ungefähr drei Wochen.«

»Weswegen?«

De Light atmete tief ein, dann schaute er offen in die Runde. »Was soll's. Ich muss weiter ausholen. Ich habe bei Epsilon gearbeitet, und das eigentlich sehr gerne. In der Buchhaltung. Jeder weiß, dass wir massiv expandiert haben. Wir hatten einige kleinere Baufirmen aufgekauft und letztens erst in Friesland die Meyer bv, die kennen Sie vielleicht, einen Konkurrenten in unserer Größenordnung. Wir hatten sie bei mehreren Prestigeprojekten unterboten, dem Unternehmen waren die Aufträge weggebrochen. Aber uns gehören auch die Römer Wasserbau in Ostfriesland und die Heintz und Söhne auf Föhr.«

»Kurz für mein Verständnis: Epsilon verdrängt also gezielt die Mitbewerber vom Markt?«, hakte Emil nach.

»Genau. Epsilon nimmt durch die Bauunternehmen, die dem Konzern gehören, quasi jeden Auftrag an, auch wenn die Kosten gerade mal so gedeckt werden. Konkurrenten, die aufgrund der Kampfpreise ins Straucheln geraten, kaufen wir auf und integrieren sie in unseren Konzern. Das gibt uns dann noch mehr Schlagkraft.«

»Geht die Strategie denn auf?«, fragte Iska.

»Sie ist riskant.« De Light räusperte sich. Er wollte endlich etwas loswerden. »Jeder angenommene Auftrag muss natürlich äußerst genau kalkuliert werden, auch damit man nicht wegen Dumpingpreisen verklagt wird. Und da sind mir ein paar Unstimmigkeiten aufgefallen.«

»Was für Unstimmigkeiten?«

»Zum einen einfach strukturelle Unstimmigkeiten. Wir haben, äh nein, Epsilon hat insgesamt eigentlich zu viele Maschinen. Baugeräte aller Art, Bagger, Kräne, was weiß ich. Zu viele, wir sind bei Weitem nicht ausgelastet. Ich will sagen, wir haben dadurch sehr hohe, wenn nicht zu hohe Fixkosten.«

»Epsilon hat sich übernommen?«

»Das denke ich. Die bestehenden Aufträge spielen die Kosten insgesamt nicht wieder ein. Eigentlich.«

»Was meinst du mit eigentlich?«

»Die Projekte in sich … Das ist das, was mir Sorgen macht. Abgerechnete Kosten und Leistungen, unlogische Differenzen bei Arbeitsleistung und eingesetzter Energie und … na ja, bevor das jetzt zu technisch wird, es gibt Kontrollwerte für unsere Projekte. Bei Sandaufspülungen, zum

Beispiel, ist das besonders einfach zu berechnen, man weiß, wie lange die Maschinen laufen müssen, um entsprechend viel Sand von A nach B zu pumpen. Aber auch bei anderen Projekten gibt es diese Kennzahlen, für hundert Meter Deich braucht man bei einer Höhe von fünfzehn Metern soundso viel Sand für den Deichkern, Klei für das Deckwerk, Steine oder Beton, und je nachdem, welche Maschinen zum Einsatz kommen, soundsoviele Arbeitskräfte. Das kalkuliere ich nicht selbst, aber ich buche später alle Unterlagen ein. Und bei einigen Projekten … na ja, bzw. insgesamt … ist einiges unlogisch.«

»Und das fällt anderen nicht auf?«

»Irgendwann wird das sicherlich in den Bilanzen auffallen, noch kann man das in den Projekten sozusagen verstecken, als unfertige Leistungen, aber das geht nur eine Zeit lang … wenn es gut geht.« De Light lächelte gequält, als ob er damit schon das Entscheidende verraten hätte.

Iska dämmerte, worauf er hinauswollte. Er machte sich keine Sorgen über Wirtschaftsbetrug, sondern … »Um Geld zu sparen, könnte man … weniger leisten, das meinst du? Vielleicht dort, wo es nicht sofort auffällt?«

»Ja.« De Light atmete tief aus. »Zum Beispiel dort, wo es nicht sofort kritisch wird.«

»Pfusch?«, sprach Emil das Wort aus, das in der Luft lag. »Systematischer Pfusch beim Deichbau? Beim Küstenschutz?«

»Genau. Das ist meine Befürchtung«, bestätigte De Light nickend. »Ich meine, es geht ja nicht um eine Straße, die nicht ordentlich geteert ist, oder irgendwo ein einzelnes Haus … Ich hab mich lange damit schwergetan, nachdem ich es bemerkt hatte. Aber dann wurde mir klar, ich musste irgendetwas tun.«

Iska setzte sich auf einen der Stühle. Sie ahnte schon, was de Light antworten würde, aber sie wollte es von ihm hören. »Was hast du getan, als du das alles herausgefunden hast? Konntest du das deinem Vorgesetzten melden?«

»Nein.« De Light schüttelte den Kopf. »Das ist systematisch, und von oben, ich … nein.«

»Also hast du einen Weg gesucht, damit an die Öffentlichkeit zu gehen?«

»Das war mein Plan.« Er berichtete, wie er nach geeigneten Kontakten gesucht hatte, hier in den Niederlanden, aber auch in Deutschland, damit der Verdacht nicht auf ihn fiel. Aber kaum jemand wollte sich der Sache annehmen. Erst bei dem Projekt auf Langeoog hatte er zum ersten Mal Erfolg gehabt. »Ich hatte gehofft, dass man auf Blue Home als bekannte Umweltschutzorganisation hören würde, dass es so richtig Krach geben würde. Das ist leider überhaupt nicht eingetreten, Hansen ist sofort eingeknickt, sein Blogeintrag war schnell wieder verschwunden. Ich habe mich gefreut, als er sich meldete, dass eine Journalistin auf das Thema aufmerksam geworden sei. Das war Teeske.«

»Was passierte dann?«

»Ich habe mich über einen anonymen E-Mail-Account mit ihr ausgetauscht. Den hatte ich vorher auch bei Hansen genutzt.« Seine Stimme wurde tiefer. »Aber Teeske stellte Bedingungen. Ganz oder gar nicht, hat sie gesagt. Sie wollte alle Informationen haben, die ich besorgen konnte. Und sie bestand auf einem persönlichen Treffen.«

»Und was hast du gemacht?«

»Ich war sehr vorsichtig, ich hatte Sorge, dass das Ganze eine Falle ist. Also hab ich sie überprüft, so gut ich konnte, und ihre Geschichte schien zu stimmen. Na ja, und alles abbrechen, das wollte ich nicht. Ich war ja schon so weit gegangen. Also habe ich zugestimmt.«

»Wie kann ich mir das vorstellen? Als Papierordner?«

»Nein, natürlich nicht.« De Light konnte sich das Grinsen nicht verkneifen. »Ich hab alle Daten auf einen externen Speicherstick abgezogen, alles, woran ich kam. Projektpläne, Fotos, Berechnungen, Bilanz- und Finanzierungsdaten. Am nächsten Tag haben wir uns getroffen, und ich habe ihr alles gegeben, was ich hatte. Es tat gut, das alles losgeworden zu sein.«

»Wo und wann?«

De Light antwortete so, wie es Iska vermutet hatte. Treffpunkt war ein Ort, nicht weit weg von hier, wo man schon von Weitem sehen kann, ob und wer sich nähert. Am Plompe Toren. Nun hatten sie die Quelle, die Person, nach der sie gesucht hatten.

Aber der Mann vor ihr war nicht der Mörder von Teeske Saathoff. Er saß wie ein Häufchen Elend auf dem Stuhl, die Hände gefaltet, ließ den Kopf hängen. »Wir brauchen diese Unterlagen. Kannst du uns eine Kopie geben?«

»Ja, natürlich.« De Light zog einen flachen metallenen Gegenstand aus der Tasche, legte ihn auf den Tisch. Er hatte es die ganze Zeit vorgehabt. »Ich verrate Ihnen hiermit Firmengeheimnisse. Die Sachen aus der hintersten Ecke des Safes, dem absoluten Giftschrank meines Unternehmens.«

»Danke.« Iska nahm die Speicherkarte an sich. Sie bemerkte, wie ihr plötzlich heiß wurde. Sie ahnte, wo sie vielleicht doch die Unterlagen finden konnte. Beinahe hätte sie dem Buchhalter nicht weiter zugehört.

»Letzte Woche wurde ich freigestellt. Betriebliche Gründe, aber Arbeit ist gerade mehr als genug da, das kann nur vorgeschoben sein. Die Geschäftsleitung persönlich hat mir einen solch guten Aufhebungsvertrag vorgelegt, dass ich erst einmal zwei Jahre nicht arbeiten müsste.«

Eine Kündigung müsste Epsilon bei der UWV genehmigen lassen. Die niederländische Sozialbehörde war für ihre eher arbeitnehmerfreundliche Haltung bekannt, weshalb Unternehmen, wenn sie sich von Mitarbeitern trennen wollten, eher zu Aufhebungsverträgen als zu einfachen Kündigungen tendierten.

»Sie haben es nicht offen ausgesprochen, aber ich glaube, sie haben herausgefunden, dass ich die Daten abgezogen habe. Und diejenige, der ich diese Daten gegeben hatte, ist tot. Es geht nicht um ein bisschen Wirtschaftskriminalität, um ein falsch abgerechnetes Projekt, bei dem ein bisschen zu wenig Sand aufgeschüttet wurde, es geht um Millionen, wenn nicht um Milliarden Euro. Ich habe verdammt noch mal Angst!«

»Das verstehe ich.« Es war keine Floskel. Hatte Epsilon mit der Freistellung versucht, de Light aus dem Spiel zu nehmen? Gleichzeitig rasten ihre Gedanken weiter. Sie erinnerte sich, dass Marten von der Verletzung des alten Umweltschützers auf Langeoog erzählt hatte. Treppe heruntergestürzt, wirklich? Iska bemühte sich um eine neutrale Stimmlage. »Um wie viele Projekte geht es eigentlich insgesamt?«

»Ich weiß es nicht genau. Ich kann nicht alle Daten zu allen Projekten einsehen. Aber Epsilon, also … Epsilon ist fast überall beim Küstenschutz mit dabei. In den Niederlanden, in Belgien, Deutschland, Dänemark, bald auch Frankreich.« Er atmete tief aus. »Es betrifft die gesamte Nordseeküste. Und alle Menschen, die dort leben.«

17

Mit klopfendem Herzen hörte sie Marten zu, während sie über das Oosterschelde-Sperrwerk nach Norden fuhr.

»Was de Light ausgesagt hat, passt mit den Telefondaten und den E-Mails von Teeske Saathoff zusammen. Sie muss in den Daten irgendetwas gefunden haben. Sie hat in der ersten Woche ihres Aufenthaltes am Donnerstag und Freitag mehrfach Epsilon angeschrieben und auch dort angerufen, sie haben sie offenbar ignoriert. Sie wollte einen Termin mit der Geschäftsführung, dem Board. In der letzten E-Mail an Epsilon droht sie damit – Zitat –, *alles auffliegen zu lassen.*«

»Wie geht es weiter? Hat Epsilon reagiert?«

»Nein, gar nicht. Aber jetzt kommt es: Ein paar Stunden nach dieser letzten E-Mail erhält sie einen Anruf von einer unbekannten Nummer, wahrscheinlich einem Prepaidhandy. Das war am Freitagnachmittag.«

Sie dachte an den Schmierzettel, den die Spurensicherung in der Pension gefunden hatte. *Board!!! Sa, 21.02. -> 17:00 Uhr? BZ. Neeltje Jans!* »Eine Terminabsprache? BZ.

Neeltje Jans, ein Treffen im Besucherzentrum? Am 21. Februar, vorgestern vor einer Woche.«

»Wenn ich mich richtig erinnere, was Wenko Saathoff gesagt hat, hatte sie gestern vor einer Woche ihren Aufenthalt ein zweites Mal verlängert.«

»Dann wäre dieses Treffen der Grund dafür gewesen.«

Iska nickte. Und was war der Grund für ihren Tod? Die Assoziationen gingen in eine eindeutige Richtung, wie auf einer Autobahn. Was war zwischen dem 21. und dem 26. Februar passiert?

Marten räusperte sich. »Nach dem Termin hat sie keine weiteren E-Mails geschrieben. Auch hat sie neben zwei kurzen Telefonaten mit ihrem Mann nur noch mehrere Nachrichten mit dieser unbekannten Telefonnummer ausgetauscht.«

»Kennen wir den Inhalt?« Sie ahnte, was er sagen würde, trotzdem spürte sie die Enttäuschung, als sie seine Worte hörte.

»Nein, die Telefonprovider halten nur die Metadaten vor, auf die Inhalte haben sie keinen Zugriff. Und für die Prepaidkarte ist kein Name hinterlegt. Die Frage ist, wer dahintersteckt.«

»Ja.« Der- oder diejenige war die letzte bekannte Kontaktperson von Teeske Saathoff, nicht de Light, wie sie zuerst gedacht hatten. War dann diese Person auch ihr Mörder? Über eine lange Rampe führte der Rijksweg 57 auf das nördliche Festland. Beide schwiegen eine Weile. Bei dem ersten Kreisverkehr steuerte Iska den Wagen in die Abfahrt nach Burghsluis.

Marten sagte als Erster wieder etwas. »Und wir müssen

wissen, was Teeske Saathoff genau herausgefunden hat, was in diesen Daten von de Light steckt. Das ist der Schlüssel. Wenn wir da etwas finden, haben wir ein handfestes Motiv. Vielleicht hat der Mörder von Teeske Saathoff nach diesen Daten gesucht.«

Wiesen und Felder zogen an ihr vorbei, der *Oude Schapenboerderij* hob sich bereits vor der dunkelgrauen Dämmerung ab. »Mit etwas Glück kann ich dir das in fünf Minuten sagen. Ich rufe dich gleich zurück.«

Iska parkte auf dem Hof direkt vor der umgebauten Scheune. Keine weiteren Autos der Polizei zu sehen, die Kollegen der Spurensicherung waren wohl zumindest vorläufig fertig. Gut, dass sie den Schlüssel zu Saathoffs Zimmer mitgenommen hatte. Mit großen Schritten lief sie in das Gebäude, hetzte den Flur entlang. Beinahe albern, dachte sie. Wenn die Speicherkarte wirklich da war, wo sie dachte, dann kam es auf fünf Sekunden früher oder später auch nicht an. Aber sie konnte und wollte sich jetzt nicht bremsen.

Ja, sie war sich sicher, dass der Mörder auch derjenige war, der das Zimmer durchsucht hatte. Und wenn sie fanden, was der Einbrecher gesucht, aber nicht gefunden hatte, dann kamen sie auch dem Motiv für den Mord einen ganzen Schritt näher.

Quer vor Tür Nummer acht war rot-weißes Absperrband gezogen worden. Außer Atem zog Iska die Schutzsachen über. Dann nahm sie den Schlüssel aus der Hosentasche und schlitzte so säuberlich wie möglich das Polizeisiegel zwischen Tür und Rahmen auf, schloss auf und drückte die Klinke nach unten. Mit klopfendem Herzen betrat sie den Raum.

Die Yuccapalme. Wie hatte sich der Buchhalter ausgedrückt? Die Daten hätte er in der hintersten Ecke des Safes versteckt. Safe, das war die Assoziation gewesen. Teeske hatte auf Föhr den Schlüssel zu ihrem Safe in ihrem Lieblingsversteck untergebracht, wie ihr Mann gesagt hatte. Lieblingsversteck. Sie machte ein letztes Foto von dem großen Blumenkübel, in dem die Palme stand, und schlug eine der Plastiktüten auf, die für Asservate verwendet wurden. Die obersten Schichten waren trocken und brüchig. Schicht um Schicht hob sie die Erde rundherum heraus und füllte sie in die Plastiktüte. Nach wenigen Zentimetern stieß sie bereits auf etwas Festes. Ein kurzer weißer Plastikstick, in seinem Innern eine Speicherkarte. Heureka, dachte Iska.

»Ich habe es gefunden«, sagte Iska eine Minute später, als Marten das Gespräch annahm. Triumphierend betrachtete sie ihren Fund, den sie zwischen ihren Fingerspitzen hielt.

*

»Nein, nicht wirklich?« Iska schluckte, drehte sich auf dem Bürostuhl zum Fenster, schaute hinaus auf die Einsatzfahrzeuge auf den Parkplätzen vor dem Büro, die im gelblichen Schein der Straßenlaternen langsam von einer Schneeschicht bedeckt wurden. Betrachtete die schwarze Leere der Binnengracht, die beleuchteten Fenster der Häuser auf der gegenüberliegenden Seite des Kanals. Und nahm doch nichts von alldem wirklich wahr. »Zwei Tage bevor die beiden bei mir waren, ist das passiert? Marc hat mir überhaupt nichts erzählt.« Ungläubig hörte sie Daniel zu.

»Iska, er hat Angst, weißt du? Er hat einfach Angst davor, was ihm bevorstehen könnte.«

»Aber... es sind nicht mehr die Fünfzigerjahre, ich denke ... wir, die jungen Menschen, wir sind doch viel weiter ...«

»Kinder können brutal sein.« Daniels Stimme klang dunkel. »Er hat Angst, seine Freunde zu verlieren. Ich meine, in dem Alter ... Die sind ja alle dabei, sich in neuen Rollen zu finden. Ich kann ihn da schon verstehen.«

»Er hat nichts gesagt! Gar nichts. Verstehst du?« Sie wäre doch gerne für ihn da gewesen. Oder hätte wenigstens versucht, Fettnäpfchen zu umgehen.

»Es ist eh schon kompliziert genug für ihn. Vielleicht wollte er einfach mal die ganze Sache für sich selbst durchdenken, alleine. Oder abschalten. Abstand gewinnen.«

»Ich dachte wirklich immer, er steht auf Mädchen.«

»Seine Freundinnen, das sind wohl wirklich eher Freundschaftssachen. Was weiß ich, vielleicht war es auch nur so eine Art Ausprobieren. Er ist dreizehn, wer weiß... Na ja, aber ich denke, das mit dem Flavio, das war wohl mit Gefühlen.«

Sie atmete durch. Marc hatte sich verliebt, zum ersten Mal, und es war maximal schiefgegangen. Flavio, aus seiner Klasse, der Torwart in seinem Fußballverein. Sie versuchte, sich zu erinnern. Hatte Marc nicht schon mal früher von ihm erzählt? Der Surfer? Oder der, der schon mit acht das erste Smartphone gehabt hatte?

»Der, der in seiner Freizeit so viel liest. Braune Locken, eigentlich eher schüchtern, wenn er nicht gerade Fußball spielt.«

»Und Flavio … wie sieht er das?«

»Der war überrascht.« Daniel erzählte, dass die beiden sich wohl heimlich Schnaps besorgt hatten. »Marc hat dann Zeichen falsch gedeutet, die Initiative ergriffen … wollte knutschen … ging wohl daneben.«

»Oh nein.« Iska hielt die Luft an. »Und dann?«

»Flavio hat ihn in den Arm genommen und getröstet. Und dann gesagt, dass er hetero ist.«

»Eigentlich ganz cool.«

»Jaja, Flavio ist in Ordnung. Aber Marc hat jetzt Riesensorgen, dass die Geschichte unkontrolliert die Runde macht.« Daniel schwieg, und Iska sah ihn vor sich, wie er mit den Schultern zweimal kurz zuckte, das machte er immer in diesen Situationen.

»Ich würde jetzt gerne für ihn da sein, Daniel.«

Es dauerte viel zu lange, bis Daniel antwortete. »Du … Iska …«

»Eher nicht?«

»Ich bin sicher, er wird sich bei dir melden, wenn es so weit ist. Wir sind hier für ihn da. Ich wollte nur, dass du Bescheid weißt, okay?«

»Okay.«

»Er hat es mir eben erst erzählt, bevor er ins Bett ist. Deutlich früher als sonst, nebenbei. Wahrscheinlich will er den Rest mit sich selbst ausmachen.« Im Hintergrund hörte man ein leises Klirren von Gläsern. »Ich komme gleich«, rief Daniel. Eine Frau antwortete, seine neue Freundin. Sie hatte sie mal kennengelernt, rote Haare, eher klein, nett, aber ihren Namen hatte sie sich nicht merken können. »Du, ich muss langsam mal Schluss machen. Muss da noch mit

Erika drüber quatschen. Wollte nur mal hören, ob er dir gegenüber schon mal was angedeutet hatte.«

»Klar, kein Problem.«

»Mach's gut.«

»Du auch.«

Sie betrachtete das Display, das jetzt die Dauer des Telefonats anzeigte. Neunundzwanzig Minuten und siebenunddreißig Sekunden. So lange hatte sie schon seit Ewigkeiten nicht mehr mit Daniel telefoniert.

Marc hatte sich Daniel anvertraut. Ihr dagegen hatte er vorher noch etwas von Schulnoten erzählt. Es versetzte ihr doch einen Stich, auch wenn sie wusste, dass das keine direkten Rückschlüsse zuließ. Maaike und Marc lebten seit ihrer Trennung bei ihrem Vater, nur jedes zweite Wochenende waren sie bei ihr zu Besuch, die ersten Jahre auch immer nur für eine Nacht. Er war ihre erste Bezugsperson, auch schon vorher gewesen, vor der Trennung, vor dem ganzen Chaos. Ich bin halt kein Familienmensch. Ich kann mich nicht ändern, hatte sie immer gesagt, und es war für alle okay gewesen.

Sie zwickte sich in den linken Oberarm. Aufwachen! Iska verließ die Telefonzelle, wie das Zimmer am Ende des Ganges genannt wurde. Sie und Emil waren mit der Speicherkarte zu ihrem Büro in Amsterdam gefahren, nicht zur Zentrale nach Driebergen. Von hier aus waren es nur ein paar Minuten nach Hause, so konnte sie eine weitere Autofahrt vermeiden.

Emil war der letzte Kollege im Büro. Das Jackett hatte er abgelegt, sein T-Shirt spannte sich über seinen beeindruckenden Oberarmen. Er wandte den Blick vom Notebook ab, fuhr sich mit der rechten Hand durchs Haar. »Schlechte Neuigkeiten?«

»Was?«

»Eben, am Telefon. Sorry, es sah so aus.«

»Äh, ja. Was Privates.«

»Ich wollte nicht aufdringlich sein.«

»Alles okay.« Es war schon niedlich, wie er da mit seinen großen Augen entschuldigend zu ihr hochschaute, aber das ging ihn wirklich nichts an.

»Hast du etwas zu den Unterlagen von de Light herausgefunden? Gibt es eine Verbindung mit den Daten auf der Speicherkarte aus der Pension?«

Die Erleichterung über den Themenwechsel war ihm anzusehen. »Die Daten auf den beiden Speicherkarten sind identisch, bis auf das letzte Byte.«

»Ach?« Iska konnte eine gewisse Genugtuung nicht verleugnen. Der Einbrecher hatte offenbar verhindern wollen, dass sie die Daten in die Hände bekamen, und nun hatten sie sie sogar doppelt.

»Ich hab alles schon einmal quergelesen, aber spontan, so auf den ersten Blick, kann ich, was de Light behauptet, nicht so ganz eindeutig anhand der Daten nachvollziehen. Sicherlich, da gibt es Anhaltspunkte, aber ein glasklarer Beweis dafür, dass Epsilon Pfusch macht ... Noch sehe ich ihn nicht.« Emil räusperte sich. »Aber ich weiß jetzt, was Teeske Saathoff untersucht hat.«

»Ja?«

»Die Projekte von Epsilon haben eine Ordnungszahl, vierstellige Nummern, denen jeweils ein P vorangestellt ist. Von P0001 bis P7123, bis dahin reicht der Datensatz.«

»Wie die Nummern auf dem Zettel aus Teeske Saathoffs Unterkunft.« Iska erinnerte sich an das fleckige Papier, das inmitten der Müllreste gelegen hatte.

»Genau. Die Projekte P5125, P6229 und P6433. Zu denen hat sie wohl irgendetwas Handfesteres gefunden.«

»Deshalb die weiteren Reisen von Saathoff in der ersten Woche?« Sie erinnerte sich an die Abkürzungen auf dem Schmierzettel. »Di, Mi, Do, das sind deutsche Abkürzungen für die Wochentage. Am Dienstag, Mittwoch und Donnerstag. Worum geht es in den Projekten?«

»Einmal um einen Deich im Nordwesten von Texel, um eine Sanierung des Abschlussdeichs des IJsselmeeres und um Reparaturen am Maeslant-Sperrwerk an der Rheinmündung bei Rotterdam.«

»Das Letzte wurde gebaut, als ich noch in der Schule war. Mit ihm wurde der letzte Teil des Deltaplans umgesetzt.« Sie dachte daran, wie ihr Physiklehrer damals stolz von dem großen Masterplan erzählt hatte, mit dem die Niederlande ihre Küsten sicherten. Eine nationale Kraftanstrengung, die ihrem kleinen Land vollkommen zu Recht den Ruf eingebracht hatte, dass hier die talentiertesten Wasserbauer der Welt lebten. Sie stützte sich auf die Tischkante von Emils Schreibtisch, verfolgte, wie ihr Kollege durch die Dokumente blätterte.

Der metallene Anhänger ihrer Halskette rutschte aus der Bluse, hing baumelnd vor ihr. Sie richtete sich auf, betrachtete ihn kurz, einen Knoten aus zwei ineinander verschlungenen Seilenden. Daniel hatte ihn ihr geschenkt, kurz nachdem sie sich getrennt hatten. Ein Freundschaftsanhänger. Liebe, nur anders, hatte er gesagt, um ihr die Schuldgefühle zu nehmen.

Sie bemerkte, wie Emil verzweifelt nach vorne auf den Bildschirm starrte, um ihr nicht in das Dekolleté zu gucken. Sie steckte den Anhänger wieder zurück. Ich sollte ihn nicht mehr anziehen, dachte sie. Er erinnerte an eine Vergangenheit, in die sie zurückwollte, was aber nicht mehr möglich war. Zurück zur Arbeit, ermahnte sie sich. »Okay, konzentrieren wir uns erst einmal auf diese Projekte. Alle Zahlen auf links drehen, Abgleich mit anderen Quellen, alles, was wir haben. Mal sehen, ob wir auch das sehen, was Teeske Saathoff meinte gefunden zu haben.«

»Ja. Ich fange mit Texel an. Das war ihre Reise am Dienstag.« Emil drehte sich pflichtbewusst wieder zum Bildschirm hin. Beinahe zu schnell, dachte Iska. Aber sie mochte den Eifer, mit dem er bei der Arbeit war. Auch wenn er etwas überhastet gewirkt hatte.

Sie selbst nahm sich die Unterlagen zum Abschlussdeich vor, aus einer Laune heraus und auch weil er direkt an die Provinz Fryslân angrenzte, ihre alte Heimat. Soweit sie es den Dokumenten entnehmen konnte, gab es Befürchtungen, dass der Deich an Substanz verlor und instabil werden könnte. Es ging um Wellenbrecher, um Sedimentanschwemmungen, um Erosion. Sie klickte sich durch die Dokumente. Nein, das muss ich nicht im Detail verstehen, dachte sie, dafür gibt es Fachleute. Und tatsächlich: Offenbar war bei dem Projekt das *RIVZ*, das *Rotterdam Instituut voor Zeeonderzoek*, eingebunden gewesen.

Moment. Sie sprang zu den Finanzdaten. Ja, das Institut tauchte auch bei den Projektförderungen auf. Allein im letzten Jahr mit Zuwendungen in Höhe von hunderttausend Euro. Iska suchte weiter.

Tatsächlich. Bei allen drei Projekten waren entweder das *RIVZ* oder das *NNIVODZ*, das *Nieuw Nederlands Instituut voor Onderzoek der Zee*, oder beide involviert. Und beide Institute wurden von Epsilon gefördert.

Mal sehen, was passieren würde, wenn sie den Organisationen ein wenig auf den Zahn fühlten.

18

Marten schaute blinzelnd auf die Digitaluhr, die auf der weißen Kommode neben ihm stand. Halb acht. Weiße Holzvertäfelung, weiß gebeiztes Holzbett, blaue Bettwäsche, ja, er war im Hotel in Wyk auf Föhr. Das Haus Halligensicht. Sehr gut. Nicht zu Hause, in einem viel zu großen Bett.

Hm, diese Blumen mit diesen rosa Blättern auf dem Bistrotisch sahen nett aus. Er rieb sich die Augen. Vielleicht sollte er auch mal Blumen in seiner Wohnung aufstellen, jetzt, da er alleine wohnte … Früher, als sie gerade eingezogen waren, hatte Katharina das gemacht, aber die waren immer so schnell eingegangen, und keiner von ihnen hatte die welken Blumen weggeräumt. Vielleicht sollte er lieber welche aus Plastik nehmen?

Halb acht? Er hatte neun Stunden einfach durchgeschlafen. Gemütlich setzte er sich auf. Durchgeschlafen, ausgeschlafen. Er war so müde gewesen, hatte vergessen, sich den Wecker zu stellen.

Als er das Display seines Smartphones aktivierte, sah er

als Erstes eine Nachricht von Katharina, abgesendet um elf Uhr abends.

Hab nur angerufen, um deine Stimme zu hören.
Ich liege hier im Bett und denke an unser Frühstück.
Knutsch dich!

Er drückte auf Wählen, aber sie ging nicht dran. Natürlich, jetzt müsste sie gerade ihre Runde mit Youri drehen.

Marten dachte an den letzten großen Fall, als er das erste Mal gemeinsam mit Iska zusammengearbeitet hatte. Damals hatten ihm die Ermittlungen jeden Funken Aufmerksamkeit abverlangt, und dabei hatte er Katharina vernachlässigt.

Jetzt war es anders. Er hatte gestern zwar wieder lange gearbeitet, aber dann gut einschlafen können. Die wesentlichen Spuren führten zu Epsilon, und die Ermittlungen zu dem Finanzinvestor lagen bei Iska in guten Händen. Er arbeitete hier auf Föhr noch ab, was abzuarbeiten war. Das bot ihm ausreichend Ablenkung, ohne zu stressen, und er hatte außerdem einen guten Grund, nicht zu Hause sein zu müssen.

Und ja, schade, dass er nicht mit Katharina telefonieren konnte. Aber irgendwie … nein, es spielte keine Rolle. Er wusste, dass alles gut war. Weniger wollen, weniger festhalten, einfach mehr zulassen. Mehr den Moment genießen. Nachher würde sich bestimmt eine gute Gelegenheit ergeben. Schnell tippte er eine Antwort. Zwei graue Häkchen im Chatfenster zeigten, dass seine Nachricht bereits bei ihr angekommen war, Katharina sie lediglich noch nicht gelesen hatte.

Nachricht angekommen. Aber nicht gelesen. Da war es wieder, das merkwürdige Gefühl, das er gestern, beim Lesen der Verhörprotokolle, schon gehabt hatte. Ansgars Nachbar, der bestätigt hatte, Ansgar am nächsten Morgen gesehen zu haben. Marten nahm das Smartphone wieder in die Hand, loggte sich in die elektronische Akte ein und öffnete das entsprechende Vernehmungsprotokoll.

Der Nachbar hatte angegeben, Ansgar am Freitagmorgen getroffen zu haben, draußen vor dem Haus. Dann, so der Nachbar, hatte er ihm das Paket gegeben, das er am Donnerstagvormittag für Ansgar angenommen hatte. Okay. Nur… Warum hatte Ansgar das Paket nicht direkt abgeholt, als er zu Hause ankam? Die warfen doch immer den Zettel in den Briefkasten, »Wir haben sie leider nicht angetroffen, Paket liegt bei …«

Hm, auch der Paketbote war doch vernommen worden, Vasna hatte persönlich mit ihm gesprochen. Er öffnete das entsprechende Protokoll. Teeske Saathoff hatte regelmäßig bei Onlineshops eingekauft, der Bote gab an, sie mindestens alle drei Tage gesehen zu haben. Nein, eine Veränderung an ihr sei ihm nicht aufgefallen. Die letzten zwei Wochen sei nichts für sie dabei gewesen, lediglich am Donnerstag habe er übrigens ein Paket bei Ansgar abgeben wollen, am späten Vormittag. Marten schaute auf die Adressangaben. Ansgar Saathoff wohnte gar nicht weit weg vom Hotel, in der Mittelstraße, nur zwei Querstraßen weiter.

Hm. Genau genommen hatte Ansgar Saathoff kein Alibi für die Zeit zwischen Schichtende Donnerstagmittag und eben Freitagmorgen. Na ja. Marten beschloss, später weiter darüber nachzudenken.

Beim Frühstück gab es Rührei und Heringssalat, dazu Schwarzbrot und einen guten Kaffee. Eigentlich fast wie Urlaub. Der unausgesprochene Vorwurf seines Vaters, dass er Vasna und Iska zu sehr die Leitung der Ermittlungen überließ, schwappte wieder hoch. Ja, da war durchaus was dran. Ach, kümmer dich um deinen eigenen Kram, Papa.

Das nächste Statusmeeting war erst für neun Uhr angesetzt. Er hatte noch Zeit. Gemütlich schenkte er sich eine zweite Tasse Kaffee ein. Am Zeitungsständer lagen nur zwei Zeitungen aus, einmal die aktuelle *shz* und daneben die *föhruns,* ein kleines Blättchen, das offensichtlich alle zwei Wochen erschien. Die Ausgabe war vom Samstag, die Freiwillige Feuerwehr hatte ihre Jahreshauptversammlung abgehalten, und die Gemeinde plante die Sanierung der Spielplätze in Borgsum. Dann fiel ihm ein kleinerer Artikel, seitlich in einer separaten Spalte, auf.

NETZWERKAUSFALL SCHNELL BEHOBEN
Am Donnerstagabend gegen 22:30 kam es zu einem Netzausfall im Westen von Wyk. Betroffen waren sowohl Fernseh- als auch Internetempfang in dem Bereich zwischen Hafenstraße und Mittelstraße. Ursache war ein Kabelbrand in einer lokalen Verteilstation. Das herbeigerufene Technikteam konnte den Schaden innerhalb einer halben Stunde beheben.

Donnerstagabend … Marten sprach die Dame an, die gerade den Orangensaft nachfüllte, dabei deutete er auf den Artikel: »Entschuldigen Sie bitte, waren Sie auch von dem Ausfall betroffen?«

Sie nickte: »Ja, es haben sich mehrere Gäste beschwert, die das Europa-League-Spiel geschaut haben. Die letzten zwanzig Minuten vom Spiel konnten wir hier nicht sehen. Das ganze Viertel war betroffen. Erst um elf Uhr funktionierte alles wieder ganz normal.«

»Sind Sie sich sicher?«

»Jaja, ganz sicher.« Irritiert sah ihn die Dame an.

»Vielen Dank! Sie haben mir sehr geholfen.« Erst um elf Uhr … Wie auf Schienen ging er zurück zu seinem Platz, während die Gedanken in alle Richtungen schossen. Moment. Was hatte er jetzt genau in der Hand? Er brauchte frische Luft.

Er verließ das Hotel durch den Haupteingang. Einzelne Schneeflocken wirbelten die Straße und den Gehsteig entlang. Nach wenigen Metern erreichte er den Platz mit dem Gezeitenbrunnen, im Wesentlichen ein flaches Becken, in dem im Sommer kleine Kinder planschten. Hier begann die Strandpromenade, die bei schönem Wetter zum Flanieren einlud, an zahlreichen Cafés und kleinen Läden entlang. Jetzt war sie leer, im Brunnen befand sich nur eine Mischung aus Regenwasser und Schneematsch.

Marten schritt zu der Seebrücke, die sich an den kleinen Platz anschloss, über den Strand führte und dann weit in das Wattenmeer hinaus. Am Horizont konnte er einige kleine, dunkle Punkte ausmachen, die sich deutlich vom hellen Grau des Wassers und dem grauen Weiß des Himmels abhoben. Die Warften, auf denen zum Schutz vor Sturmfluten die Häuser der Halligen standen. Der Wind zerrte kalt an den Haaren und kroch in die Ritzen zwischen

Schal und Jacke. Aber er kühlte das Gesicht angenehm ab. Und machte die Gedanken klar.

Doch, er war sich sicher, Ansgar Saathoff hatte angegeben, das Fußballspiel am Donnerstag bis zum Ende zu Hause geguckt zu haben. Keine besonderen Vorkommnisse, hatte er noch gesagt. Ganz sicher, und Vasna hatte es auch genauso in die Akte eingetragen. Hatte er einfach vergessen, dass die Übertragung unterbrochen wurde, oder hatte er es nicht wissen können? Zum Beispiel, weil er gar nicht zu Hause gewesen war? Deswegen hatte er auch das Paket nicht abgeholt.

Ja, Ansgar Saathoff hatte gelogen. Er hatte ein falsches Alibi angegeben. Wo war er stattdessen gewesen? Und warum log er? Unter Marten brandete eine Welle schwer gegen die Pfeiler der Seebrücke. Ein Schwarm Möwen flog hinaus und kreiste über dem Meer.

Sie brauchten mehr Informationen über diese Familie, mehr Fakten. Das nächste Gespräch mit Ansgar Saathoff musste gut vorbereitet sein.

19

Den Obduktionsbericht zu Teeske Saathoff hatte Iska am späten Vormittag bekommen. Eigentlich hätte die Zusammenfassung gereicht, aber sie hatte das ganze Dokument durchgelesen: Ein Selbstmord ließ sich ausschließen. Die Art der Wunden sowie deren Verteilung sprachen dagegen, dass diese durch den Absturz des Autos in das Hafenbecken entstanden waren. Also definitiv auch kein Unfall. So wie sie es von Anfang an vermutet hatten.

Mit dem Wort *Mordermittlung* öffneten sich ihnen am Nachmittag bereitwillig die Tore zum *Rotterdam Instituut voor Zeeonderzoek*. Iska war sich sicher, dass im Hintergrund hektisch Telefonate geführt wurden.

Derweil ließ sie sich von Dr. Simone Bonge, der Leiterin der Abteilung Küstenschutz des *RIVZ*, die Funktionsweise des Maeslant-Sperrwerks erklären, das als Projekt P6433 von einem der vielen Tochterunternehmen des Epsilon-Konzerns gewartet werden sollte. Die junge Frau lief energisch an einer Leinwand entlang. »Flussmündungen sind bei Sturmfluten ein besonderes Problem, weil hier sozusagen das Hochwasser den Fluss hochlaufen kann, ins Landesinnere hinein. Die Küstenlinie wird nicht nur aufgebrochen, sondern auch um ein Vielfaches verlängert.«

Iska nickte der sympathischen Frau verständnisvoll zu. »Man muss also nicht nur die direkte Küste, sondern auch die Flussufer beachten.«

»Genau. Und das machen wir mit dem Maeslant-Sperrwerk. Ich zeige es Ihnen.« Bonge deutete mit der Hand auf die Stelle auf der Leinwand, an der die Präsentation einen Flusslauf zeigte. »Das soll den *Nieuwe Waterweg* hier bei Rotterdam darstellen, den wichtigsten Mündungsarm des Rheins. Normalerweise ist er für die Schifffahrt frei passierbar. Aber bei Sturmflut ...« Sie drückte einen Knopf an ihrer Fernbedienung, Iska hörte gedanklich einen Tusch, auf der Leinwand erschienen zwei Halbkreise, die sich von beiden Seiten in den Flusslauf schoben, bis sie sich in der Mitte trafen. »Bei Sturmflut können wir den Rhein hier sozusagen abklemmen, die Deichlücke schließen. Die weiter hinten liegenden Gebiete sind also durch einen durchgehenden Deich an der Küste geschützt.«

»Und wohin fließt dann der Rhein?«

»... der wird kontrolliert umgeleitet. Er fließt in dem Fall vor allem über die südlichen Mündungsarme in die Nordsee.« Zufrieden baute sich die Leiterin vor ihnen auf. »Das ist sozusagen der Kern des Deltaplans von 1955 gewesen. Gesamtheitlich zu denken, nicht nur die einzelnen Deiche und Küstenschutzprojekte isoliert für sich, sondern ein Konzept für die gesamte Küste. Und das Maeslant-Sperrwerk hier ist das letzte Teilstück, mit dem die Deltawerke 1997 abgeschlossen wurden.«

»Und wie sicher sind die Deltawerke heute noch?«

»Ausreichend sicher, hoffe ich doch«, antwortete Dr. Bonge. Dann wurde sie ernst. »Die Höhe unserer wichtigsten Deiche orientiert sich an dem Tidehochwasser der statistisch in zehntausend Jahren zu erwartenden schwersten Sturmflut, dazu kommt noch ein Aufschlag für den Wellenauflauf. Aber einen absoluten Schutz gibt es natürlich nicht. Wenn mehrere ungünstige Faktoren zusammentreffen, Springflut, Orkan aus West oder Nord, vorher vielleicht lange Zeit Wind aus Westen, der das Wasser aus dem Atlantik in die Nordsee drückt, Fernwellen … dann haben wir ein Ereignis, das uns auf die Probe stellen wird. Alles zusammen sehr, sehr unwahrscheinlich, aber natürlich nicht unmöglich.«

»Was genau muss denn an dem Sperrwerk repariert werden?« Emil hatte offensichtlich genug von dem Vortrag.

»Och, irgendwas ist da eigentlich immer.« Dr. Bonge zuckte mit den Schultern. »Es ist fast so lang wie der Eiffelturm, aber viermal so schwer. Bei den Kugelgelenken gibt es entsprechenden Verschleiß. Die Betreiber haben ein festes Budget für die Wartung vorgesehen. Wenn Sie möchten, suche ich es Ihnen raus.«

»Und wie eng arbeiten Sie mit Epsilon zusammen?«

»Die Wartung hat nichts mit uns zu tun«, stellte Dr. Bonge klar. »Wir prüfen nur, was gemacht werden muss. Wer letztendlich den Zuschlag erhält, können wir nicht beeinflussen.«

»Doch Sie wissen es«, sagte Iska und lächelte die Frau an. »Weil Epsilon und ihre Tochterfirmen jeden anderen unterbieten.«

»Ehrlich gesagt, die Geschäftsbeziehung mit Epsilon … Epsilon sponsert unsere Forschungsprojekte, das ist kein

Geheimnis. Ich sage es mal so, Sie können nicht wählerisch sein, wenn Sie die Welt retten wollen.« Die junge Frau war bemerkenswert offen.

»Wie bitte?«

»Epsilon will Geld verdienen. Und wir wollen unser Land vor der Gefahr warnen und es schützen vor dem, was da kommen wird. Es ist von beiderseitigem Interesse. Nein, es ist im Interesse von allen.«

»Können Sie es etwas genauer sagen?«

»Epsilon hat eine einfache Rechnung gemacht. Erderwärmung bedeutet Meeresspiegelanstieg, Meeresspiegelanstieg bedeutet höhere Investitionen in Küstenschutz. Es ist eine gigantische Wette, die Epsilon laufen hat. Früher oder später werden die Regierungen der Niederlande, aber auch von Deutschland, Dänemark, Frankreich und so weiter, schlicht weit mehr in Küstenschutz investieren müssen. Und auf diese Investitionen hat es Epsilon abgesehen.«

»Und da spielen Sie mit?«

»Wir wissen, wer Epsilon ist. Wir wissen, dass dieses Unternehmen der Reihe nach alle möglichen Unternehmen aufkauft, die etwas mit Wasserbau zu tun haben. Wir wissen, dass sie das machen, um eines Tages die Preise diktieren zu können. Und vielleicht auch eher früher als später. Aber, ehrlich gesagt, das ist es mir wert.«

»Warum?«

»Na ja, die Fakten liegen auf dem Tisch. Dieses Sperrwerk hier kann Sturmfluten von bis zu fünf Metern über Amsterdamer Pegel, also dem Mittelwasser der Nordsee, bewältigen. Statistisch zu erwarten sind viereinhalb Meter, das heißt, einen knappen halben Meter Meeresspiegelanstieg hält die Anlage noch aus und ist trotzdem sicher – statistisch gesehen sicher, wie ich es eben skizziert habe. Aber wir wissen ja, dass es mehr als ein halber Meter werden wird.«

»Hoffen wir mal, dass Ihre Vermutung nicht zutrifft«, sagte Emil.

»Wir reden hier schlicht über Tatsachen«, antwortete Dr. Bonge. Sie sprach nun schneller. »Der Anstieg des Meeresspiegels findet nicht gleichzeitig mit der Klimaerwärmung in der Atmosphäre statt, sondern folgt dieser nach. Dabei geht es mir nicht um Schuldzuweisungen, sondern darum, nach vorne zu sehen. Auch wenn wir das 1,5-Grad-Klimaziel erreichen sollten, was sehr unwahrscheinlich ist, wird das Meer noch um zwei bis sechs Meter steigen. Wir wissen nur nicht, wie schnell. Aber es ist sicher, dass diese Prozesse bereits angelaufen sind. Der Meeresspiegelanstieg ist da, und er beschleunigt sich jedes Jahr. Wir brauchen ein Unternehmen wie Epsilon, das strategisch denkt, das einen Plan hat.«

Ein selbsterhaltendes System, dachte Iska. Epsilon sponsert die Forschung, die Forschung fordert Investitionen in Küstenschutz, die wiederum Epsilon erhält. Ein Unternehmen, *das einen Plan hat*, hatte sie gesagt. Dr. Bonge schien mehr zu wissen, als sie bisher zugegeben hatte. Iska beschloss, sie ein wenig mehr aus der Reserve zu locken. »Ihre Forschung in Ehren, aber letztlich leben Sie von der Panik, die Sie selbst verursachen.«

»Nein! Also, ja, schon, aber das ist ja nicht ausgedacht. Grönlandeis. Antarktiseis. Wir haben zum Beispiel herausgefunden, dass der Thwaites-Gletscher in der Antarktis bereits destabilisiert ist. Das bedeutet über die nächsten

147

Jahrhunderte alleine dadurch, dass dortige Gletscher abschmelzen, einen sicheren Meeresspiegelanstieg von drei Metern. Es gibt ernst zu nehmende Studien, die bereits für das Jahr 2100 einen Anstieg um einen Meter voraussagen. Vielleicht wird es auch mehr.« Inzwischen hatte sich die Frau in Rage geredet. »Die Menschen denken vielleicht, wir hätten die Nordsee unter Kontrolle gebracht, gezähmt, aber wir unterschätzen sie. Es liegt der Nordsee im Blut, unberechenbar zu sein. Vor allem darf man ja nicht vergessen, dass gerade der Klimawandel Extremwettersituationen viel wahrscheinlicher macht, denken Sie an die Starkregenfälle der vergangenen Jahre, und das gilt auch für Sturmfluten. Deswegen ja auch die Programme von der EU, EU35E und so weiter. Das Projekt, das Epsilon vorantreibt, erscheint vielleicht auf den ersten Blick verrückt, aber es wird sich rentieren.«

»Das Projekt?«

»Äh …« Die Frau atmete aus, wählte ihre Worte mit Bedacht. »Den Meeresspiegelanstieg als Chance zu begreifen.«

»Und deshalb haben Sie sich mit Epsilon zusammengetan?«

Dr. Bonge schien ein letztes Mal zu überlegen. »Tja. Vielleicht ist es ein Pakt mit dem Teufel. Aber wenn man die Welt retten will, kann man sich nicht aussuchen, mit wem man zusammenarbeitet, nicht wahr?«

20

Durch das Fenster des Besprechungsraums der Polizeiwache konnte Marten den Jachthafen der Insel in gelbem
Nachmittagslicht sehen. Ruhig schaukelten die Schiffe auf
dem Wasser, es waren kaum Menschen zu sehen. Er brach
sich ein Stück von der Tafel Nussschokolade ab, die er im
Automaten im Erdgeschoss gekauft hatte.

Seine Vermutung, dass Ansgar Saathoff ein falsches Alibi
angegeben haben könnte, hatte er direkt mit dem Staatsanwalt besprochen und von ihm grünes Licht bekommen, die
Ermittlungen auf die Familie Saathoff diskret auszuweiten.
Vasna hatte er zu dem Termin zwar dazugenommen, ihr
aber keine aktive Rolle überlassen. Es sollte ein Zeichen
sein, dass er sich über sie ärgerte. Das falsche Alibi hätte
ihr und ihren Kollegen auffallen müssen, ihre zuerst so pe-
nibel wirkende Arbeit erschien nun in ganz anderem Licht.
Marten war sich unsicher, ob und, falls ja, wie er sie auch
noch offen kritisieren sollte. Nicht jetzt, entschied er. Aber
er wollte das im Hinterkopf behalten.

Vasna kam herein, einen bereits geöffneten Briefumschlag

in der Hand. »Post vom Nachlassgericht.« Sie überreichte ihm den Umschlag, sein Daumen hinterließ einen hauchfeinen Schokoladenfleck auf dem Papier. Mit einer Geste der Verlegenheit wischte er sich mit einem Taschentuch über die Finger, bevor er den Inhalt herausnahm. Es waren mehrere Blätter, das erste war das gemeinsame Testament von Teeske und Wenko Saathoff, sie hatten es schon vor sieben Jahren hinterlegt.

Den zentralen Absatz musste er zweimal lesen:

Für uns stehen Svenja und Ansgar an erster Stelle. Um dies in unserem letzten Willen zu bekräftigen, bestimmen wir sie als unsere alleinigen Erben. Der jeweils verbleibende Ehepartner verzichtet hiermit auf seinen Anteil. Der letzte Wille war von beiden handschriftlich unterzeichnet. Das Ganze fand Marten etwas irritierend.

»Sie haben sich gegenseitig enterbt.« Vasna schaute ihn mit einem Stirnrunzeln an. »Das habe ich noch nie gehört. Warum macht man das?«

Marten überging die Frage. Der Hof der Saathoffs war Wenkos Eigentum, Teeske hatte im Wesentlichen ein Grundstück samt Haus auf der Hallig Langeneß gehört, das sie von ihren Eltern geerbt hatte. Der Wert war gemäß einem zitierten Gutachten aufgrund der Baufälligkeit des Hauses sowie mangelnder Nachfrage *gering bzw.* lediglich *ideeller Natur.*

Er zog den letzten Papierbogen hervor, der dem Testament beigefügt und auf letztes Jahr datiert war. *Hiermit verzichtet Herr Ansgar Saathoff gegenüber seinen Eltern, Herrn Wenko Saathoff und Frau Teeske Saathoff, auf sein gesetzliches Erbrecht. Dabei gilt dieser Verzicht auch für alle Nachkommen von*

Herrn Ansgar Saathoff. Der Verzicht wird erst rechtskräftig,
wenn Frau Teeske Saathoff eine Abfindungszahlung in Höhe
von 10 000 Euro an Herrn Ansgar Saathoff gezahlt hat. Am
unteren Rand hatten Teeske, Wenko und Ansgar Saathoff
sowie der Notar unterschrieben. »Also ... ist de facto Svenja
Saathoff die Alleinerbin von Teeske Saathoff?«

Vasna sah ihn mit einem skeptischen Blick an. »Es sieht
so aus.«

»Die Frage ist aber auch: Wusste Svenja das?« Marten
fuhr sich mit der Hand durch die Haare. »Dann hätte sie
ein Motiv.«

»Das Grundstück auf Langeneß ist doch wertlos. Und sie
hat auch als Einzige ein Alibi.«

»Bestätigt nur von ihrem Freund.« Demnach waren beide
zusammen auf einer einsamen Hallig gewesen. Niemand
sonst hatte sie dort gesehen ... »Hm.«

»Du meinst ...« Vasna steckte die Hände in die Hosentaschen, ging scheinbar ziellos ein paar Schritte, sah ihn
dann zweifelnd an. »Dass Svenja Teeske wegen des Erbes ...
nee. Abgesehen davon ... da steht ja, dass das Grundstück
nichts wert ist. Wer will schon auf einem Flecken Erde leben, der zwanzig Mal im Jahr komplett überflutet wird.«

»Ja. Trotzdem ... Bei dieser Gesamtkonstellation will
ich da tiefer einsteigen.« Marten bemerkte, dass er gerade
ich will anstatt *wir sollten* oder Ähnliches gesagt hatte. Das
klang ziemlich unsympathisch in seinen Ohren.

»Gut.« Vasna nickte, wenn auch zögerlich. Sie wollte ver-
lorenes Vertrauen wiedergutmachen. »Also, was mir dazu
einfällt ... Wenko hat mir mal im Vertrauen erzählt, da war
Ansgar noch nicht volljährig, dass Ansgar mit Geld nicht

so gut umgehen konnte. Sie haben ihm damals wohl gelegentlich ausgeholfen.«

»Es sieht so aus, als ob das so geblieben ist.« Zehntausend Euro, das war eine ziemliche Stange Geld. »Es wäre interessant, die Kontostände und -bewegungen von Svenja und Ansgar zu kennen.« Er hatte es nur so gesagt.

»Dafür kriegen wir so keine richterliche Genehmigung«, entgegnete Vasna mit einem Kopfschütteln. »Svenja hat ein Alibi, und Ansgar hat schlicht kein Motiv, spätestens jetzt, bei diesem Testament.«

»Das ist mir bewusst«, versetzte Marten. Vasnas Mundwinkel zuckten kurz, aber sie schwieg. Übertreib es nicht, Marten, sagte er sich. Er überlegte. Vielleicht wurde es einfach Zeit, die Samthandschuhe gegenüber Ansgar auszuziehen. »Reden wir doch einfach mal mit ihm. Noch heute Abend. Fragen ihn einfach, ob er wirklich Fußball geschaut hat. Mal sehen, vielleicht klärt sich ja alles. Oder wir kriegen neue Anhaltspunkte.«

21

Auf der Rückfahrt klinkten sie sich in das Statusmeeting ein, dieses Mal eine Telefonkonferenz. Marten berichtete, dass sie sich gleich zu Ansgar Saathoff aufmachen wollten, um ihm ein wenig auf den Zahn zu fühlen.

Nachdem er geendet hatte, erzählte Iska von dem Termin mit Dr. Bonge. »Je weiter wir graben, desto mehr Zeichen deuten auf Epsilon.«

»Ich glaube nicht an Zufälle«, antwortete Marten. »Irgendwie hängt das alles miteinander zusammen.«

»Die Frage ist nur, wie«, antwortete Iska skeptisch. Sie verabschiedete sich. Die Verbindung wurde getrennt, und sofort übernahm ein lokaler Sender und spielte Fahrstuhlmusik. Iska schaltete das Radio aus.

»Erinnerst du dich an das EU-Projekt, das Dr. Bonge erwähnt hat? EU35E? Das ist nicht uninteressant.« Emil blickte auf dem Beifahrersitz von seinem Smartphone auf. »Ich habe es in der öffentlichen Förderdatenbank gefunden. Es ist tatsächlich eine Art übergreifendes Forschungsprojekt. Ich finde im Moment nur allgemeine Angaben, da werde ich nicht schlau draus. Jedenfalls ist es von der EU mitfinanziert, mit der Durchführung sind unter anderem das *RIVZ* und das *NNIVODZ* betraut. Es geht um Küstenschutz und Meeresspiegelanstieg.«

»Und, was kam da raus?«

»Genau das ist es. Die Ergebnisse sollten längst veröffentlicht sein. Schon seit zwei Jahren.« Emil hielt ihr das Display des Smartphones hin. »Sperrvermerk und vertraulich.«

»Jetzt wird es interessant.« Sperrvermerk war das eine, aber sogar klassifiziert als vertraulich?

Emil nickte. »Wir bräuchten einen guten Grund, wenn wir den Bericht anfordern wollen.«

Und vor allem würde es lange dauern, bis sie durch die Mühlen der Bürokratie durch waren. Iska dachte an ihren persönlichen Joker und ob sie ihn ziehen sollte. Warum nicht, es ging um eine Mordermittlung. Und vielleicht noch um einiges mehr. Ja, warum nicht? »Ist es okay, wenn ich dich etwas später nach Hause bringe?«

»Was hast du vor?«

»Einen alten Freund besuchen.«

Sie wählte eine der wenigen Telefonnummern, die sie auswendig wusste. »Iska«, meldete sich eine altbekannte Stimme.

»Hast du Zeit für mich?«

»Um acht muss ich noch zu einem Geschäftsessen.«

»Ich bin in einer halben Stunde bei dir.«

Vor ihr leuchtete im Halbdunkel die Skyline von Amsterdam auf. Sie wendete bei der nächsten Abfahrt und fuhr zurück, nach Den Haag, wo Dirk wohnte.

*

Vor seinem frei stehenden Einfamilienhaus war sogar ein Parkplatz frei. Klinker, bodentiefe Fenster in den oberen Etagen, dort, wo die Kinderzimmer waren.

»Du bist extra hierhergefahren?« Dirk empfing sie an der Tür, er klang fröhlich und positiv, wie sie ihn in Erinnerung hatte. Als er ins Haus vorging, humpelte er leicht. »Keine Sprüche, ich erzähle es dir ja.«

Er war mit der Familie in Deutschland wandern gewesen. »In den Alpen, am letzten Tag ist es passiert. Ich war wohl ein bisschen übermütig, als die Jungs mich zum Downhill-Fahren überredet hatten. Was für eine Schnapsidee, in meinem Alter.« Er verfiel in dieses laute und ungebremste Lachen, bei dem man einfach mitmachen musste.

»Dabei bist du doch immer noch sechsundzwanzig.« Sie musste auch kichern. Aber eigentlich dauerte ihr der Small Talk bereits zu lange.

»Sechsundzwanzig? Jetzt schon zweimal.« Dirk hatte sich wieder gefangen. »Ich merke es, wenn sich jemand bei mir einschleimt, Iska.« Eine kurze Pause folgte, dann wurde er ernst. »Du kommst spontan persönlich vorbei, obwohl ich dir vorher gesagt habe, dass ich gleich wieder wegmuss. Also willst du etwas wirklich Wichtiges von mir. Was?«

»Du hast doch auch Kontakte in die EU, oder?«

»Kommt drauf an.«

»EU35E. Ein Forschungsprojekt der Nordsee-Anrainerstaaten. Ich möchte gerne wissen, was drinsteht. Es ist aber unter Verschluss.«

»Falsches Ressort. Ich bin im Ministerium für Justiz und Sicherheit …« Er schmunzelte. »Okay, jaja, wir können das abkürzen. Ja, ich kenne bestimmt jemanden, der jemanden kennt.«

»Danke dir, Dirk!«

»Kann dir halt nichts abschlagen. Ich melde mich bei dir, sobald ich was in Erfahrung gebracht habe.«

»Noch einmal herzlichen Dank …«

»Iska … Du kannst dich auf mich verlassen.«

Als sie das Haus verließ und sich noch einmal umdrehte, bemerkte sie, wie sehr ihr der regelmäßige Kontakt zu Dirk fehlte. Früher hatten sie sehr eng zusammengearbeitet, dann war erst er und dann sie auf ihre neuen Posten gekommen, und die letzten Monate hatten sie sich nicht ein einziges Mal gesprochen. Trotzdem war es wie immer gewesen. Er hatte nicht einmal gefragt, wofür sie die Informationen brauchte.

Und die Episode über den Urlaub mit den Kindern hatte ihr einen Stich versetzt. Nicht die Tatsache an sich, sondern, dass er und Tanja weiterhin zusammen waren. Dass es bei ihnen mit der Familie geklappt hatte. Dass er sowohl Kinder als auch Partnerin haben konnte.

Emil hatte auf dem Beifahrersitz gewartet. »Du willst mir nicht erzählen, mit wem du gerade gesprochen hast?«

Iska schüttelte den Kopf.

»Okay.« Emil hob die Hände. »Du bist der Boss.«

Auf der Rückfahrt schwieg Emil. Iskas Gedanken wanderten von Dirk zu Teeske, zu der Pension in Burghsluis, nach Föhr, zu Marten und wieder zurück. Zu Emil. Sie war nicht fair ihm gegenüber gewesen. Sie nahm die Abfahrt Haarlem, ganz in der Nähe wohnte Emil.

»Dirk ist mein alter Vorgesetzter und ein guter Freund.

Vielleicht kann er herausbekommen, was hinter EU35E steckt. Ich hab ihn darum gebeten.«

»Alles okay!« Emil lächelte. »Das hättest du nicht tun müssen.«

»Aber ich wollte gerne. Okay?« Iska bemerkte, wie sich auch bei ihr die Mundwinkel nach oben bewegten. Es tat gut. »Wie kommen wir an Epsilon ran?«

»Wirklich mehr als heute Morgen haben wir nicht in der Hand«, sagte Emil. »Vielleicht haben wir etwas in den Unterlagen übersehen. Wenn wir uns etwas Zeit nehmen, noch einmal alles …«

Nein, nicht noch mehr Zeit. Sie spürte dieses Kribbeln, das jedes Mal kam, wenn sie kurz vor einem Durchbruch stand. »Was wir haben, reicht doch aus, um einen Besuch bei Epsilon zu rechtfertigen, oder?«

»Für einen Durchsuchungsbeschluss?« Er sah sie zweifelnd an.

»Wir können es morgen bei Schouten probieren.« Sie kannte den zuständigen Staatsanwalt schon von früheren Fällen. Ein knorriger Hund, aber er hatte eine hohe Meinung von ihr. Wenn sie es schafften, ihn zu überzeugen, würde der schon einen richterlichen Beschluss für sie durchboxen. Sie musste ihm nur genug anbieten können. »Um acht holt er sich immer einen Kaffee in der Kantine, wir könnten ihn da abfangen.«

»Was ist unsere Argumentation?«

»Umreißen wir doch mal, was passiert sein könnte. Es geht bei Epsilon um richtig viel Geld. Nehmen wir an, Teeske Saathoff hat wirklich etwas Belastendes gefunden. Sie setzt Epsilon unter Druck, bis die schließlich einknicken … und auf Zeit spielen. Sie geben ihr irgendwelche Unterlagen, aber eigentlich wollen sie wissen, was sie in der Hand hat. Der Plan geht erst einmal auf, Teeske Saathoff verlängert ihren Aufenthalt, und Epsilon beginnt nachzuforschen. Vielleicht setzen sie noch einmal den Umweltschützer auf Langeoog unter Druck. Kommen an den Namen des Buchhalters heran. Werfen ihn aus dem Unternehmen, haben damit das Leck geschlossen.« Sie überlegte. Angeblich hatte Teeske Saathoff noch Besuch von einem dunkelhaarigen Mann gehabt, der einen schwarzen Geländewagen gefahren hat, kurz vor ihrem Tod. Wie passte der in die Indizienkette? War das ihr Mörder? Sie schob den Gedanken erst einmal beiseite. »Jedenfalls, noch bevor Teeske Saathoff nach Deutschland zurückkehren kann, beseitigen sie auch sie.«

»Das ist eine wild zusammengereimte Arbeitshypothese.«

»Die einen hinreichenden Anfangsverdacht darstellt. Mit entsprechenden Fakten, die diesen stützen. Wir haben die Daten, wir haben die E-Mails von Saathoff, wir haben die Anrufe.«

»Das kann alles in sich zusammenfallen …«

»Kann, ja.« Würde es aber nicht. Sie hielt bei der Hausnummer, die Emil ihr genannt hatte. Sie wusste, sie würde morgen überzeugend sein. Sie grinste Emil an, und er grinste zurück. Am liebsten wäre sie direkt zu Schouten gefahren. Der Gedanke, jetzt noch zehn Stunden warten zu müssen, bis sie morgen bei ihm auftauchen konnten, fiel ihr schwer. Sie war voller Energie.

»Du bist gefährlich, Iska.« Emil schaute sie an, mit diesem taxierenden Blick. Wieder dieses gewinnende Lächeln.

»Und, ziehst du mit?« Sie bemerkte ihren Übermut, konnte ihn aber nicht stoppen.

»Ich mag das Risiko.«

Im nächsten Moment zog sie ihn wie fremdgesteuert zu sich, suchte mit ihren Lippen die seinen. Was mache ich da, schoss es ihr durch den Kopf, und warum, ich muss total high sein. Sofort erwiderte er den Kuss. Dann hatte ihr Unterbewusstsein zumindest seine Zeichen richtig gedeutet.

Endlich lösten sie sich voneinander. Eine fragende Stille lag zwischen ihnen. Und diese Energie, die sie einfach noch nicht kanalisieren konnte. Jetzt war es eh egal.

»Hast du guten Kaffee bei dir?«, fragte sie, überrascht von sich selbst, aber in vollem Bewusstsein dessen, was sie gerade tat.

22

Marten lief zusammen mit Vasna zu Fuß durch Wyk. Viele kleine, flache, niedliche Häuser reihten sich zu beiden Seiten auf, einige mit Efeuranken und Sprossenfenstern mit Holzrahmen. Zwei Buchhandlungen innerhalb hundert Metern, Boutiquen, Restaurants. Eine der Ausgehstraßen in Wyk. Ansgar Saathoff wohnte auf der Mittelstraße in einem der wenigen mehrstöckigen Gebäude, die sich trotzdem gut in die Umgebung einpassten. Im Erdgeschoss waren mehrere Geschäfte untergebracht.

»Dass ein Vierundzwanzigjähriger hier wohnt?«, bemerkte Marten ein wenig verwundert.

»Na ja, das ist eine der Ecken in Wyk und auf ganz Föhr, in denen etwas los ist, auch im Winter. Ein paar Kneipen und Bars, in die auch die jungen Leute gehen.« Vasna räusperte sich. »Die meisten in seinem Alter ziehen aufs Festland, zum Studium oder einfach wegen des Großstadtlebens.«

Marten klingelte, nach knapp zehn Sekunden rauschte es in der Gegensprechanlage. »Ja?«

»Herr Saathoff? Jaspari und Sjöberg hier. Wir hätten noch ein paar Fragen an Sie.«

Wieder ein Rauschen. »Kommen Sie hoch«, sagte Ansgar Saathoff schließlich.

Die Wohnungen befanden sich in der ersten und zweiten Etage, eine schmale Treppe mit weißem Metallgeländer führte nach oben. Ansgar Saathoff erwartete sie im Türrahmen, er trug Kapuzenpulli, Jogginghose und Turnschuhe.

»Wie kann ich Ihnen helfen?« Seine Stimme klang ein wenig höher als beim letzten Mal, dachte Marten.

»Können wir reinkommen?«

Der junge Mann zuckte mit den Schultern, dann wandte er sich um und ging vor.

Die Wohnung war äußerst klein, sie kamen an einer spartanisch eingerichteten Küche vorbei sowie an einem sehr kleinen Badezimmer, die Tür war offen, es roch nach abgestandenem Wasser. Ansgar ging weiter in das einzige Zimmer, beherrscht von einem riesigen Fernsehbildschirm, auf dem ein Konsolen-Fußballspiel auf Pause stand. Der Controller lag mittig auf der beigefarbenen Couch. In der hinteren Ecke des Zimmers befanden sich ein Bett und ein großer Kleiderschrank, an den Wänden hingen Poster von Bands, die Marten größtenteils nicht kannte. Offensichtlich so Richtung Heavy Metal.

Ansgar Saathoff stellte sich mit verschränkten Armen in die Mitte des Raumes. Trotz des schlabbrigen Pullovers konnte man beträchtliche Oberarmmuskeln erahnen. »Konnten Sie den Mord an meiner Mutter schon aufklären?«

»Deshalb sind wir hier, es haben sich noch einige Fragen ergeben«, begann Vasna. »Warum ...«

»Nur müssen wir Ihnen leider vorab sagen, dass es einen Anfangsverdacht gegen Sie gibt«, unterbrach Marten seine Kollegin. Er musste das tun, sonst wären Ansgar Saathoffs Aussagen nicht vor Gericht verwertbar. Marten ergänzte, dass er auch das Recht habe, die Aussage zu verweigern oder einen Anwalt hinzuziehen.

»Was? Einen Anwalt? Sind Sie komplett irre?« Der junge Mann wirkte körperlich angespannt. Irritiert blickte er zwischen Vasna und Marten hin und her. »Tatverdächtig? Was soll das? Warum?«

»Vielleicht ein Missverständnis, das Sie jetzt gerne ausräumen können. Sie haben angegeben, dass sie zur Tatzeit das Fußballspiel gesehen haben, bis zum Ende … Bleiben Sie dabei?«

»Was soll das bringen? Was hat das mit dem Tod meiner Mutter zu tun?« Ansgar ballte die Fäuste. Ein deutliches Knacken war zu vernehmen.

»Bitte, beantworten Sie die Frage.« Er war laut geworden. Warum antwortete der Mann nicht? Vasna, die seitlich von Ansgar stand, machte ihm unauffällig eine Geste, dass er behutsam agieren sollte.

»Das ist doch egal. Was soll das? Warum verdächtigen Sie mich?« In Ansgars Augen glitzerte es feucht. Tränen? Unruhig verlagerte sein Gegenüber das Gewicht von einem auf das andere Bein.

»Sie haben das Spiel gesehen, bis zum Ende, hier in diesem Zimmer?« Marten wollte ihn jetzt auf gar keinen Fall vom Haken lassen.

»Verdammt, suchen Sie den Mörder, lassen Sie mich in Ruhe!« Der Mann machte einen Schritt auf ihn zu. Marten hob beruhigend die Hand, zumindest war es so gemeint, als er die Veränderung im Blick seines Gegenübers bemerkte. Ansgar hatte die Kontrolle verloren. Ein Zucken in der Schulter verriet ihm, dass der Mann zuschlagen wollte. Er wich zurück, fing den Schlagarm instinktiv ab, rollte nach hinten, riss den Angreifer mit auf den Boden. Schwer prallte der Körper auf ihn, raubte ihm die Luft.

»Sie Arschloch, lassen Sie mich los …« Ansgar holte noch einmal zum Schlag aus, Marten wollte schon ausweichen, als Vasnas Hand Ansgars Arm festhielt.

»Ganz ruhig, Junge. Mach keinen Blödsinn.« Die Kollegin klang mütterlich, aber autoritär.

»Nein … ach, Scheiße …«

Schwer atmend rappelte sich Marten auf, schob Ansgar Saathoff weg. Kopfschüttelnd holte Vasna die Handschellen heraus und legte sie Ansgar an, der jetzt keinen Widerstand mehr leistete, sondern hemmungslos weinte. Dicke Tränen tropften auf den verdreckten Teppichboden.

23

Die Unternehmenszentrale von Epsilon international bv befand sich im Süden von Middelburg. Das Unternehmen hatte auch Geschäftsräume an weiteren Standorten, ein Public-Affairs-Büro in Den Haag, je eine Dependance in Hamburg und Kopenhagen sowie, besonders interessant, zu Repräsentationszwecken sogar eine offizielle Adresse auf Neeltje Jans. Damit hatten sie Schouten gekriegt, denn das unbekannte Handy, mit dem Teeske Saathoff Nachrichten ausgetauscht hatte, war an ihrem Todestag in der Funkzelle von Neeltje Jans angemeldet gewesen, zuvor auch bei der Pension in Burghsluis sowie danach noch einige Male hier am Hauptsitz. Seit einigen Tagen war das Handy jedoch nicht mehr geortet worden.

Iska konnte sich darauf noch keinen Reim machen. Eine Investmentfirma war nicht die Mafia. Ob da etwas total aus dem Ruder gelaufen war?

Epsilon hatte die gesamte oberste Etage in dem Glasturm vor ihnen angemietet, eines der typischen gesichtslosen Bürogebäude der Jahrtausendwende, die mit ihrem spiegelglatten Äußeren kühl und abweisend wirkten. Iska war gespannt darauf, das Innere kennenzulernen. Sie tippte auf graue Teppichböden, verglaste Massenbüros, in denen Menschen in schicken Businesskostümen und verschwitzten Oberhemden saßen und versuchten, mit Millionen zu jonglieren.

Iska erinnerte sich an die Umgebung. Vor ein paar Jahren hatte sich Maaike mal gewünscht, das *Mini Mundi* zu besuchen, ein kleiner Freizeitpark und Indoor-Spielplatz ganz in der Nähe. Hm, war Marc damals schon in der *basis-school*? Wahrscheinlich eher nicht, er traute sich damals nicht, in eines der niedlichen und eher harmlosen Gefährte einzusteigen. Sie wusste nicht, mit den Weinanfällen der Kinder umzugehen, Daniel hatte das vorher immer übernommen. Es war also ungefähr die Zeit, als Daniel und sie sich gerade erst getrennt hatten. Na ja, letzten Endes hatte sie auch diese Tage damals gut gemeistert. Sie fühlte sich gut, beinahe beschwingt.

»Wie willst du jetzt vorgehen?« Emil stand neben ihr. Heute Morgen war sie von ihm noch zu ihrer eigenen Wohnung gefahren, erst bei Schouten hatten sie sich wieder getroffen. Bisher ging er gut mit der Situation um, er schien keinen Redebedarf zu haben. Das hatte sie bei früheren Affären schon ganz anders erlebt.

»Wir fragen ganz höflich nach. Mal sehen, wie sie sich positionieren.« Gib jedem die Gelegenheit, sich von seiner unangenehmsten Seite zu zeigen. Iska war neugierig, wie Epsilon auf den unangekündigten Besuch reagieren würde.

Die Dame am Empfang nestelte an ihren Ohrringen herum, während sie in den Hörer des Haustelefons sprach.

»Ja, sie sind schon hier … ja, zu zweit.« Unsicher wartete sie, bis auf der anderen Seite jemand fertig geredet hatte.

Dann wandte sie sich ihr und Emil zu. »Wenn Sie einen kleinen Augenblick warten würden. Möchten Sie einen Kaffee oder ein Wasser?«

»Einen kleinen Augenblick warten wir, sicherlich.«

Es dauerte keine fünf Minuten, bis ein Mann in einem modischen dunkelblauen Anzug das Vorzimmer betrat. Er trug eine dunkelbraune Hornbrille und hatte grauschwarze Haare, nannte seinen Namen und stellte sich als Leiter der Rechtsabteilung vor.

»Wir möchten gerne die Geschäftsführung sprechen«, antwortete Iska ruhig und bestimmt.

Der Mann überlegte kurz, dann nickte er. »Ich bringe Sie direkt zu Frau Sanders.«

Der Anwalt öffnete die Glastür zum angrenzenden Flur, aus dem er gerade gekommen war, und bedeutete ihnen, ihm zu folgen. Während er voranging, bemühte er sich, sein Kinn stets hoch zu halten, so kam es Iska jedenfalls vor. Dafür verzichtete er auf Small Talk, was ihr nur recht war. Sie durchliefen genau die Art von Flur, die sich Iska vorgestellt hatte, mit Büros, die an Legebatterien erinnerten, in denen blasse Mitarbeiter nicht auffielen und grüne Topfpflanzen die einzigen Farbtupfer waren. Schließlich kamen sie an einer Tür aus satiniertem Glas an. Der Anwalt klopfte an. »Die Polizei.«

»Kommen Sie herein.«

Der Anwalt öffnete die Tür. Ein heller Raum erwartete sie, größer als meine Wohnung, musste Iska schmunzelnd denken, an der Wand erlosch ein riesiger Bildschirm, man konnte gerade noch das Ende einer Videokonferenz erahnen. Von rechts kam ihnen eine in Bluse und elegantem hellbeigen Hosenanzug gekleidete Frau entgegen, die Haare streng nach hinten frisiert, vielleicht fünfzig Jahre alt. Zur linken Seite blickte man durch bodentiefe Fenster auf das Panorama der Stadt, davor lud eine Couchgarnitur aus weißem Leder samt weißem Beistelltisch zum Sitzen ein.

»Fabienne Sanders. Wie darf ich Ihnen helfen?« Die Finger der Frau waren dünn und kalt, erinnerten Iska an zerbrechliche Äste. »Nehmen Sie doch Platz.«

»Es geht um Mord«, begann Iska. Sie setzte sich. Fabienne Sanders' Gesicht zeigte keine Regung. »Kennen Sie Teeske Saathoff?«

»Nein. Wer ist das?« Die Antwort kam sehr schnell, ohne dass sie darüber nachgedacht haben konnte.

»Eine Journalistin, die Sie kontaktiert hat.«

»Aha. Nein, sagt mir nichts.«

»Nun, sie ist es, weswegen wir hier sind.«

»Das tut mir leid … Wie kam sie zu Tode?« Sie blieb professionell kühl und beherrscht. Es war ihr anzusehen, dass die überbrachte Nachricht sie nicht beeindruckte. Nein, sie versuchte lediglich instinktiv, wieder die Führung in dem Gespräch zu übernehmen.

»Nachdem sie Sie kontaktiert hat«, überging Iska die Gegenfrage. »Und um ein Gespräch mit Ihnen gebeten hat.«

»Das tut mir leid. Aber ich kann mich nicht an eine solche Anfrage erinnern.« Sanders hatte ihre Stimme um drei bis vier Grad heruntergekühlt. Gut, das hätte ich auch gemacht, nach einer solchen impliziten Anschuldigung, dachte

Iska. »Anfragen werden zuerst von unserer Unternehmenskommunikation bearbeitet. Aber wir haben nur begrenzte Kapazitäten. Nicht alles wird beantwortet, und nicht jede Nachricht, die über allgemeine Kanäle gestellt wird, erreicht mich auch. Das Team hat strikte Richtlinien.«

Interessant, tatsächlich hatte Teeske Saathoff für ihre Anfrage die auf der Website angegebene allgemeine E-Mail-Adresse verwendet. Aber das konnte Sanders noch gar nicht wissen. Zufall? Sie beschloss, weiter mit Andeutungen zu arbeiten. »Frau Saathoff hat massive Anschuldigungen gegen Sie vorgetragen, mit der Drohung, alles zu veröffentlichen, wenn Sie nicht einem Treffen zustimmen.«

»Tut mir leid, ich weiß nicht, was diese Frau Saathoff veröffentlichen wollte.« Sie wechselte wieder einen Blick mit dem Anwalt. »Wissen Sie … also, ich sage Ihnen jetzt etwas im Vertrauen.«

»Ja?«

Fabienne Sanders zog die Jacke ihres Anzugs straff. »Wir sind … es scheint uns so, als ob wir das Ziel einer Diffamierungskampagne sind.«

»Wie meinen Sie das?«

»Irgendjemand hat falsche Daten über uns in Umlauf gebracht. Wir hätten Projekte falsch kalkuliert, würden die Sicherheit im Küstenschutz gefährden.«

»Wer könnte dahinterstecken?« Mist, ärgerte sich Iska. Sie war auf Sanders' Behauptungen eingegangen, ohne etwas dazu in der Hand zu haben.

»Wir haben keine Ahnung.« Sanders verschränkte die Arme vor der Brust. »Fakt ist, es kommen Trittbrettfahrer dazu. E-Mails mit versuchten Erpressungen, zahlen Sie soundso viel in Bitcoin, oder … was auch immer. Wir gehen darauf aus Prinzip nicht ein. Weil da nichts dran ist. Weil das genau dem widerspricht, was wir eigentlich erreichen wollen.«

»Was wollen Sie denn erreichen?«

Sanders beugte sich vor zu ihr. »Wir sind die Guten, Frau van Loon. Wir wollen am Küstenschutz verdienen, aber: Wir sind die Guten.«

Iska taxierte ihr Gegenüber. Eine unerwartete Wendung. Nein, bisher reine Behauptung. Kommen wir zurück zu den Fakten. Sie holte einen Ausdruck der letzten E-Mail hervor. »Wir möchten gerne wissen, wie konkret auf diese E-Mail vonseiten Epsilon reagiert wurde?«

»Wahrscheinlich gar nicht. Wie gesagt, auf Erpressungen gehen wir nicht ein. Vielleicht wurde diese Nachricht auch schlicht gelöscht.«

»Und das wurde Ihnen auch nicht gemeldet?«

»Nein.«

»Epsilon hat keinerlei Unterlagen an Frau Saathoff herausgegeben, es wurde auch kein Treffen mit ihr vereinbart?« Die Geschäftsführerin schüttelte den Kopf. Das Gespräch hatte inzwischen eine Temperatur unter dem Gefrierpunkt erreicht. Mal sehen, wie Sanders reagieren würde, wenn sie eine andere Saite anschlug. »Wir benötigen darum Ihre Unterstützung.«

»Aber natürlich. Was können wir tun?«

»Wir benötigen Ihre E-Mail-Korrespondenz der letzten vier Wochen. Und wir müssen wissen, wer auf diese E-Mails Zugriff hatte.«

Fabienne Sanders sah zu ihrem Anwalt, der stoisch im Hintergrund stehen geblieben war und nur minimal die Lippen aufeinanderpresste. »Tut mir leid, aber das sind vertrauliche Unternehmensinterna. Datenschutz. Sie verstehen, dass ich Ihre Bitte ablehnen muss?«

»Nein«, antwortete Iska. »Sie verstehen, dass ich in diesem Fall die Daten beschlagnahmen muss?« Sie setzte ein ebenso kaltes Lächeln auf, wie es auch Sanders während des Gespräches vor sich hergetragen hatte. Dann zog sie den Durchsuchungsbeschluss aus der Innentasche ihres Jacketts heraus und überreichte diesen der Geschäftsführerin. »Außerdem werden wir Einblick in Ihre Projektkalkulationen nehmen müssen, vor allem zu Ihren Aufträgen am IJsselmeerdamm, auf Texel sowie an dem Maeslant-Sperrwerk.«

24

Middelburg. Mittwoch, 4. März
12:30 Uhr

Tim Gravensen wartete, bis die beiden Polizisten das Büro von Fabienne verließen. Durch den Türspalt sah er, wie sie in Begleitung des Anwalts vorübergingen. Er lauschte ihren Schritten, die sich leise über den Flur in Richtung Ausgang entfernten. Er gab sich weitere zwei Minuten, um ganz sicher zu sein. Dann ging er nach nebenan zu seiner Frau. Sie wartete, bis er die Tür geschlossen hatte.

»Sie hatten einen Durchsuchungsbeschluss, Tim!«, giftete Fabienne ihn an. »Wie kann das sein?«

»Ich weiß es nicht.«

»Teeske Saathoff ist tot! Eine tote Journalistin! Das ist der absolute GAU. Hast du irgendetwas damit zu tun?« Ihr Zeigefinger deutete direkt auf seine Brust. »Du hast mir gesagt, dass ich mich auf dich verlassen kann!«

»Ich habe mit ihrem Tod nichts zu tun.« Er wusste nicht, ob sie das überzeugt hatte. Ihm war, als würde ihm die Luft wegbleiben. Er beschloss, nichts weiter zu sagen, das wie eine Rechtfertigung klingen könnte. Fabienne fragte auch nicht weiter nach. Warum nicht? Sie wollte es nicht wissen, stellte er fest. Sie wollte gar nicht wissen, was er getan hatte. Was bedeutete das? …

»Wir können jetzt keinen Skandal gebrauchen. Versuch, das irgendwie zu regeln.«

»Es gibt keine Spuren, die zu dir oder mir führen. Die E-Mails von Saathoff sind gelöscht«, antwortete er. Danach hatte sie gar nicht gefragt. Jetzt rechtfertigte er sich ja doch.

»Okay, ich verlasse mich da auf dich.« Fabienne machte ein paar Schritte in dem riesigen Büro. »Nein! Stimmt gar nicht, gar nicht okay. Die Löschung war ein Fehler, du Idiot. Das sieht so aus, als ob wir etwas zu verbergen hätten. Jetzt haben sie einen Grund mehr, hier alles auf links zu drehen.«

»Ja. Es tut mir leid.«

»Das hilft jetzt auch nicht mehr.« Sie sah zum Fenster hinaus. »Wir müssen in die Offensive kommen. Uns wird hier übel mitgespielt. Das ist die Geschichte, die wir erzählen müssen. Wir kooperieren voll, aber wir werden aufgrund von Vorurteilen beschuldigt.« Sie scrollte durch die Kontakte in ihrem Smartphone. Tim wusste, dass sie gute Verbindungen in die Ministerien hatte. »Ich kümmere mich darum. Und du bleibst besser in Deckung.«

Das Gespräch war beendet, er verließ das Büro. Sie hatte gar nicht wissen wollen, was er getan hatte. Sie … wahrte Abstand zu ihm. Ein Sicherheitsabstand? Sie traute ihm nicht.

Zu Recht, dachte er. Was wusste Fabienne, was wusste sie nicht? Er hatte keine Ahnung. Ich bin allein, stellte Tim fest. Auf niemanden konnte er sich verlassen. Gut, dass er stets vorsichtig gewesen war.

Er ging zum Schreibtisch, zog die unterste Schublade auf, holte das zweite Handy hervor. Früher hatte er es für seine gelegentlichen Affären genutzt, und damit hatte er auch Kontakt zu Teeske aufgenommen. Es war ausgeschaltet und daher technisch nicht zu orten, das wusste er. Trotzdem war es an der Zeit, auch diese Spur endgültig zu vernichten. Er nahm den schweren Briefbeschwerer, der auf seinem Schreibtisch stand, eine stilisierte, sich überschlagende Welle aus Edelstahl, ein Geschenk von Fabienne zu seinem Geburtstag vor drei Jahren. Ganz ruhig atmete er aus. Dann schlug er damit auf das Handy ein, einmal, zweimal, dreimal. Der Arm schmerzte. Das Handy lag in Stücken vor ihm. Jetzt ging es ihm besser.

Die verbliebenen Einzelteile würde er nachher auf dem Heimweg in einem der Kanäle hier versenken.

25

»Ansgar war schon mal so gut wie pleite.« Marten betrachtete zusammen mit Vasna die elektronischen Bankunterlagen. Noch am gestrigen Abend hatten sie dem Staatsanwalt die Festnahme Ansgars mitgeteilt. Tätlicher Angriff auf einen Polizeibeamten. Zusammen mit dem falschen Alibi und der seltsamen Konstellation um das Erbe reichte es, um einen richterlichen Beschluss zur Einsicht seines Bankkontos zu bekommen. Gerade einmal zwei Stunden nach ihrer Anforderung erhielten sie ihn.

Im letzten Jahr hatte sich der Schuldenstand auf dem Girokonto kontinuierlich erhöht. Sehr viele Bargeldabhebungen, bis eine Einzahlung von zehntausend Euro das Konto wieder ausglich.

»Die vorzeitige Auszahlung des Erbes«, mutmaßte er. »Teeske wollte ihrem Sohn helfen.« Jedenfalls hatte die Einzahlung nicht lange vorgehalten. Seit November war es bergab gegangen, inzwischen belief sich das Minus auf zweitausend Euro.

Vasna lehnte sich im Bürostuhl zurück, verschränkte die

Arme. »Okay, fassen wir zusammen. Ansgar ist in Geldnöten. Einmal haben seine Eltern ihm schon aus der Pat-
sche geholfen, ein zweites Mal wird das nicht ohne Weiteres klappen. Aber reicht dir das allen Ernstes als Motiv für
einen Mord?«

»Nein.« Marten schüttelte den Kopf. Es war zäh mit
ihr … Doch grundsätzlich hatte Vasna recht, es fehlte noch
ziemlich an Beweisen. Ja, Ansgar würde vielleicht für Geld
Sachen machen, die er sonst nicht getan hätte, er schien ma-
nipulierbar, aber die eigene Mutter … Der junge Mann war
verzweifelt, er tat ihm leid. Martens Magen verkrampfte
sich, als er erkannte, was er tun musste.

»Ansgar hat sich in eine schlechte Lage manövriert. Vielleicht weiß er mehr, als wir bisher von ihm erfahren haben.«

Vasna verstand. Es lag auf der Hand, was Marten vorhatte.
Druck ausüben.

*

Marten wartete im Vernehmungsraum, ein leeres Büro mit
kahlen hellgrünen Wänden, eingerichtet mit zwei zusam-
mengeschobenen Schreibtischen. Vasna holte Ansgar Saathoff zusammen mit dessen Anwalt, den Ansgars Vater organisiert hatte, wohl ein Freund der Familie, in seiner Zelle
ab. Die beiden nahmen auf Vasnas Wink hin Platz.

»Das ist doch lächerlich«, begann der Anwalt, ein gewisser Herr Riewerts. Mitte fünfzig, das graue Haar sorg-
fältig nach hinten gekämmt, blaues Einstecktuch, ordentlich Aftershave. »Sie wissen genau, dass wir sofort wieder
aufhören können.«

»Fangen wir doch erst einmal mit den Formalitäten an.«

Nacheinander fragte Vasna Vor- und Nachnamen ab, Ort und Tag der Geburt, Familienstand, Beruf, Wohnort und Staatsangehörigkeit. Nicht, weil sie diese nicht wusste, sondern, weil Ansgar dazu antworten musste. Auf das Nicken des Anwalts hin machte er die entsprechenden Angaben. Sehr gut. Jetzt hatte er sich schon einmal daran gewöhnt zu reden.

»So, und jetzt gehen wir.« Der Anwalt erhob sich, schob den Stuhl geräuschvoll nach hinten.

»Sie bleiben! Herr Saathoff wurde gestern Abend um 20:30 festgenommen.« Marten hatte zum ersten Mal seine Stimme erhoben. Leider klang sie nicht so voll und souverän, wie er sich das erhofft hatte, eher etwas gehetzt. Der Anwalt verstand trotzdem, was er angedeutet hatte – bis zum Ende des heutigen Tages konnten sie Ansgar Saathoff noch in Gewahrsam behalten. »Wir haben noch Zeit. Und wir haben noch Fragen. Wir wissen, dass Sie gelogen haben, Herr Saathoff. Sagen Sie uns, warum!«

»Wobei soll ich gelogen haben?«

Marten erkannte am Tonfall, dass sein Gegenüber tatsächlich wissentlich die Unwahrheit gesagt hatte – und jetzt nur erfahren wollte, was die Polizei gegen ihn in der Hand hatte.

»Mein Mandant macht keine Angaben zur Sache«, schaltete sich Riewerts ein. Er legte den Arm beruhigend auf Ansgar Saathoffs Ellenbogen.

»Ihr Alibi ist falsch. Wir wissen, dass Sie nicht zu Hause waren.« Nur die Schlussfolgerung mitteilen, nicht das Indiz. Mal sehen, was die Gegenseite daraus machte.

»Was, wieso?«

Er fragte schon nach, statt einfach zu verneinen. Auch wenn Ansgar noch nichts konkret zugegeben hatte, verdichteten sich für Marten die Hinweise darauf, dass er mit seiner Indizienkette in Sachen falsches Alibi richtiggelegen hatte.

»Herr Saathoff!«, versuchte der Anwalt seinen Klienten noch einmal daran zu erinnern, dass er schweigen konnte.

»Wir wissen, dass Sie das Spiel nicht gesehen haben.« Marten wollte Saathoff nun direkt provozieren.

»Natürlich!«

»Bis zum Ende?«

»Bis zum Ende!«

»Die Flanke vor dem 2:0 – von links oder von rechts?«

»Wir machen keine Angaben zur Sache, Ansgar«, versuchte es der Anwalt ein weiteres Mal.

»Es war keine Flanke«, erklärte Saathoff triumphierend. »Steckpass durch die Mitte. Madsen lief alleine auf den Torhüter zu, unten rechts. Zufrieden?« Allem Anschein nach hatte er das Spiel also wirklich gesehen.

»Und wo haben Sie das Spiel gesehen, Herr Saathoff?«

»Zu Hause, ich habe es doch gesagt!«

»In ihrer Wohnung in der Mittelstraße?«

»Jaaa.«

»Aber in Wyk war Netzausfall. Da kann es nicht gewesen sein.«

»Sie lügen!«

»Das darf ich gar nicht«, versetzte Marten. Der Anwalt ließ kurz die Schultern hängen.

Schweigen. Das musste er jetzt aushalten, wusste Marten. Er hatte seinen Punkt gemacht, alles, was er jetzt noch brachte, würde die Wirkung seiner Worte schmälern. Bleib ruhig. Ansgar rutschte bereits auf seinem Stuhl herum, das war gut. Erst kam Bewegung in den Körper, dann folgte die Aussage.

»Ich hab mit dem Mord nichts zu tun«, sagte Ansgar schließlich. »Gar nichts ...«

»Was wissen Sie, Herr Saathoff? Was wissen Sie, was wir nicht wissen? Helfen Sie uns!«, schaltete sich nun Vasna ein. Es klang beinahe flehentlich.

Ansgar hob die Hände, ließ sie dann auf den Tisch fallen. Und sagte dann doch nichts. »Meine Herren, Frau Sjöberg, ich bin mir sicher, dass ist alles nur ein Missverständnis.«

»Ich möchte noch einmal von vorne anfangen«, entgegnete Marten. Und dann spielten sie das Spiel noch einmal. Und ein weiteres Mal. Am Ende hatte er den Überblick verloren, wie oft sie ihn mit seinen falschen Aussagen konfrontierten, fragten, was er denn wisse, wie oft sie die Vernehmung unterbrachen und dann doch wieder neu aufnahmen.

»Herr Saathoff, bitte, helfen Sie uns doch einfach. Wir möchten nur den Mord an ihrer Mutter aufklären. Das wollen Sie doch auch«, sagte Marten gerade mal wieder. »Sie wissen etwas, das wir nicht wissen. Und früher oder später werden wir eh herausfinden, was passiert ist und wo Sie am Donnerstagabend waren. Aber jetzt, jetzt können Sie uns helfen. Was können Sie uns sagen, damit wir den Mörder finden können? Was wissen Sie?« Es war bereits dunkel geworden.

»Tim Gravensen«, sagte Ansgar Saathoff schließlich. »Ich weiß nicht, warum. Aber er ist wieder da. Tim Gravensen will uns vernichten.«

26

Die Blutspuren aus der Pension in Burghsluis konnten eindeutig Teeske Saathoff zugeordnet werden. Iska schloss zufrieden die Nachricht. Wenigstens etwas, das eindeutig war.

Ansonsten herrschte gerade Ernüchterung. Sie hatten keine klaren Erkenntnisse zu Epsilon, jedenfalls keine, die nach der Beschlagnahmung der Daten weitere Durchsuchungen rechtfertigen würden. Aber es war auch kein Fehlschlag gewesen. Irgendetwas dazwischen.

Sie überflog zum zweiten Mal die gesammelten E-Mails der Belegschaft von Epsilon international bv, immerhin knapp neunzig Mitarbeiter hatte die Holding der Unternehmensgruppe. Und sie hatten den gesamten Datenbestand bekommen, mitsamt der Protokolle, wann wer welche Nachricht geöffnet hatte. Sie wühlten sich durch Kennzahlen, Berichte, Anfragen, Projektbesprechungen, aber auch Verabredungen zum Mittagessen oder Weiterleitungen von Weiterleitungen und nicht zuletzt plumpen Spam. Einige der E-Mails von Teeske Saathoff hatte Iska bereits gefunden, sie wusste ja, wonach sie suchen musste. Aber zumindest die letzten beiden fehlten. Also waren sie gelöscht worden. Per se verdächtig, brachte aber auch keine neuen Erkenntnisse.

Von den weiteren Erpressungsversuchen, die Sanders erwähnt hatte, war ihr bisher erst einer in die Hände gefallen. Kurz vor Saathoffs Tod, von einer anonymen E-Mail-Adresse, *eyeforaneye1976*, bei einem freien Anbieter. Darin wurde gefordert, zehntausend Euro in Bitcoin an eine bestimmte Wallet-Adresse zu übersenden. Nicht sehr viel, dachte Iska. Vielleicht nur die übliche erste Forderung, meistens kamen bei Erpressungen weitere nach. Die E-Mail war in sichtlich schlechtem Englisch formuliert. Wahrscheinlich ursprünglich in einer anderen Sprache geschrieben, dann mit Übersetzungssoftware übersetzt.

»Ich weiß nicht, was ich von den Ergebnissen halten soll«, kommentierte Emil wie zur Bestätigung ihrer Überlegungen. »Die Projektunterlagen, die wir bei Epsilon mitgenommen haben, entsprechen exakt denen, die uns de Light gegeben hat und die auch in der Pension versteckt gewesen waren.«

»Und?«, fragte Iska.

»Ich weiß noch immer nicht, was Teeske Saathoff meinte entdeckt zu haben. Vielleicht findet sich etwas in den Unterlagen, vielleicht aber auch nicht.«

»Lass uns das Team erweitern«, sagte Iska. »Wir holen ein paar Experten aus dem Controlling-Bereich dazu. Die sehen vielleicht Dinge, die wir nicht sehen.« Ihr fielen ein paar Namen ein, mit denen sie bei Ermittlungen gegen Organisierte Kriminalität zusammengearbeitet hatte. Vielleicht konnte sie die Kollegen von deren aktuellen Aufgaben loseisen. Mordfälle zogen eigentlich immer. Nur dass sie inzwischen daran zweifelte, dass sie überhaupt etwas finden würden.

Denn vielleicht, überlegte Iska, hatte Teeske Saathoff auch einfach überhaupt nichts Belastbares gefunden. Und womöglich hatte sie auch einfach nur das Gleiche versucht, was sie heute auch gemacht hatten. Auf das Wasser geschlagen und darauf gewartet, dass sich die Fische bewegen.

27

Wyk auf Föhr. Mittwoch, 4. März
21:30 Uhr

Eine Bar in der Nähe des Hotels, klein, das Licht und die Musik gedämpft, Jazz. Das Mädchen sah immer wieder von der anderen Seite der Theke in der Mitte des Raums zu ihm rüber. Obwohl, Mädchen traf es überhaupt nicht, sie war eher eine Frau in seinem Alter. Warum auch immer, Marten fand das Wort Mädchen passender. Gelegentlich sah er zu ihr zurück. Sie sah gut aus, beinahe wie ein Model, blonde Haare, nicht einmal schulterlang, schmales Gesicht, aber mit einem breiten Lächeln, sie hatte dunklen Lippenstift aufgetragen, dezent. Ein schwarzes Oberteil, an den Armen durchscheinend, eine dünne silberne Kette um den Hals.

Er fühlte sich selten erschöpft. Von der langen Vernehmung und von den Ergebnissen der anschließenden Recherche. Zuerst hatte ihn der Name Tim Gravensen überrascht. Ja, alte Familienfehde, aber Vasna hatte direkt abgewunken. Die Gravensens wohnten seit Jahrzehnten nicht mehr auf der Insel. Und dann hatte sich die Spur doch als Durchbruch erwiesen. Tim Gravensen wohnte heute in Middelburg, Zeeland. Ungläubig öffnete er ein weiteres Mal die elektronische Akte, um noch einmal zu sehen, was er nicht glauben konnte. Verheiratet mit Fabienne Sanders. Nach niederländischem Recht behielten die Ehepartner auch nach der Hochzeit ihre vorherigen Namen, Wahlmöglichkeiten gab es keine. Ein gemeinsamer Ehename wie in Deutschland war lediglich als Gebrauchsname, nicht aber als offizieller Name vorgesehen. Er ärgerte sich. Es wäre besser gewesen, die beiden hätten den gleichen Nachnamen getragen – dann hätten sie diese Verbindung schon früher bemerkt.

Gravensen lebte seit mehr als zwanzig Jahren in den Niederlanden, hatte inzwischen auch die Staatsbürgerschaft angenommen. Und er arbeitete ebenfalls bei Epsilon. Warum Gravensen damals Föhr verlassen hatte, wusste Vasna nicht. Familienfehde, so hatten es alle ausgedrückt. *Tim Gravensen will uns vernichten.* Ansgar hatte es bitterernst gemeint.

Müde nippte Marten an seinem Pils. Eigentlich war es zu kalt, aber es schmeckte gut, machte die Gedanken wieder frisch. Er hatte weder Iska noch Emil erreichen können. Gerne hätte er sich jetzt mit ihnen über die nächsten Schritte abgestimmt. Aber bei beiden hatte sich jeweils nur der Anrufbeantworter gemeldet. Dann eben morgen. *Vergiss deine Rolle nicht,* fiel ihm Papa wieder ein. Du bist die Leitung, gib doch selbst die Richtung vor.

Leitung einer internationalen Mordkommission. Verbindungsbeamter beim Bundeskriminalamt für länderübergreifende Ermittlungen. Die letzten Monate hatte er viele Gelegenheiten genutzt, um sich zu vernetzen. Er war trotz seiner jungen Jahre bereits eine ganze Weile Hauptkommissar, die Türen nach oben standen offen. Bisher hatte er darüber nie nachgedacht, aber jetzt fiel ihm das Gespräch mit Ben wieder ein.

»*Es hat sich nun mal so ergeben.*«

»*Nein, das stimmt nicht.*«

Was wollte er eigentlich? Vielleicht hatte er es nie explizit geplant, diesen Weg einzuschlagen, aber er hatte es getan, das Ganze folgte einer gewissen Logik. Der Einstieg bei der Polizei, der Wechsel zur Kriminalpolizei … Er hatte ein gutes Händchen gehabt bei Ermittlungen. Aber wollte er das eigentlich alles so?

Psychologisch interessant, hatte Ben auch gesagt. Immer diese Andeutungen. Als ob sein Bruder etwas erkannt hätte … In Marten stieg der Ärger hoch. Nein, es war nicht so, dass er das, was andere von ihm erwarteten, zu seinen eigenen Überzeugungen machte. Warum ließ er sich so durch diese Unterstellung provozieren? Es war nicht das erste Mal, mit solchen hinterhältigen Spielchen hatte Ben schon immer seine geringere Körperkraft kompensiert.

Nein, bremste er sich. Lass das nicht an dich heran. Stell nicht alles infrage, nur weil du zwei Bier getrunken hast. Es hat sich alles ergeben, weil … es jeweils der nächste Schritt war.

Aus den Augenwinkeln erkannte er, dass das Mädchen schon wieder zu ihm hinüberblickte. Sie saß noch immer allein auf der anderen Seite. Durchaus sein Typ, wäre er nicht vergeben gewesen.

Katharina. Ihren gemeinsamen Weg hatte er stets als vorgezeichnet gesehen. Von der Schwärmerei über das Zusammenkommen, dann die Verliebtheitsphase, die gemeinsame Wohnung. Ein eingespieltes Team. Die Nähe war doch immer noch da, der Sex immer noch gut. Konnte er das überhaupt beurteilen? Das letzte Mal mit einer anderen Frau lag lange zurück, Teenagerzeiten.

Und jetzt, diese neue Phase. Was war das? Wohin sollte das führen? Er musste schlucken. Sie würden nie den gleichen Nachnamen tragen, das wurde ihm auf einmal klar.

»Und auf wen wartest du?«, hörte er auf einmal jemanden neben sich. Es dauerte eine lange Sekunde, bis er bemerkte, dass das dieses Mal keine Gedanken aus der Vergangenheit waren, sondern Worte aus dem Jetzt. Überrascht schreckte er hoch. Das Mädchen stand neben ihm.

»Auf dich«, hätte er sagen können, oder »auf Godot«, das wäre vielleicht witzig gewesen. Aber Schlagfertigkeit ist das, was einem erst dann einfällt, wenn es zu spät ist. Und außerdem wusste er ja gar nicht, ob er mit ihr reden wollte. Er hatte doch gerade so schön melancholisch seinen Gedanken nachgehangen. Aber er wollte auch nicht unhöflich sein. »Ich ... überlege, ob ich noch ein Bier trinken sollte.«

»Ich würde noch eins nehmen.«

Das Mädchen – die Frau, korrigierte er sich – schaute ihn erwartungsvoll an. Ach, warum nicht, dachte er. »Ein Pils? Was trinkt man hier eigentlich so?«

»Die haben übrigens auch Hünjmots ...«

»Hü... was?«

»Wusste ich doch, du bist wirklich nicht von hier.« Sie machte eine kleine Kunstpause, schaute ihn schelmisch an. »Ein Craft-Bier, das in Borgsum gebraut wird. Also hier auf Föhr. Wie wär's?«

»Warum nicht?« Er schaute den Barkeeper an, bestellte bei ihm und wandte sich dann wieder der Frau zu. Ihr dunkler Lippenstift zuckte zufrieden. »Und du bist also die Vertriebspartnerin für … Hünjmots?«

»Für ausgewählte Fremde, ja.«

Der Barkeeper brachte zwei Flaschen mit Schnappverschluss, sie ließen die Flaschen aufploppen, stießen an. Die Frau hatte Humor, nicht den üblichen Zynismus seiner Kollegen, mehr eine uneitle Fröhlichkeit. Es tat gut, gemeinsam zu lachen. Sie hatten als Kind die gleichen Serien geschaut, und ebenso wie er liebte sie Bud-Spencer-Filme. Die nächste Runde Hünjmots ging auf sie. Ihre Hobbys waren Reiten, gerne am Strand, und Windsurfen, Letzteres aber erst wieder im Sommer. Auf Föhr waren die Möglichkeiten im Winter begrenzt.

»Warum bist du eigentlich hier, Fremder?«

»Um …« Die Frau lächelte ihn erwartungsvoll an. Sie war nett, charmant und attraktiv, sogar sehr attraktiv. Aber es war nicht das, was er wollte, stellte er fest. »… um nachzudenken.«

»Worüber?«

»Das ist eine gute Frage.« Marten lachte. Nein, er hatte nicht vor, jetzt hier sein Gefühlsleben vor ihr auszubreiten. »Warum bist du hier, Fremdenführerin?«

»Weil es in meiner Wohnung zu leer ist, alleine.« Ein verlegener, aber auffordernder Blick. Nicht eingeübt, ganz natürlich.

Wahrscheinlich würde es niemand je erfahren, erst recht nicht Katharina. Aber er hatte sich schon entschieden. Marten schüttelte nur minimal den Kopf, aber so, dass sie es verstehen musste.

28

Schouten hatte offensichtlich schlechte Laune. »Mein Chef hat gerade angerufen.«

»Ja?« Iska konnte den mühsam unterdrückten Ärger aus der Stimme des Staatsanwalts heraushören.

»Und der hat wahrscheinlich einen Anruf von seinem Chef bekommen. Und wisst ihr was?« Schouten machte ein paar Schritte in seinem kleinen, aber bemerkenswert hässlichen Arbeitszimmer. Überall standen kleine Figuren herum, die aus Überraschungseiern stammten. »Ich habe das Gefühl, dass ihr mit eurem Verdacht nicht ganz falschliegt.«

Iska atmete erleichtert auf. Dann stutzte sie. Warum hatte Schouten sie hierherzitiert?

»Epsilon hat Beschwerde beim Richter gegen die Durchsuchung eingelegt. Reputationsschaden und so weiter. Sie hätten ja gerne kooperiert, aber hätten ja gar keine Möglichkeit dazu gehabt. Und sie haben clevere Anwälte und Freunde in den obersten Etagen.«

»Was meinen Sie damit?« Iska ahnte es bereits. Schouten

blickte nach oben, erfolgreiche Ermittlungen machte er sich gerne zu eigen. Und er hasste es, wenn er sich angreifbar fühlte.

»Das Problem ist, wir brauchen etwas Belastbares. Wir hatten einen Anfangsverdacht, das hat für euren Besuch gestern gereicht. Aber für jede weitere Aktion brauchen wir mehr.«

»Die deutschen Kollegen sind auf eine weitere Verbindung zwischen Föhr und Epsilon gestoßen. Der Mann von Fabienne Sanders, der Technische Direktor, hat seine Kindheit und Jugend auf Föhr verlebt. Er kannte zumindest auch Wenko Saathoff. Das gilt womöglich auch für das Opfer.«

Schouten schaute sie ernst an. »Wir müssen vorsichtig sein. Zuerst einmal keine unabgestimmten weiteren Besuche bei Epsilon. Arbeitet mit dem, was wir haben. Wenn ihr die Ermittlungen bei Epsilon ausweiten wollt, möchte ich informiert werden. Wenn ihr mit Gravensen sprecht, dann nur, wenn ihr etwas Echtes in der Hand habt. Wir dürfen keine Fehler machen. Habe ich mich klar ausgedrückt?«

»Natürlich«, sagte Emil schnell.

Iska führte die flache Hand zur Stirn und deutete einen militärischen Gruß an.

Schouten konnte sich das Lachen nicht verkneifen. »Wegtreten, Gefreite.« Seine Botschaft war angekommen.

*

Auf der gemeinsamen Fahrt ins Büro lauschte sie dem Radio, es lief *In Bloom* von Nirvana. Plötzlich störten seltsame Töne die Musik. Neben ihr, auf dem Beifahrersitz, summte Emil den Song mit.

»Du kennst den?« Iska wunderte sich. Der war aus ihrer Jugend.

»Mein großer Bruder hat das gehört, als ich so zwölf, dreizehn war. Kurz bevor er ausgezogen ist.« Er erzählte eine Anekdote, wie er versucht hatte, *Smells Like Teen Spirit* nachzuspielen, ohne überhaupt Noten lesen zu können. »Hab das heimlich gemacht, wenn mein Bruder weg war, der sollte nicht wissen, dass ich seine heilige E-Gitarre in den Fingern hatte. Es war natürlich pure Zeitverschwendung. Es war gut, dass er weggezogen ist.«

»Hast du ihn vermisst?« Moment, wollte sie das überhaupt wissen? Nein, stellte sie fest.

»Ja, natürlich. Er war ja immer so eine Art Vorbild für mich, denke ich.« Emil schaute sie arglos an. Was ging in dem Kerl vor, dass er sich mit ihr einließ?

*

Nachmittags gelang es ihnen, ein Foto von Tim Gravensen aufzutreiben. Er sah eigentlich ganz nett aus. Blaue Augen, dunkle Haare, offensichtlich Sportler. Obwohl er jetzt Anfang sechzig war, wirkte er noch sehr drahtig. Das Bild zeigte ihn bei einem Empfang, den er zusammen mit seiner Frau vor zwei Jahren besucht hatte, im Hintergrund Plakate von der letzten Wahl.

»Er hat hier in den Niederlanden bei mehreren Bauunternehmen gearbeitet und später auch ein eigenes kleines Unternehmen geführt. Zu der Zeit muss er Fabienne Sanders kennengelernt haben. Sie ist das Gesicht von Epsilon, er bleibt zumeist im Hintergrund, Aufnahmen wie diese sind selten.«

Es war eine Wahlkampfveranstaltung der Grünen. Die beiden sahen gut zusammen aus, fand Iska. Auf einem der Fotos warfen sie einander schelmische Blicke zu.

Tim Gravensen. Was, wenn er die E-Mails von Teeske Saathoff gelesen hatte?

Was hätte er getan? Was hätte sie an seiner Stelle getan? Dunkle Haare … Da war doch etwas gewesen. Einen Versuch war es wert. Sie entschied sich für eines der Fotos, das ihn von vorne zeigte, schnitt die Gesichtspartie aus und kopierte es in die Bilddatenbank.

29

Es war unangenehm kalt geworden, Marten beobachtete durch die Windschutzscheibe, wie die dürren, blattlosen Äste sich hin und her bewegten. Schon den ganzen Tag wehte es von Westen her, für den Abend war deswegen auch eine weitere ungewöhnlich hohe Flut angesagt. Die Kälte kroch in das stehende Auto, Marten zog den Schal enger um den Hals, Vasna und die Kollegen waren noch nicht bei ihm in Oldsum eingetroffen. Dafür Ansgar Saathoff, der soeben auf seinem Fahrrad auf das unscheinbare Fach-werkhaus zurollte. Er hielt an, schloss das Fahrrad ab und verschwand im Innern. Es ging also tatsächlich los. Ihm stand ein skurriler Einsatz in dem abgelegenen Reihendorf im Norden der Insel bevor.

Ansgar hatte schließlich doch gesagt, wo er den Donners-tagabend wirklich verbracht hatte. Es hatte noch ein wenig Arbeit und Zeit gekostet, dann waren die Dämme gebro-chen. Er erzählte von seiner Spielsucht. Es hatte irgend-wann in der Jugend angefangen, erst so aus Zeitvertreib, dann als Hobby, dann der Zwang. Egal ob Kartenspiele,

Wettspiele, ob online oder mit Freunden … Mal kam er für ein paar Wochen weg davon, aber die nächste Versuchung war immer nur einen Klick oder eine unbedachte Äußerung von Freunden entfernt. Eigentlich hatte er seinen Eltern versprochen, nie wieder zu zocken.

Vor einem Jahr hatte er die Schulden nicht mehr bedienen können, da hatte er sich Papa und Mama anvertraut. Letzten Endes schlug seine Mutter eine Lösung vor. Sie nahmen eine weitere Hypothek auf den eigentlich schon überschuldeten Hof auf, die zehntausend Euro, die Ansgar für den Neustart brauchte. Dafür verzichtete er auf alle Erbansprüche. Svenja stimmte dem zähneknirschend zu – sie würde eines Tages dann Hof und Schulden übernehmen, vorausgesetzt, diese blieben deutlich genug unter dem Gegenwert des Hofes. Ein letzter Befreiungsschlag für Ansgar. Und er schwor tausend Schwüre, niemals wieder das Zocken anzufangen.

Kurz: Er tat es aber doch. Erst online, dann mit den alten Kumpels von früher. Nie die hohen Beträge, aber irgendwie rutschte er ganz schön schnell ins Minus. Deshalb hatte er auch vor zwei Wochen Bargeld aus dem Safe der Eltern genommen. Nach der nächsten Glückssträhne hätte er das Geld natürlich heimlich wieder zurückgelegt.

Jedenfalls pokerte er jeden Donnerstagabend mit den Jungs, immer ab sieben, Mindesteinsatz hundert Euro, in bar. Sonst machte es ja auch keinen Spaß.

Marten bemerkte einen Mann etwa in Ansgars Alter, der mit seinem Wagen auf einem der Parkplätze direkt vor dem Haus, das er observierte, hielt. Der Mann nahm noch etwas vom Beifahrersitz, eine Tüte Chips, stieg aus, schloss die Wagentüre. Nein, das waren keine Schwerverbrecher. Aber es waren diejenigen, die Ansgar das echte Alibi bestätigen mussten. Letzten Endes war es ein Deal, den er, mehr oder weniger, aus Ansgar herausgepresst hatte.

Er lieferte ihm alle Informationen zu seiner Familie, dafür würde Marten nicht gegenüber seinem Vater verraten, dass er wieder mit dem Spielen angefangen hatte.

Eine halbe Stunde fuhren Vasna und zwei Kollegen in einem Einsatzwagen vor. Vasna klingelte an der Tür, dort erschien ein muskulöser Typ in Jogginghose und engem Pulli, dem beim Anblick ihres Polizeiausweises die Farbe aus dem Gesicht entwich. Nach einer halben Stunde kam Vasna bereits wieder heraus. Sie sah sich kurz um, dann wechselte sie die Straßenseite und lief auf sein Auto zu.

Marten ließ die Fensterscheibe herunter. »Und?«

»Fünf Jungs, sie zocken jeden Donnerstagabend, nebenbei läuft Fußball. Sie haben schon zugegeben, dass sie letzte Woche auch alle hier waren. Damit hat Ansgar sein Alibi.« Die Erleichterung war ihr anzusehen. »Der Junge, der Ansgar das Geld abgeknöpft hat, wird es an eine Suchtberatung spenden. Ich werde ihm noch einmal ein bisschen Angst machen und das dann aber versanden lassen. Wenn das für dich okay ist.«

»Von mir aus, in Ordnung.« Das ging ihn nichts mehr an. Er wollte nur herausfinden, wer Teeske Saathoff umgebracht hatte. Und letztlich hatte Ansgar seinen Teil dazu beigetragen, dass sie auf Gravensen gekommen waren.

Gerne wäre er jetzt mit Iska unterwegs gewesen, um den Fall zu Ende zu bringen.

30

»Hallo, Daniel?« Warum er wohl anrief? Gab es Neuigkeiten wegen Marc? Falls ja, dann hoffentlich gute.

»Hey, Iska.« Die vertraute Stimme rauschte aus dem Autolautsprecher, während sie auf dem Rijksweg 57 nach Zeeland abbog. Er machte eine Pause, Iska merkte, dass ihm der Anruf schwerfiel. Es fühlte sich angenehm vertraut an, dass sie ihn immer noch so durchschaute. Und gleichzeitig hatte sie Sorge vor dem, was da auf sie zukam. »Du, also, ich wollte dich etwas fragen.«

Und dann immer mit der Tür ins Haus.

»Ich weiß, am Wochenende sind Maaike und Marc eigentlich bei dir. Und ihr habt ja auch schon eure Traditionen, Maaike hat mir vom weltbesten Milchkaffee auf der Westerstraat erzählt ... Aber ist es okay, wenn Marc und Maaike dieses Wochenende bei uns bleiben? Also, es ist so ...« Ein Lastwagen bretterte an ihr vorbei, sodass Iska den Namen von Daniels Partnerin nicht verstehen konnte. »... hat ja Geburtstag, und den würde sie gerne mit mir und auch mit den Kindern feiern. Sie hat gestern Karten fürs Theater besorgt, auch für unsere beiden Ms, und gar nicht daran gedacht, dass sie eigentlich bei dir …«

Ui, Theater, da würden sich Marc und Maaike aber ziemlich freuen, dachte Iska ironisch. Viel zu entscheiden gab es ja nicht, wenn die Abendgestaltung schon feststand. Sie ärgerte sich zwar, dass sie vor vollendete Tatsachen gestellt wurde, aber eigentlich passte es. Die Ermittlungen nahmen gerade Fahrt auf, gut möglich, dass sie auch am Wochenende arbeiten würde. Wahrscheinlich hatte Daniel ihr sogar gerade einen Anruf bei ihm erspart, bei dem sie ihn das Gleiche hätte fragen müssen. Und so hatte sie auch noch etwas für ein nächstes Mal bei ihm gut. »Also, zwar etwas spontan, aber für mich okay, kein Problem, wenn das auch für Marc und Maaike gilt.«

»Wir tauschen es einfach gegen eins der nächsten Wochenenden.« Die Erleichterung war ihm anzuhören. »Ich will euch nicht eure gemeinsame Zeit klauen, holt das unbedingt bald nach!«

»Ja. Ja, unbedingt. Oder mal wir alle zusammen?« Sie fand es schade, dass er jedes Mal, wenn sie die Kinder abholte oder er sie bei ihr abgab, so schnell wieder wegmusste.

»Ja, genau, oder wir alle zusammen. Das ist eine gute Idee.« Die Stimme, mit der er das sagte, klang eher nach Sorge als nach Begeisterung. Schade.

»Du, wie geht es eigentlich Marc? Du weißt schon, wegen der Sache mit dem anderen Jungen, Flavio.« Sie war stolz auf sich, dass sie sich den Namen hatte merken können.

»Das? Ach ja …« Er zögerte. »Es gab gestern wohl ein paar blöde Sprüche in der Schule von drei Typen aus seiner Klasse. Dann hat Flavio den stärksten von ihnen zusammengedroschen. Üble Sache eigentlich. Na ja… aber heute hat sich einer der drei, ein anderer, bei Marc entschuldigt. Hat gesagt, dass er sich ziemlich doof vorkommt. Ich denke, die Sache ist erst einmal gegessen.«

»Hey, das klingt doch schon mal ganz okay.«

»Ja, absolut.« Daniel schluckte. »Danke, dass du nachgefragt hast. Ich hätte dir direkt davon erzählen müssen.«

»Alles gut.« Erleichtert atmete sie aus. Ein versöhnlicher Abschluss eines komischen Gesprächs. Sie verabschiedeten sich, dann wünschte Daniel ihr noch einen schönen Abend, bevor er auflegte.

*

Wieder einmal steuerte Iska den Wagen auf den Hof der *Oude Schapenboerderij*. Wie oft war sie jetzt hierhergefahren? Drei Mal? Und mit jedem Besuch war die Lösung des Falls einen Schritt näher gerückt. Hoffentlich würde es so weitergehen.

»Hallo? Frau van Loon!« Die Vermieterin öffnete die Haustür, sie trug eine Schürze, auf der ein Foto mit zwei Kleinkindern abgebildet war. Beide hatten mit Schokolade verschmierte Gesichter, am unteren Bildrand war eine Teigschüssel zu erkennen. »Kommen Sie herein.«

»Gerne. Es dauert auch nicht lang, nur fünf Minuten.« Sie folgte der Frau in einen Flur, der am Ende in ein Wohnzimmer mündete, aus dem lautes Kinderlachen und der Krach eines zusammenstürzenden Bauklotzturmes ertönten.

»In einer Viertelstunde ist alles wieder aufgeräumt! Dann gibt es Abendessen.«

»Okaaaay«, hallte es zurück, gefolgt von noch mehr Lachen, man konnte zwei Kinder und einen erwachsenen Mann heraushören. Vor dem Wohnzimmer bog die Frau in eine Küche ab. Kiefernmöbel, bestimmt mindestens zwanzig Jahre alt, ein großer runder Tisch mit zwei Kinderstühlen und vier normalen Stühlen davor. Auf zwei davon stapelten sich Prospekte, Blätter mit Kinderzeichnungen und Bastelutensilien.

Die Frau bat Iska, das Chaos zu entschuldigen, und bot ihr einen der beiden freien Stühle an.

Iska öffnete die Bilddatenbank auf ihrem Handy. »Ich möchte Ihnen nur ein paar Fotos zeigen. Bitte sagen Sie stopp, wenn Sie meinen, eine der abgebildeten Personen zu erkennen.« Sie wischte nacheinander durch die Porträtfotos, dabei ließ sie ungefähr zehn Sekunden Zeit pro Bild. Erfahrungsgemäß brauchten die Zeugen weniger Zeit, um jemanden spontan auszuschließen. Sie hatte einige Fotos aus der Fahndungskartei ausgewählt – es kam ihr aber nur auf die Reaktion zu Bild Nummer neun an. Bei Nummer zwei und sieben war sich die Vermieterin nicht sicher, ob sie die Person schon einmal gesehen hatte. Der Lärmpegel aus dem hinteren Teil des Hauses schwoll beständig an, immer wieder schaute die Frau in Richtung Flur.

Iska wischte weiter zur Nummer acht. Keine Reaktion. Zehn Sekunden warten, es kam ihr ewig lang vor. Weiter zu Foto Nummer neun.

»Maaaaama!«, schallte es den Flur entlang.

»Ja, was denn?« Ihre Zeugin wandte sich von den Bildern ab.

»Wie lange noch? Ich hab Hunger!«

»Bastian? Kannst du den beiden eben den Fernseher anmachen? Ich bin gerade beschäftigt.«

»Jaaaa«, jubelten zwei helle Stimmen, »okay«, brummte eine tiefe.

»Entschuldigen Sie – können wir noch mal die letzten Bilder?«

»Natürlich.« Iska sprang drei Fotos zurück. Insgesamt ließen sich in dieser Situation hier wahrscheinlich keine sehr aussagekräftigen Ergebnisse erzielen, gestand sie sich ein. Die Vermieterin gab sich Mühe, war aber offenkundig zu abgelenkt. Sie schob auch Foto Nummer sechs auf die Vielleicht-Liste. Wenn jetzt das entscheidende Foto kein eindeutiges Ergebnis brachte, konnte sie die Sache vergessen. Nebenan startete die Erkennungsmelodie von Pippi Langstrumpf. Porträt Nummer neun, Tim Gravensen. Die Vermieterin sah nur kurz hin, dann wieder zur Uhr. Schade. Kein Treffer. Iska musste schlucken. Sie hatte so sehr gehofft, dass Gravensen der Unbekannte war, der Teeske Saathoff in der letzten Woche besucht hatte. Na ja. Vielleicht, wenn sie das Ganze mit ihr morgen noch einmal wiederholte, vielleicht in Ruhe auf der nächstgelegenen Polizeiwache, und mit einem anderen Bild von Gravensen … Sie wischte zum nächsten Foto.

»Halt, warten Sie!«

Irritiert schaute Iska auf das Display. Einer der zufällig ausgewählten Männer, Iska kannte das Gesicht nicht.

»Nein, nicht der. Der davor.« Noch einmal schaute sich die Frau das Bild von Gravensen an. »Der hier, der kommt mir doch bekannt vor. Fällt mir erst jetzt auf, entschuldigen Sie bitte. Aber woher denn nur?«

Iska gab natürlich keinen Hinweis. Wer weiß, vielleicht würde der Fall jetzt sogar noch eine ganz andere Wendung bekommen. Nachdenklich tippte die Vermieterin mit dem Zeigefinger auf ihren Lippen herum. Auf ihrer Stirn bildete sich eine Falte. »Ich bin mir nicht sicher. Aber das könnte der Typ gewesen sein, den ich in diesen schwarzen Gelän-dewagen habe einsteigen sehen. Ich hatte Ihnen doch davon erzählt, oder?«

Iska jubelte innerlich, während sie freundlich nickte.

31

Das Telefon klingelte. »Ja?«

»Die Polizei ist da. Sie kommen direkt zu dir.«

Tim Gravensen merkte, wie sein Puls nach oben ging. »Okay, Mandy …«

»Sie haben einen Haftbefehl, Tim!«

»Oh …« Schlagartig war das Adrenalin da. Er zwang sich zu einem Plauderton. »Das muss ein Irrtum sein … Wie viele sind es denn?«

»Zwei.«

»Okay, bitte behalte das erst einmal für dich, muss ja erst mal keiner mitkriegen. Aber sag doch bitte eben Anton Bescheid, er soll zu mir kommen.«

Vom Empfangsplatz einmal den Flur entlang, Rechtskurve, zweiten Flur, bis zu ihm, knapp anderthalb Minuten. Das hieß, es blieb ihm noch ungefähr eine Minute. Haftbefehl … Das durfte er nicht zulassen! Er könnte ausrasten vor Wut … Nein, tu es nicht. Du musst die *Wut kontrollieren für den Moment, in dem du sie brauchst.* Mach schnell einen Plan, du kannst das doch, wenn es drauf ankommt, dann bist du da.

Flucht? Nein, keine Möglichkeiten, er müsste nicht nur aus dem Büro, sondern auch aus dem Gebäude entkommen. Der zeitliche Vorsprung reichte nicht. Verstecken? Nein, außerdem albern, er wüsste nicht einmal, wo.

Er hörte bereits die Schritte und auch die Stimme von Anton, der offensichtlich auf die beiden einredete. Sie waren noch ungefähr zehn Meter entfernt. Letzte Möglichkeit, die ihm blieb: Kampf. Aber nicht auf die stumpfe Art. Er musste Zeitpunkt und Ort bestimmen. Ruhig stand er auf, drückte dabei auf seinem Notebook den Befehl zum Ausschalten. Instinktiv spannte er die Bauchmuskeln an, ließ die Schultern kreisen. Nein, mach es anders. Auf einmal war der Plan da, er wusste, was er tun würde. Die Tür schwang auf. *Setz die Maske auf, Tim. Schnell.* Er knipste sein unschuldiges Lächeln an, dachte auch an die großen Augen, als er die ungebetenen Gäste in Empfang nahm.

32

Iska drückte die Klinke herunter, auf dem Schild neben der Tür stand Technischer Direktor, das Büro direkt neben der Geschäftsführung, natürlich.

Tim Gravensen sah genauso aus, wie Iska ihn von dem Foto in Erinnerung hatte. Nur ein wenig ängstlich von der Körperhaltung. Mit vor der Brust verschränkten Armen wartete er hinter dem Schreibtisch auf sie. »Wie kann ich Ihnen helfen?«

Am besten mit einem Geständnis, dachte Iska. Eigentlich sollte sie ihn direkt festnehmen, sie war sich sicher, den Mörder von Teeske Saathoff vor sich zu haben. Die Telefonnummer, mit der Teeske Saathoff in der letzten Woche telefoniert und Nachrichten ausgetauscht hatte, war öfters auch in einer Funkzelle in der Nähe des Hauses von Sanders und Gravensen angemeldet gewesen. Und Tim Gravensen kannte Teeske Saathoff, er hatte als Technischer Direktor Zugriff auf alle E-Mails und damit auch auf die, die das Opfer an Epsilon geschrieben hatte. Als Ehemann der Eigentümerin wollte er das Unternehmen beschützen. Sobald eine

Haarprobe von ihm vorlag, würden sie auch beweisen können, dass er in der Pension gewesen war. Nicht zu vergessen die alte Fehde mit den Saathoffs. Aber man musste ja nichts überstürzen. »Wo waren Sie am Donnerstag vor einer Woche, zwischen achtzehn und dreiundzwanzig Uhr?«

»Ich ähm …« Gravensen schien tatsächlich überrascht über die Frage. Falls er das vortäuschte, war er ein begnadeter Schauspieler. »Bei Neeltje Jans. Warum?«

»Bei Neeltje Jans?«

»Wir haben da ein paar Meeting-Räume angemietet, für Investoren und Geschäftspartner, das passt immer ganz gut, von der Atmosphäre her, so am Oosterscheldekering.« Er nahm das Handy, das vor ihm auf dem Schreibtisch lag, entsperrte es, wischte offensichtlich durch die Menüs. Dann zeigte er Iska den entsprechenden Kalendereintrag vom 26. Februar. »Hier, da sind auch die Beteiligten aufgeführt … Sie werden meine Angaben bestätigen.«

Iska fühlte sich, als wäre sie mit dem Hammer getroffen worden. Gut, tröstete sie sich, dass wir nicht direkt mit *Ich verhafte Sie* losgelegt haben … Jetzt musste sie sich geduldig zurückkämpfen. »Bis wann ging das Meeting, wenn ich fragen darf?«

»Wir waren pünktlich fertig. So bis halb elf, ungefähr, schätze ich.« Arglos sah Gravensen sie an. »Darf ich jetzt noch einmal fragen, um was es sich hier bei der Angelegenheit handelt?«

»Es geht um den Tod von Teeske Saathoff.«

»Von … von Teeske?«

Und wieder konnte sie die Überraschung in seinen Augen erkennen. Hatte sie tatsächlich den Falschen verdächtigt?

Kurz und knapp schilderte sie den Anfangsverdacht, der gegen ihn vorlag.

»Ich möchte Ihnen raten, von Ihrem Schweigerecht Gebrauch zu machen«, sagte der Anwalt, den Gravensen hinzugebeten hatte. Er nickte ihm zu.

»Vielleicht handelt es sich um ein großes Missverständnis. Trotzdem möchte ich Sie bitten, mit uns mitzukommen. Wir möchten Ihnen gerne ein paar Fragen stellen. Außerdem werden wir einen DNA-Abgleich machen.« Iska war froh, sich wieder gefangen zu haben. Sie wandte sich an den Anwalt. »Ja, bevor Sie fragen, ein entsprechender richterlicher Beschluss liegt vor.«

»Äh, ja, natürlich.« Gravensen nickte. »Ich bin mir sicher, dass es sich um ein Missverständnis handelt. Ich stehe Ihnen natürlich gerne zur Verfügung.«

Mit diesem Verlauf hatte sie nicht gerechnet. Ratlos sah Emil sie an. Normalerweise hätte er dem Verdächtigen jetzt Handschellen angelegt, aber das schien hier absolut nicht angebracht.

»Wir können gerne sofort gehen. Je schneller, desto besser«, ergriff Gravensen wieder das Wort.

»So machen wir das.« Sie nickte Emil zu, dass er als Letzter den Raum verlassen sollte, und ging dann voran. Gemeinsam liefen sie den Flur entlang, zuerst sie, dann Gravensen samt Anwalt, zuletzt Emil. Gravensen grüßte noch die Mitarbeiterin am Empfang und sagte ihr, dass er über den Anwalt erreichbar wäre und ob sie bitte seine Frau informieren könnte. Sie fuhren nach unten, und Gravensen wurde ein wenig unruhig neben Iska. Was war da los?

Als sie dann im Erdgeschoss aus dem Aufzug traten,

schaute der Mann sie mit einem Hundeblick an. »Entschuldigen Sie … das ist mir jetzt peinlich, aber – ich müsste noch einmal eben auf Toilette.«

»Natürlich.« Iska bedeutete Emil mit einem Blick, ihn zu begleiten. »Das ist leider so vorgeschrieben. Sie verstehen?«

»Absolut«, sagte Gravensen und zeigte um die Ecke. »Ist gleich da vorne.« Mit zusammengekniffenen Beinen eilte er los.

33

Außer ihr befand sich niemand im Entree, das trotz der saalartigen hohen Decke eigentlich nur eine Art Vorraum mit fünf Fahrstühlen war, die gegenüber dem Eingang auf Ankommende warteten. Auf der rechten Seite gab es einen Empfangsschalter, offenbar aber nicht besetzt. Auf der linken Seite zweigte der Gang ab, in den Gravensen zusammen mit Emil verschwunden war. Schwarzer, blank polierter Steinfußboden, der wohl an Marmor erinnern sollte, Glas an den Außenwänden, schlichte, kahle weiße Wände. Den Zahlen über den Aufzugtüren nach zu urteilen, herrschte durchaus reger Verkehr zwischen den Etagen und auch zu und von der unter dem Gebäude liegenden Tiefgarage nach oben. Aber kein einziges Mal hielt einer der Aufzüge bei ihr. Kein Wunder, dachte sie. Wir sind hier mitten im Gewerbegebiet. So gut wie niemand würde um diese Uhrzeit zu Fuß hierherkommen oder das Gebäude verlassen.

Nach fünf Minuten wurde Iska unruhig. Es hatte nun doch schon ziemlich lange gedauert. Sie bog um die Ecke,

ihre Schritte hallten in der leeren Halle. Die Tür zur Herren-
toilette war geschlossen.

»Emil?«

Keine Antwort. Keine Geräusche im Innern.

»Emil? Alles okay bei euch?« Iska lauschte ihrem Ruf
hinterher. »Emil? Ich komme jetzt rein.«

Sie zog die Waffe aus dem Holster, entsicherte sie. Über-
trieb sie? Nein, sie holte nur die Vorsicht nach, die sie eben
hätte walten lassen sollen. Sie schob die Tür mit der Stiefel-
spitze auf, glitt in den Raum hinein, die Waffe schussbereit
vor sich haltend. Eine Reihe Waschbecken, über jedem ein
Spiegel, helle Fliesen an den Wänden, dunkle am Boden.
Eine weiße Tür führte in den nächsten Bereich der Toilettenanlage.

»Emil?«

»Gut, dass Sie kommen. Ihrem Kollegen geht es nicht gut.«
Gravensen. Keine Spur mehr von der Unsicherheit, die er
bis eben noch vorgetäuscht hatte. Verdammt, er hatte sie
ausgetrickst. Ein undeutliches Wimmern hinter der Tür.
Emil! »Er braucht Ihre Hilfe.«

»Emil? Was ist los?« Iska wich einen Schritt zurück. Sie
musste Verstärkung holen. »Wenn ich höre, dass Sie den
Raum verlassen, töte ich Ihren Kollegen.«

»Was wollen Sie?«

»Mit Ihnen reden. Kommen Sie zu uns.«

»Warum sollte ich das tun?«

»Ich schildere Ihnen die Situation so, wie sie ist. Drei Tatsachen. Erstens: Die Mündung der Dienstwaffe Ihres Kollegen steckt tief in seinem Mund. Er ist in meiner Gewalt.«

»Bleiben Sie ruhig, tun Sie nichts Unüberlegtes.«

»Zweitens…« Gravensen ging auf ihren Einwurf gar nicht ein. »Ich habe Teeske Saathoff nicht umgebracht.«

»Dann werden wir den wahren Mörder finden. Geben Sie uns die Zeit!«

»Drittens: Ich will niemanden verletzen. Ich will nur hier raus. Und meine Unschuld beweisen.«

»Was schlagen Sie vor? Ich höre Ihnen zu.«

Ein Moment der Stille folgte. »Kommen Sie zu uns herein«, sagte Gravensen dann. »Als eine Geste des Vertrauens. Alles kann gut werden.« Seine Stimme war ganz ruhig. Er klang nicht überdreht. »Andernfalls werde ich abdrücken«, fügte er dann jedoch hinzu. »Und meinen Weg hier freischießen, auch wenn ich höchstwahrscheinlich dabei draufgehe.«

»Wir werden eine Lösung finden.«

»Ich habe alles gesagt. Ich gebe Ihnen zwanzig Sekunden. Ab jetzt.«

Ihr Gegenüber hatte seine Chancen offenbar rational abgewogen. Er hatte diese Situation hier provoziert, mit kaltem Herzen durchgezogen, Emil überwältigt. Er setzte sie unter Druck. Es gab nur eine richtige Lösung, sie musste sich zurückziehen und Verstärkung anfordern. Sie wusste, was zu tun war. Aber dann würde Emil sterben, daran hatte sie keinen Zweifel.

Was immer es war, vielleicht das leise Würgen und Keuchen, das zu ihr herüberschallte, sie entschied sich, das Falsche zu tun. »Ich komme zu Ihnen rein. Machen Sie keinen Fehler. Noch kann alles gut werden. Sie wollen doch leben, Gravensen.«

Ein Schritt, noch ein Schritt. Ihr Herzschlag hämmerte in ihren Ohren. Jede Farbe war grell. Ich brauche auch ein

Druckmittel, raste es ihr durch den Kopf. Noch fünf Meter. Sie brauchte …

»Noch zehn Sekunden!«

Eine Entscheidung. Er war rational. Er wollte nicht töten, da war sie sich sicher, nein, entschied sie sich, sicher zu sein.

»Fünf, vier…«

Sie schob die Tür mit der linken Hand auf. »Ich bin hier. Keine Gewalt.« Mit der Dienstwaffe in der rechten Hand zielte sie in den Raum vor ihr.

»Frau van Loon. Ich danke Ihnen für Ihr Vertrauen.« An der gegenüberliegenden Wand, in knapp sechs Meter Entfernung hockten zwei Menschen. Vorne Emil, eine Platzwunde an der Stirn, die Nase gebrochen, das Blut lief ihm in kleinen Rinnsalen über das Gesicht bis in den Kragen. Eine Hand war hinter den Rücken gedreht, hinter ihm Gravensen, der den Lauf der Waffe in Emils geöffneten Mund presste. »Sie sehen, ich habe die Wahrheit gesagt. Ich gebe Ihnen eine weitere Minute, um die ganze Situation zu begreifen.«

Sie sah, wie Emil in flachen Atemzügen nach Luft schnappte. In seinen Augen spiegelte sich nackte, pure Angst. Iska wog die Möglichkeiten ab. Sie konnte versuchen, Gravensen zu erschießen. Noch immer zielte sie in die Richtung der beiden. Gravensen hielt Emil wie einen Schutzschild vor sich, aber sie war eine gute Schützin, sie könnte auf seinen Kopf zielen. Keine weite Distanz, sie würde treffen. Ja. Nein. Er würde erkennen, dass sie abdrücken würde. Er hatte zwar keine Möglichkeit, auf sie zu schießen, aber er konnte Emil töten. Wenn sie denn überhaupt traf. Ein Patt, so wie vorher. Nein, nicht ganz …

»Sie haben mich nicht getötet, Frau van Loon«, bestätigte Gravensen ihre Analyse. »Und Sie haben keine Verstärkung gerufen. Also gehe ich recht in der Annahme, dass Sie Ihren Kollegen retten wollen.«

»Was wollen Sie?« Sie konnte nicht anders, auf eine bizarre Weise war sie von dem Mann beeindruckt. Alles schien so wohlüberlegt. Diese klare, ruhige Art, in der er jetzt mit ihr sprach, und auf der anderen Seite Emils Verletzungen, der Mann handelte eiskalt rational, brutal und skrupellos. Offenbar verfügte er über ein hohes Maß an Selbstkontrolle und war zugleich zu allem fähig … Wenn er es wollte.

»Ich mache Ihnen einen Vorschlag. Sie lassen mich gehen, zusammen mit Ihrem Kollegen als Geisel. Sie warten hier in dieser Toilettenanlage, Sie verschaffen mir Zeit. Geben Sie mir die Chance, zu entkommen. Wenn alles gut läuft, lasse ich Ihren Kollegen noch heute Abend laufen. Keiner stirbt, keine Gewalt. Einverstanden?« Sein Blick war intensiv.

Emil machte einmal mehr ein ächzendes Geräusch. Verdammt, sie hatte ihn in diese Situation gebracht, sie musste ihn da wieder herausholen. Emil! Es war ihre Verantwortung. Nein, versuchte sie sich zu bremsen. Sie musste rational an die Sache herangehen. Nicht von den Emotionen leiten lassen. Genau das will Gravensen doch.

Konnte sie ihm vertrauen? Nein. Was waren die Optionen? Wenn sie sein Angebot ausschlug, würde das Ganze mit größter Wahrscheinlichkeit hier enden. Emil tot, Gravensen tot. Nahm sie sein Angebot an, gab es zwei Möglichkeiten: Wenn er den Mord nicht begangen hatte, würde er es vermeiden, einen an Emil oder ihr zu begehen. Emil lebendig, Gravensen auf der Flucht. Hatte er jedoch Teeske Saathoff ermordet, würde auch ein weiterer Mord sein Gewissen nicht weiter belasten. Emil tot, Gravensen auf der Flucht. Es war wie ein Münzwurf.

Sie entschied sich für die Hoffnung, Emil retten zu können. Sollte Gravensen ruhig fliehen können, früher oder später würde er gefasst werden, wo auch immer er sich dann versteckte.

Aber wollte sie Emil Gravensen überlassen? Nein … Fieberhaft dachte sie nach. Es gab noch eine vierte Möglichkeit. Er ist rational. Halt dich daran fest. Mit dem, was sie vorhatte, machte sie vermutlich das Beste aus der Situation. Und erhielt vielleicht auch die Gelegenheit, Gravensen besser zu verstehen. »Keine Gewalt!«, sagte sie. »Ich mache Ihnen einen besseren Vorschlag. Sie kriegen mich.«

»Was?« Die Waffe in seiner Hand zitterte.

»Sie nehmen mich als Geisel. Mein Kollege bleibt hier und deckt Ihre Flucht. Wenn wir uns in zehn Minuten nicht melden, werden unsere Kollegen uns suchen.« Ihre Gedanken rasten. Der Gegenvorschlag irritierte ihn, brachte ihn etwas aus dem Konzept. Er wollte die Situation bestimmen. Soll er. Es ist okay, er handelt rational. Iska kniete sich hin, legte ihre Waffe langsam vor sich auf den Boden. Sie wusste, noch hatte sie einen Rest von Kontrolle. Noch würde sie schneller zu ihrer Waffe greifen und schießen können, als dass er zuerst Emil und dann sie tötete. »Wir machen es genau so, wie Sie vorgeschlagen haben, Gravensen. Nur, dass Sie mich statt meinen Kollegen kriegen. Und danach verschafft er Ihnen die Zeit, die Sie brauchen.«

Gravensen war anzumerken, dass er ihr nicht traute. »Warum sollten Sie das tun?«

»Ich vertraue Ihnen. Sie wollen nicht als Polizistenmörder gesucht werden.«

»Keine Tricks, van Loon!«

»Ich mache keine Tricks.« Sie hob ihre Hände neben den Kopf. Gib ihm die Sekunden. Er muss sich beruhigen. Er muss sich sicher sein, er musste ihr vertrauen. »Sie haben Ihre Waffe in der Hand, meine liegt vor mir auf dem Boden. Schauen Sie hin. Wir machen einen Austausch. Sie kriegen mich. Ich gehe mit Ihnen. Mein Kollege bleibt hier.«

Sie sah, wie es in ihm arbeitete. Er war vorsichtig, skeptisch, aber er blieb ruhig. »Okay.« Tatsächlich, er fand sich noch in der Lage, auf sie einzugehen. Sehr gut. Noch immer bedrohte er Emil mit der Waffe. Er ahnte wohl, dass sie schnell war, ihre Walther P5 lag noch in Reichweite. Sie fokussierte aber nur ihn. Signalisiere ihm das Vertrauen, das er braucht. »Kommen Sie her!«

Nein, das ging nicht, nicht ohne Gegenleistung. Sie brauchte etwas mehr Sicherheit, das war okay, er würde sich an ihrer Stelle nicht anders verhalten. Etwas Deeskalation. Er musste noch einen weiteren Schritt auf sie zumachen. Wenn er das tat, dann … würde sie es wagen. Ihr Herz wurde ganz kalt. »Sie sichern die Waffe, lassen Emil frei. Dann gehe ich mit Ihnen.«

»Keine Tricks!«

Sein Blick begann zu flackern. Er wusste nicht, ob er ihr vertrauen konnte. Er wollte es, konnte aber noch nicht. Sie hob ihre Hände ein minimales Stück nach oben. »Ich müsste das nicht tun. Ich vertraue Ihnen, Gravensen.

Sichern Sie die Waffe. Ich stehe auf. Dann lassen Sie ihn los.«

Alle Sinne waren gespannt. Sie spürte jeden ihrer Atemzüge, hörte ein leises Gluckern der Toilettenspülung, sah den Schweiß auf Emils Stirn und Gravensens nervöses Blinzeln.

»Okay.« Mit der rechten Hand umklammerte er noch immer den Abzug, mit dem Zeigefinger der linken schob er langsam den Sicherungshebel nach oben. Ein leises, bestätigendes Klicken. Der Griff, mit dem er Emil vor sich hielt, blieb eisern. Aber er hat den Schritt getan. Er hat etwas Macht abgegeben. Er will hier heil raus.

»Bei drei. Wir stehen gemeinsam auf. Sie lassen meinen Kollegen los. Er übernimmt meine Waffe, Sie bekommen mich.«

»Okay.«

Mehr würde sie nicht kriegen. Sie sah Emil an. »Es geht alles auf meine Verantwortung. Um zwei Uhr startest du die Fahndung. Keine Tricks.«

»Okay.« Es war mehr ein Röcheln als ein Sprechen.

Sie sah Gravensen in die Augen. Sie konnte ihn nicht deuten. Vertrau auf deine Intuition, sagte sie sich. »Eins ... zwei ... drei!«

34

Dunkelheit um sie herum. Ihr Rücken schmerzte ob ihrer gekrümmten Körperhaltung. Es roch nach Diesel und Öl. Seit gefühlten Ewigkeiten harrte sie nun schon so aus, um sie herum der Lärm der Straße. Es waren keine Ewigkeiten, das wusste sie. Sie hatte jetzt fünfzigmal von zwanzig bis achtzig gezählt. Gerade mal fünfzig Minuten insgesamt. Am Anfang viel Stop-and-go, aber schon nach kurzer Zeit hatte er beschleunigt, und es gab kaum noch Zwischenhalte. Offenbar eine Schnellstraße. Wahrscheinlich die N62 nach Süden, deren Auffahrt lag ganz in der Nähe der Zentrale von Epsilon. Natürlich, er fährt als Erstes über die Grenze nach Belgien. Das brachte ihm auf jeden Fall Zeit.

Gravensen hatte sie mit ihren eigenen Handschellen gefesselt und dann direkt nach unten in die Tiefgarage geführt, die Mündung von Emils Dienstpistole in ihren Rücken gedrückt. Hatte ihr befohlen, in den Kofferraum seines schwarzen Geländewagens zu steigen, ein BMW, und dann den Deckel über ihr zugeschlagen. Emil war im Toilettenraum zurückgeblieben. Sie fragte sich, was er jetzt machte. Würde er sich an die Abmachung halten? Sie hoffte es.

Noch weitere zehnmal zählte sie jeweils eine Minute ab, dann reduzierte Gravensen das Tempo, auf einer offenbar kurvigeren Strecke. Einmal schleuderte es sie sogar gegen eine Seitenwand. Ein unebener Weg. Ein Schlagloch, noch ein Schlagloch. Noch eine scharfe Kurve. Weiterhin holprig, der Wagen wurde noch langsamer, wackelte weiter vor sich hin. Dann hielt er plötzlich an. Nichts passierte. Sie hörte Vogelrufe. Sonst nichts, keine menschlichen Stimmen, keine Motoren, keine Fahrgeräusche anderer Autos.

Dann kamen Schritte näher, sie hörte ein Klicken, der Kofferraumdeckel schwang auf, es wurde für einen Moment gleißend hell. Sie blinzelte, um sich an das Tageslicht zu gewöhnen. Unsanft half Gravensen ihr auszusteigen, sie standen auf einem kleinen Waldweg. Im nächsten Moment schubste er sie seitwärts in die Büsche.

»Weiter! Schneller!«

»Warum machen Sie das? Ich kooperiere doch.« Sie musste wahnsinnig gewesen sein, sich dem Mann anzuvertrauen. Was hatte sie gedacht. »Helfen Sie uns. Sie sind unschuldig, haben Sie gesagt. Was haben Sie dann letzte Woche am Donnerstagabend gemacht?«

»Stehen bleiben. An den Baum neben Ihnen! Los!« Er zog die Pistole. Die Mündung zeigte auf ihre Stirn, Entschlossenheit spiegelte sich in seinem Gesicht. Wie in Trance sah sie sich um, da stand eine schmale Birke unweit von ihr, die meinte er wohl. Seine Stimme prügelte auf sie ein. »Näher ran! Los doch!«

Iska atmete schwer aus. Tat, was er verlangte. Mühsam

kämpfte sie gegen die aufkommende Panik an. »Tun Sie das nicht, Gravensen! Ich will Ihnen doch glauben.«

»Wehren Sie sich nicht. Schauen sie weiter geradeaus.« Er ging einen Halbkreis um sie herum, dann verschwand er aus ihrem Sichtfeld. »Keine Bewegung!« Das Blut hämmerte in ihren Ohren, verschwamm zu einem alles betäubenden Rauschen. An der linken Hand spürte sie einen festen Griff, die Fessel schnappte auf, nur eine Sekunde lang, dann schloss sie sich wieder um das Handgelenk. Sie spürte den Baumstamm in ihrem Rücken, von ihren Armen umschlossen.

Gravensen setzte sich vor sie in den Sand. Auf einmal wirkte er sehr müde. Die Waffe legte er neben sich ab, strich sich dann fahrig über die Augen. »Ich war in Neeltje Jans, wie ich es gesagt habe. Ich habe eine Nachricht von Teeske bekommen, dass ich um zweiundzwanzig Uhr am Hafen sein soll. Ich war erst so Viertel nach da, früher konnte ich nicht aus dem Meeting raus, aber sie war nicht da. Ans Handy ging sie auch nicht, dann bin ich wieder gefahren, meine Frau ... Ja, ich habe mich mit Teeske getroffen, aber nur an den Tagen vorher. Ich bin unschuldig, das müssen Sie mir glauben.«

»Wann haben Sie Teeske Saathoff zum letzten Mal gesehen? Was hatte sie gegen Sie in der Hand?« Iskas Herz pumpte wie wahnsinnig. Er würde sie nicht töten. Nein, das hätte er ansonsten schon getan. Er wollte etwas loswerden. Sie hielt den Augenkontakt zu ihm, auch wenn er immer wieder versuchte auszuweichen. »Früher oder später werden wir es eh herausfinden, Gravensen. Das wissen Sie.«

»Nichts.« Gravensen schüttelte den Kopf. »Weil es nichts herauszufinden gibt. Wir haben vielleicht bei einigen Projekten ein wenig geschlampt. Da, wo es nicht sofort wehtut.

Das ist alles. Ich weiß nicht, was Sie sich vorstellen. Das er-
gibt doch keinen Sinn.«

»Was ist EU35E? Was verbirgt sich dahinter?«

»Was wissen Sie davon?« Irritiert blickte der Mann zu
ihr auf.

»Helfen Sie mir, Gravensen. Es geht um Geld, oder? Um
sehr viel Geld?«

»EU35E. Um Geld? Ja, darum ging es, ja.« Die Worte
trieften von Sarkasmus. »Unser Versuch, die Welt zu retten.
Ich weiß, Sie können sich das jetzt nicht vorstellen, aber ich
bin einer von den Guten.«

»Was ist passiert?«

»Ich habe das Gefühl, dass ich hereingelegt wurde.« Auf
einmal wirkte er beinahe verletzt. Iska besann sich wieder,
was für einem perfekten, manipulativen Schauspieler sie
gegenüberstand. Trotzdem machte sie weiter mit.

»Reingelegt? Von wem?«

»Das werde ich herausfinden.«

»Das ist unsere Aufgabe, Herr Gravensen.«

»Ich weiß nicht, ob Sie das wirklich schaffen«, antwortete
er. »Das ist das, was mir jetzt noch geblieben ist.«

Damit nahm er die Pistole wieder auf, ließ sie locker in
der Hand baumeln. Wandte sich von ihr ab und ging zu
seinem Wagen, ließ sie alleine zurück. Der Motor heulte
auf, Räder knirschten, dann wurde es wieder ruhig um sie.
Vögel zwitscherten, von weit weg hörte sie die Brandung
des Meeres.

Knie und Rücken taten weh, an den Handgelenken rie-
ben die eng angelegten Handschellen. Wind rauschte durch
das Gebüsch und die niedrigen Bäume um sie herum, sie

fror. Der Reißverschluss ihrer Lederjacke, die sie heute Morgen über die Bluse gezogen hatte, war weit offen. Verdammt noch mal, das Arschloch hätte ihn wenigstens zuziehen können. Vorsichtig, langsam schob sie sich nach unten, in eine halb hockende, halb sitzende Position. Nicht wirklich bequemer, nur anders. Das Moos unter ihren Händen war feucht. Etwas raschelte dicht neben ihr, ein kleiner Vogel vielleicht, sie wollte es nicht wissen. Eine Haarsträhne löste sich wie in Zeitlupe, hing wie der Teil eines zerrissenen Vorhanges vor ihrem rechten Auge. Kurz versuchte sie, die Strähne wegzupusten, vergebens. Es machte keinen Unterschied.

Nur noch Geräusche und grün-braune Natur um sie herum. Was, wenn … Nein, die Gedanken nicht zu Ende denken. Nicht daran, dass du wehrlos bist, alleine. Sie bemerkte den Schweiß auf ihrer Haut, spürte, wie die Angst aufkam, lass sie nicht zu, du musst kontrollieren, was du denkst und fühlst. Bewusst einatmen, bewusst ausatmen. Sie kniff sich in die Handinnenfläche der linken Hand, bis es wehtat. Bleib rational, Iska.

35

Svenja Saathoff sah nicht wirklich nach Trauer aus, fand Marten. Er saß auf einem der beiden Stühle in dem Haupt-zimmer ihres Apartments, einer ehemaligen Ferienwoh-nung, die dem Vater einer Schulfreundin gehörte, wie sie erklärte. Es war eine Art rustikale Wohnküche mit Couch und Fernseher, aber auch einer Handarbeitsecke mitsamt Nähmaschine, die noch durch ein Schwungrad per Pedal angetrieben wurde. Aus dem großen Fenster sah er über Witsum, das kleinste Dorf der Insel im Südwesten von Föhr. Knapp fünfzig Einwohner, die sich auf vielleicht halb so viele Häuser und Höfe verteilten. Landschaftlich wunder-schön, oberhalb des einzigen Baches der Insel gelegen, di-rekt an einen kleinen Wald angrenzend.

Svenja Saathoff hatte das Erbe angenommen, aber nicht nur das. Sie hatte ihrem Bruder fünftausend Euro überwiesen, das hatte eine Aktualisierung von Ansgar Saathoffs Bankdaten er-geben, und Marten wollte wissen, weswegen. Er hatte noch nicht verstanden, wie Svenja Saathoff tickte, den Tod ihrer Mutter hatte sie mit seltsamer Reserviertheit aufgenommen.

»Warum haben Sie Ihrem Bruder das Geld gegeben, Frau Saathoff? Er hatte doch auf alle Ansprüche verzichtet?«

»Sie brauchen es nicht zu verstehen, Herr Jaspari.« Sie nestelte am Ärmel ihrer blauen Strickjacke. Svenja Saathoff wirkte sportlich, saß aber ein wenig vornübergebeugt, als wollte sie sich im Raum verstecken, hatte kaum körperliche Präsenz. Ihre Stimme klang dünn und heiser.

Marten entschied sich dafür, zu schweigen. Manchmal haben die Menschen dann das Gefühl, sich rechtfertigen zu müssen. Svenja Saathoff ging es offenbar ebenso.

»Ich habe das Gefühl, dass meine Mutter damals nicht fair zu ihm war.« Aber dann beließ sie es doch bei der Andeutung.

»Sie haben das Erbe ihrer Mutter ja angenommen. Werden Sie jetzt auf die Hallig ziehen? Haben Sie schon darüber nachgedacht?«

»Ja, das habe ich.« Sie wirkte ernst, aber nicht traurig. »Ich denke, ich werde es tun. Irgendwie war es immer meine Bestimmung, glaube ich. Ich hätte mir andere Umstände gewünscht, aber ja, doch, darauf, dort zu leben, freue ich mich.«

»Das kommt mir eher ungewöhnlich vor …«

»Ich bin gerne für mich«, sagte sie. »Ich wohne nicht einsam, sondern alleine. Das ist ein Unterschied. Die wenigsten verstehen das.«

Er nickte. *Nicht einsam, sondern alleine.* Unwillkürlich musste er an Katharinas Auszug denken. Was traf auf ihn zu? Er wischte die Frage beiseite. »Ihr Freund, Herr Pfeiffer, wohnt ja auch dort. Werden Sie zusammenziehen?«

»Er wohnt auf der gleichen Warft. Wer weiß, vielleicht, eines Tages. Er hat sich noch nicht entschieden.«

»Es ist ein Haus aus der Familie Ihrer Mutter. Kam sie eigentlich von Langeneß?«

»Meine Mutter hat nur die ersten Jahre dort verbracht, bis ins Grundschulalter. Dann ist sie nach Föhr.«

»Warum?«

»Es gab damals einen schlimmen Sturm. Die Warft, auf der das Haus steht, wurde überflutet, ihre Eltern arbeiteten die ganze Nacht durch, um es zu retten. Letzten Endes mit Erfolg, aber meine Mutter hat wohl Stunden auf der Treppe verbracht, in ständiger Angst um sie. Nach den Geschehnissen sind sie dort weggezogen, hierher, nach Wyk, haben sich mehr oder weniger durchgeschlagen. Oma und Opa habe ich nie kennengelernt, sie sind früh gestorben. Das Haus auf der Hallig blieb in Familieneigentum und ist irgendwann wieder an Mama gefallen. Aber sie ist nur ein- oder zweimal überhaupt wieder dahin gefahren.«

»Wegen des Unglücks damals?«

»Vielleicht.« Sie sah ihn auf einmal durchdringend an. »Wir hatten ja den Hof, sie konnte nicht weg, Papa erst recht nicht. Aber sie wollte das Haus auch nicht aufgeben.«

»Haben die Geschehnisse damals sie traumatisiert?«

»Trauma... vielleicht, ich bin mir nicht sicher. Es war prägend, das auf jeden Fall. Es hat sie immer beschäftigt. Mama war manchmal komisch. Sie hat es als eine Art Zeichen gedeutet oder so. Hat da etwas daraus hergeleitet, etwas, das Bedeutung für sie hatte.«

»Könnte es sein, dass sie sich auch deswegen so sehr in die Recherche zu dem Deich bei Utersum gestürzt hat?«

»Möglich.« Svenja Saathoff überlegte einen Moment.

»Meine Mutter hat sehr viel mit sich ausgemacht, wissen Sie? Diesen Zug hat sie an mich weitergegeben. Sie hat immer ihr Ding durchgezogen, ohne Rücksicht auf … Ich hab ihr das manchmal übel genommen. Darum … Vielleicht wissen Sie es schon, es hat sich bestimmt herumgesprochen. Mein Verhältnis zu ihr – besonders gut war es nicht. Vielleicht bin ich ihr überhaupt sehr ähnlich in solchen Dingen. Dass ich jetzt ihre Haupterbin bin, ist irgendwie eine Pointe, mit der ich nicht gerechnet habe. Aber vielleicht, vielleicht ist das alles nur folgerichtig.«

»Wie meinen Sie das?«

»Na, dass ich jetzt in diese Fußstapfen trete. Einige nennen es Schicksal, oder Bestimmung … Mama hat das auch so gesehen.« Sie räusperte sich. Ihre Stimme klang verbittert, als sie weitersprach. »Das Wasser kommt, das Wasser geht, hat sie gesagt. Und dass man sich auf die Dinge konzentrieren sollte, die man beeinflussen kann. Dass man dann mit sich im Reinen ist.«

Marten hatte das Gefühl, dass der letzte Satz für Svenja eine besondere Bedeutung hatte. Jeder Mensch trauert auf seine Weise, dachte er.

Als er die Wohnung verließ, schlug ihm eine Böe entgegen. Blätter und kleine Äste regneten von den Bäumen. Vasna hatte erzählt, dass die Morgenflut bei Utersum wieder zu größeren Dünenabbrüchen geführt hatte, der Küstenschutz hatte schon empfohlen, so schnell wie möglich noch eine Notmaßnahme einzuplanen, damit es nicht an die Substanz der Deiche ging. Im Süden sah er den dünnen Streifen Meer zwischen Land und Horizont. Es wirkte nicht mehr friedlich, eher wie eine ständige Gefahr.

Als er in das Auto einstieg, vibrierte das Smartphone. Iska, die inzwischen Gravensen verhaftet hatte? Nein. Eine Nachricht von Katharina. Ob er am Wochenende Zeit für sie hätte?

36

Tim Gravensen erkundete die Umgebung. Keine Polizei zu sehen. Der Bankautomat war direkt gegenüber von seinem Parkplatz, am Eingang zu der verkehrsberuhigten Altstadt von Brügge. Er hatte keine Ahnung, ob man bereits nach ihm fahndete, und falls ja, ob die niederländischen Behörden die belgischen bereits informiert hatten. Und ob sein Zugang zu den Bankkonten bereits gesperrt war. All das würde noch passieren, darüber machte er sich keine Illusionen. Er klappte sein Portemonnaie auf. Nur noch dreißig Euro. Aber er hatte Zugriff auf vier Konten. Sein eigenes, das seiner Frau, das gemeinsame und das der Firma. Und er würde in nächster Zukunft viel Bargeld brauchen.

Also besser jetzt als nie. Entschlossen stieg er aus, verriegelte den SUV und steuerte auf die kurze Schlange am Automaten zu. Die Pistole des Polizisten in der Innentasche der Jacke drückte unangenehm auf die Rippen. Ob die kleine Beule auf der linken Seite jemandem auffiel?

Das helle Licht störte. Hätte er doch nur eine Sonnenbrille mitgenommen. Im Handschuhfach war stets eine verstaut, sollte er zurückgehen? Nein, das war nicht nötig. Er stellte sich hinter ein älteres asiatisches Ehepaar. Die Reihe rückte zum Glück schnell vorwärts. Nur noch drei Leute vor ihm. Nur noch zwei. Das Ehepaar vor ihm klickte sich mühsam durch die einzelnen Menüs. Bereits zwei Mal hatten sie den Vorgang abgebrochen. Aus den Einkaufsbeuteln, die sie neben sich auf dem Boden abgestellt hatten, ragten die Spitzen mehrerer Schokoladenkunstwerke. Ein Damenschuh in Originalgröße, eine Windmühle, ein Relief der mittelalterlichen Handelsstadt. Als sie zum dritten Mal Abbruch drücken, fragte er sie, ob er eben etwas Geld abheben dürfte, danach könnten sie ja gerne wieder dran. Er durfte.

Über den Bankautomaten waren Kameras angebracht, die die Gesichter der Kunden erfassten. Kurz überlegte er, ob er fröhlich grüßen sollte, die Polizei würde später sowieso seine Abbuchung entdecken. Nein. Erste Bankkarte. Zweitausend Euro war die maximale Summe, die man an einem Tag abheben durfte. Er tippte die Zahl ein, bestätigte. Tippte die Geheimzahl ein, bestätigte ebenfalls. Der Automat zeigte *Bitte Warten*, er hörte, wie im Hintergrund die Mechanik arbeitete. Es dauerte.

Nichts passierte. Der Herzschlag dröhnte in seinen Ohren. Sekunden zogen sich zu Stunden hin. Endlich das altvertraute Surren. Die Karte wurde ausgegeben. Das Geldfach öffnete sich. Glücklich entnahm Tim das Geld und stopfte es in das Portemonnaie.

Bei der zweiten Karte war er bereits ruhiger. Hier betrug das Limit lediglich tausend Euro, auch das reizte er maximal aus. Bei der dritten Karte bemerkte er hinter seinem Rücken eine gewisse Unruhe, er wollte sich aber nicht umdrehen. Es war Fabiennes Konto. Fünftausend Euro. Anstandslos spuckte der Automat das Geld aus. Wie viel Bargeld wohl in so einem Automaten steckte?

Er wurde nervös. Nicht dass den Leuten hinter ihm sein Verhalten auffiel und sie womöglich noch die Polizei alarmierten. Der nächste Automat war nicht weit weg, das hatte er vorher auf der Karte seines Navis gesehen. Möglichst entspannt wandte er sich ab, dann lief er in Richtung Innenstadt, der Belfort, der berühmte Glockenturm am Großen Marktplatz, wies ihm den Weg.

Nur fünf Minuten später kam er beim zweiten Automaten an. Vom Firmenkonto konnte er zehntausend Euro auf einmal abheben. Er tippte den Betrag ein, danach die Geheimzahl. Der Automat surrte. Und zog die Karte ein.

Ungläubig starrte er auf den kleinen Einzugsschlitz. Gut, wie nicht anders zu erwarten, erinnerte er sich! Er schürzte die Lippen. Lass dir den Schock nicht anmerken.

Nach außen hin ruhig, aber mit beschleunigtem Schritt, versuchte er, Land zwischen ihm und den Automaten zu gewinnen.

37

Es klingelte. Die Wohnungstür. Einmal, zweimal. Iska öffnete die Augen. Halb neun morgens. Sie war überrascht, dass sie verschlafen hatte. Na ja, und dann doch wieder nicht. Sie spürte ein Gewicht auf ihrer Schulter, eine dunkle Hand, die sie umfangen hatte. Emil.

»Erwartest du Besuch?«

»Nein, nicht wirklich.« Sie schloss die Augen wieder, kuschelte sich an seinen warmen Oberkörper. Die Erinnerungsfetzen kamen wieder hoch, sie versuchte, sie abzuschütteln. Die Ewigkeiten, die sie an diesen Baum gefesselt gewesen war. Die alles durchdringende Kälte, das feuchte Moos, das Kribbeln in den Händen, in denen sich das Blut gestaut hatte. Die Ängste und Sorgen, die Was-wäre-wenn-Fragen, die sie die ganze Zeit versucht hatte aus ihrem Denken zu verbannen. Am Ende waren es drei lange Stunden gewesen. Eine Wandergruppe war auf eigene Faust, ohne offiziellen Guide in das eigentlich gesperrte Naturschutzgebiet des Zwin zwischen den Niederlanden und Belgien eingedrungen, Iska hatte sie gehört und sie durch Rufen auf sich aufmerksam machen können, noch bevor Gravensen eine Stunde später Emil ihren Standort zukommen ließ. Jetzt wollte sie nicht mehr dran denken. Sie wollte einfach Nähe und Wärme.

Das private Handy begann erst zu vibrieren, eine Sekunde später kam der Klingelton. Auf dem Display stand Dirk. Einen Moment zögerte sie noch, dann löste sie sich doch von Emil, wand die Decke eng um sich, damit die Wärme blieb. »Ich muss da drangehen.« Sie nahm das Gespräch an. »Hi, Dirk.«

»Wie geht es dir?« Sie erkannte, dass es nicht nur eine Floskel war, Dirk wollte wirklich wissen, ob es ihr gut ging. Dass es ihr gut ging. »Ich habe mir wahrscheinlich einen Schnupfen eingefangen. Ansonsten geht es mir prima.«

»Das klingt gut.« Er räusperte sich. »Du, ich stehe vor deiner Tür. Hab was für dich, wegen deiner Bitte neulich … Kann ich reinkommen?«

Nein, eigentlich gar nicht. Sie blickte zu Emil. Nein, auf keinen Fall. Auch wenn es keinen logischen Grund gab, Dirk so etwas zu verheimlichen. Aber Nein zu sagen, ging auch schlecht, er war extra wegen ihr gekommen. »Du, ich bin gerade aufgewacht. Gib mir zwei Minuten, okay?«

»Na klar. Bis gleich.«

Hektisch sprang sie aus dem Bett, zog sich die erstbeste Kleidung an, die sie finden konnte, eine Jogginghose und einen schlabbrigen Pullover.

»Hättest du ihn nicht abwimmeln können?« Über Emils rechtem Auge prangte ein dickes Pflaster, die Platzwunde. Er hatte sich bittere Vorwürfe gemacht, zu Recht, wie Iska fand. Was für ein Anfängerfehler. Er meinte, er sei kurz abgelenkt gewesen, als die Tür hinter ihm zuschlug. Deshalb konnte er Gravensens Tritt in den Unterleib nicht abwehren. Dann schleuderte Gravensen ihn mit dem Kopf gegen die Wand, er ging sofort k.o. Der Kampf dauerte keine Sekunde. Beide hatten sie Gravensen unterschätzt. Er wirkte gar nicht so durchtrainiert. Ein bitterer Fehler. Vor allem Emils Fehler, ja, aber letztlich in ihrer Verantwortung. Sie schluckte.

»Nein«, antwortete Iska verzögert auf Emils Frage. Sie überlegte. Dirk würde es verstehen, und er würde es auch nicht weitererzählen, aber sie wollte nicht, dass er von der Affäre erfuhr. »Es tut mir leid. Ich möchte nicht, dass Dirk dich hier sieht.«

»Wir sind erwachsene M…« Emil erkannte, dass sie es ernst meinte. »Willst du etwa, dass ich aus dem Fenster klettere, oder was?«

»Es reicht mir, wenn er dich nicht sieht. Und hört. Ist das okay für dich?«

Emil nickte nur.

Im Wohnungsflur lagen noch Emils Jacke und Schuhe, sie nahm alles und schmiss es ins Schlafzimmer. Dann öffnete sie Dirk. »Schön, dich zu sehen. Komm rein.«

»Entschuldige bitte, ich wollte nicht stören.« Er hatte eine Tüte mit zwei Croissants in der Hand. Seine Haare schimmerten feucht, vom Nieselregen. Für die kommenden Tage war sogar noch einmal Schneefall angesagt. »Nur wenn es passt.«

Nein, es passte nicht. Es war gerade eine schlechte Zeit für spontane Freundschaftsbesuche. Aber sie konnte ihn jetzt unmöglich wieder nach Hause schicken. Beinahe hätte Iska lachen müssen über die Albernheit der Situation. Gut, dann würde es eben ein wenig länger dauern, Emil würde es schon aushalten. »Ich mache uns mal einen Espresso.«

»Darauf habe ich gehofft.«

Fröhlich pfeifend betrat Dirk ihr Apartment, ein Zeichen von Vorfreude, aber vielleicht auch von Angespanntheit. Langsam dämmerte es ihr. Nein, natürlich kam Dirk nicht spontan an einem Samstagmorgen hierher, um mit ihr anstatt mit seiner Familie zu frühstücken. Hatte Emil sonst noch irgendwelche Spuren hinterlassen? Jetzt konnte sie es auch nicht mehr ändern. Dirk würde sich vielleicht etwas denken, aber er würde es nicht ansprechen.

Sie mahlte die Bohnen, füllte das Kaffeepulver um, presste es mit dem Tamper fest und fixierte den Siebträger im Gerät. Dirk plauderte derweil über die morgendliche Fahrt und dass es eine neue Baustelle auf der A4 gab. Sie stellte die beiden Tassen auf den Tisch, dazu zwei flache Teller. Dirk verteilte die beiden Croissants.

»EU35E. Ich wusste gar nicht, dass ich damit in so ein Wespennest steche.«

»Ich hab noch immer keine Ahnung, was das ist«, antwortete Iska. »Es geht um einen Mordfall.«

»Es geht auch um verdammt viel Geld. Und ist hochpolitisch.« Dirk biss ein Stück von seinem Croissant ab. »Pass auf. Im Kern ist EU35E eine Initiative der Niederlande, genauer gesagt eine Initiative der letzten Regierung, von den Sozialdemokraten und den Grünen. Es ist quasi die wissenschaftliche Grundlage für ein neues, gewaltiges Küstenschutzprojekt.«

Iska nickte. So etwas Ähnliches hatte sie sich gedacht. Dirk fuhr fort. »Hast du schon einmal vom Haak-Seedeich gehört?«

»Nein.«

»Die Idee ist schon mehr als zwanzig Jahre alt, benannt nach einem gewissen Rob von den Haak, einem Ingenieur. Kann man alles googeln, aber um es abzukürzen: Es geht um einen gewaltigen Deich ein paar Kilometer vor der Nordseeküste, zwanzig Meter hoch, drei Kilometer breit. Mit entsprechend gesicherten Durchlässen für die Schifffahrt, die normalerweise geöffnet sind.«

»Wie bitte? Das ist mehr als nur ein Deich …«

»Genau. Es geht um den Bau einer neuen künstlichen Küstenlinie, die bei Sturmfluten verhindert, dass die Nordsee ungebremst auf unsere Küste trifft. Der Clou besteht darin, dass sie weit genug entfernt von der jetzigen Küste liegt, dass Rhein, Maas, Elbe, Weser, Ems und alle anderen Flüsse in das neue Binnenmeer zwischen alter Küste und neuem Deich entwässern können, bis die Sturmflut wieder vorbei…«

Iska stutzte. »Moment. Elbe? Weser?«

»Das ist der Punkt. Es soll ein europäisches Projekt werden. Darum EU. Die 35 steht für das geplante Jahr des Baubeginns.«

»2035?«

»Genau. Und das E steht für *emergency*.« Dirk trank seinen Espresso in einem Zug aus. Zu heiß, zu ungeduldig, er konnte den doch gar nicht genossen haben. »Ein solches Mammutprojekt stampft man ja nicht mal eben so aus dem Boden. Die Befürworter von EU35E streben tatsächlich den Beginn in wenigen Jahren an, der erste Bauabschnitt soll die Westküste vor Holland und Südholland sein. Die Zeit drängt wohl, weil der Meeresspiegelanstieg sich stetig beschleunigt. In einem ersten Schritt soll übrigens der Amsterdamer Flughafen auf diese künstliche … na ja, Vorinsel verlegt werden.«

»Die meinen das ernst?« Iska biss in ihr Croissant. Es war zwar trocken, aber trotzdem lecker. »Wer steckt denn hinter dieser Idee?«

»Kurz: die Wissenschaft. Zahlreiche Forschungseinrichtungen sind da involviert, das RIVZ und das NNIVODZ, auch Ingenieurwissenschaften und so weiter. Aber: Man ist sich einig, so eine teure Idee kann man nur einmal verkaufen. Erwischt man den falschen Zeitpunkt, wird das Projekt zerredet, und man hat verloren, bevor man angefangen hat. Und nach Pandemie, Krieg gegen die Ukraine und Energiewende kann man dieses Riesenbauwerk der breiten Bevölkerung im Moment nicht wirklich schmackhaft machen. Die letzte furchtbare Flut ist Ewigkeiten her, daran kann sich keiner mehr erinnern. Das Bewusstsein für eine solche Katastrophe existiert derzeit schlicht nicht. Also ist das Projekt in Wartestellung. Vor allem nachdem bei der letzten Wahl die Konservativen gewonnen haben, fehlt der politische Wille, um es so voranzutreiben, wie es eigentlich geplant war …«

»Also, Epsilon hat irgendwie davon Wind bekommen und auf den Start des Projektes spekuliert. Das erklärt den massiven Aufkauf aller Konkurrenten.«

»Ja, Epsilon wäre für ein solches Projekt das absolute Schlüsselunternehmen.« Dirk deutete mit der verbliebenen restlichen Croissantspitze auf sie. »Und Epsilon, also in Person von Fabienne Sanders, sitzt inzwischen wie die Spinne im Netz. Sie orchestriert sozusagen das ganze Projekt, sucht nach politischen Allianzen und journalistischer Unterstützung für die gesellschaftliche Diskussion, wenn das Thema lanciert werden soll. Die wissenschaftlichen Studien liegen schon vor, sind bereit zur Veröffentlichung, aber noch gesperrt.«

»Und der Zeitpunkt für den Start kommt einfach nicht. Es geht um Millionen, nein, Milliarden Euro.«

»Hunderte von Milliarden. Ich leite dir nachher entsprechende Dokumente weiter.«

Iska hörte zu, wie Dirk skizzierte, welche Dimensionen das Projekt in den Nachbarstaaten hatte. Sie nickte in Gedanken. Mit diesem Fall waren sie in ein politisches Minenfeld hineingelaufen. Wahrscheinlich gab es zig Parteien, die auf irgendeinen Vorteil schielten, nicht nur Epsilon. Und bei solchen Größenordnungen ergaben sich immer Mordmotive. Dann droht eine Journalistin auch noch, das Unternehmen zu diskreditieren.

Sie dachte an die E-Mail von *eyeforaneye1976*. Der Absender wollte Epsilon erpressen. Was, wenn Teeske etwas Ähnliches versucht hätte? Die Saathoffs waren immer knapp bei Kasse gewesen ... Na ja, de facto hatte sie ja Epsilon erpresst, zumindest zu einer Reaktion zwingen wollen, nur dass sie sich im Gegensatz zu *eyeforaneye1976* zu erkennen gegeben hatte. Teeske Saathoff hatte eindeutig nicht gewusst, wie groß der Gegner war, mit dem sie sich angelegt hatte.

Halt ... Vielleicht doch. Was war in der letzten Woche vor Teeskes Tod passiert, nachdem sie sich mit Epsilon getroffen hatte? Sie wussten noch immer nicht, was sie da genau machte, aber es war klar, dass sie sich mit Tim Gravensen getroffen hatte ... Vielleicht ... Die Indizien rückwärts kombiniert, wenn Iska mit ihrer Idee richtiglag, ergab die zeitliche Abfolge der Ereignisse auf einmal Sinn. Sie erschrak.

Ein Stück des Croissants rutschte ihr in die falsche Röhre, sie verschluckte sich, musste heftig husten.

»Alles okay bei dir?«, fragte Dirk schnell. Er klopfte ihr auf den Rücken. Der störende Croissantkrümel landete auf dem Fußboden.

Iska atmete flach ein und aus, bis sie sich wieder beruhigt hatte.

»Ich habe eine Ahnung, was Teeske Saathoff in der Woche vor ihrem Tod gemacht hat«, sagte sie.

Sie musste dringend mit Marten telefonieren, musste wissen, was er dachte.

38

»Erinnerst du dich noch an den Wortlaut von Wenko Saat-hoff, was er zur Recherche von Teeske gesagt hat? Dass sie sie jetzt beendet hätte.«

Marten verstand, worauf Iska hinauswollte. Der Satz war doppeldeutig. Hatte sie einen entscheidenden Durchbruch erzielt, wodurch eine Veröffentlichung möglich war? Oder hatte sie, ganz im Gegenteil, beschlossen, nichts zu veröffentlichen?

»Du meinst, Gravensen hat in der zweiten Woche Teeske Saathoff davon überzeugt, nicht ihren Artikel zu publizieren? Indem er ihr von EU35E erzählt hat? Weil er mit Epsilon sozusagen die Welt retten will, zumindest den Teil mit der Nordseeküste?«

Marten hörte Iska bei ihren Schlussfolgerungen zu, während er die Skizzen überflog, die sie von ihrem Ex-Chef erhalten hatte. Nach einer Erprobungsphase an der Westküste Hollands sollte der neue Seedeich in parallelen Bauabschnitten an der Wattenmeerküste der Niederlande und in Deutschland fortgeführt werden. Die Grundidee dabei war, die bestehenden vorgelagerten friesischen Inseln miteinander sowie mit dem Festland zu verbinden. Quasi eine durchgehende Kette aus Dünen und Deichen, von Sylt bis Texel, unterbrochen nur von gesicherten Schleusen für die Schifffahrt. Eine gigantische Umgestaltung der Küstenlinie, der gesamten Nordseelandschaft. Wahnsinn.

»Ja, wenn du damit recht hast, dann ist ihr Mörder nicht Tim Gravensen.« Marten blickte über die See nach Nordosten, hielt sich die Stirn, als wollte er die rasenden Gedanken im Kopf unter Kontrolle bringen. »Aber vielleicht jemand anderes im Dunstkreis von Epsilon, der noch nicht wusste, dass Teeske doch nicht veröffentlichen wollte. Der nervös wurde. Und dann kommt da diese eine Erpresser-E-Mail von *eyeforaneye1976* kurz vor Teeskes Tod. Diese E-Mail, vielleicht nur von einem Trittbrettfahrer, hat vielleicht Sachen ins Rollen gebracht, unbeabsichtigt … Ich weiß, ich spekuliere ein bisschen herum.«

Er hörte ihr Lachen übers Telefon. »Danke. Genau deswegen rufe ich an.«

»Dass du das mal sagst.« Marten musste nun auch grinsen. Iska hatte seinem Hang zur freien Assoziation früher nicht viel abgewinnen können.

»Gravensen hat gesagt, dass er reingelegt wurde«, erklärte Iska nachdenklich. »Das würde passen.«

»Oder es war wiederum ganz anders. Unglückliche Umstände. Vielleicht hat es auch gar nicht viel mit Epsilon zu tun. Wir haben noch andere Ansätze.« Marten schwirrte der Kopf. »Mit einer gewissen Wahrscheinlichkeit spielt die Tatsache, dass Tim Gravensen auch von Föhr stammt, doch auch eine Rolle. Gerade mit dieser alten Familienfehde. Das wäre sonst doch ein ziemlicher Zufall.«

»Wir müssen mehr Informationen dazu sammeln, wie sich die Beziehung zwischen den Gravensens und den Saathoffs entwickelt hat«, stimmte Iska zu, und Marten ahnte, dass es doch kein freier Samstag werden würde. »Überhaupt wäre es gut, noch mehr über die Saathoffs an sich zu erfahren.«

Vielleicht gab es bei dieser Familie doch ein größeres Geheimnis, als sie angenommen hatten. Und er wusste, das Rätsel würde ihn zu sehr beschäftigen, als dass er die Zeit mit langen Strandspaziergängen, gemütlichen Cafébesuchen, Abendessen in schönen Restaurants und vor allem mit Katharina genießen konnte. Nicht, ohne die Ermittlungen wenigstens ein bisschen weiterzuführen. Die Frage war, wie er das seiner Freundin beibringen sollte.

*

Das Wasser war vom Sturm der vergangenen Tage noch immer aufgewühlt, die Wellen ließen die Fähre leicht im Hafenbecken schlingern, trotz ihrer beachtlichen Größe. Einige Möwen zogen auf der Suche nach Beute laut rufend ihre Kreise. Marten sah Katharina schon von Weitem. Als eine der wenigen verließ sie die Fähre zu Fuß. Ihre blonden Haare wehten im Wind, auf dem Rücken hatte sie ihren grünen Wanderrucksack, den sie vor zehn Jahren mal gekauft hatte und heute wohl zum ersten Mal zum Einsatz brachte. Neben ihr lief Youri, sie hielt die Leine sehr kurz.

Marten freute sich über die Gelegenheit, das Wochenende mit ihr verbringen zu können – nach dem Termin, den Vasna auf seine Bitte noch für den Nachmittag organisiert hatte. Fröhlich winkte sie ihm zu. Er winkte zurück.

»Juhu, hier bin ich!«

»Juhu, ich sehe dich!«, alberte sie zurück. Ihre Augen strahlten. »Schön, dass du mich sogar abholst!«

»Ich warte schon seit Stunden«, scherzte er und schloss sie in seine Arme. Eine Welle brach an der Kaimauer unter ihnen, die Gischt flog hoch zu ihnen, genau als ihre Lippen sich trafen.

»Ein salziger Begrüßungskuss«, stellte Katharina grinsend fest. »Wie romantisch.«

»Habe ich extra für uns bestellt.«

Youri bellte.

»Oh, entschuldige bitte, Großer. Ich hab dich nicht vergessen!« Marten bot ihm das Leckerli an, das er vorher noch im Supermarkt besorgt hatte.

»Du schmeichelst dich ein.«

»Nicht nur bei ihm.« Er schulterte ihren Rucksack, dann gingen sie Hand in Hand in die Stadt hinein, Youri trottete zufrieden neben ihnen her. Sie liefen den schmalen Gehweg entlang, zwischen leeren Parkplätzen auf der einen Seite und dem Südstrand von Wyk auf der anderen. Ein Hundestrand, Marten freute sich schon darauf, hier nachher mit Youri etwas Zeit zu verbringen. Mit Youri und Katharina, korrigierte er sich.

Sie passierten die Flutsäule am Hafen, an der Metallringe die Wasserstände der einzelnen Sturmfluten markierten, der oberste Ring, der für die Flut von 1825, war erschreckend hoch angebracht. Dann bogen sie nach links in die Stadt ab. Katharina und Youri durften bei ihm im Hotel-

zimmer mit übernachten, der Besitzer hatte sich erst ge-
sträubt, aber dann doch wegen der geringen Auslastung in
der Wintersaison von Marten, der ihm einen Aufpreis für
die Nacht zahlte, überzeugen lassen.

Tim Gravensen und Teeske Saathoff, beide aus Föhr,
treffen sich am anderen Ende der Nordsee wieder. Ein Zufall? *Tim Gravensen will uns vernichten*, hatte Ansgar kryp-
tisch gesagt. Die alte Familienfehde, ganz sicher. Er hatte
mit Vasna noch einmal darüber gesprochen, aber sie hatte
da nichts zu sagen können oder wollen. Ob ihr denn jemand einfiele, der Genaueres wusste? Nach anfänglichem
Zögern organisierte sie einen Termin mit Frau Sartorius,
seit Jahren die Chefredakteurin der *föhruns* und die mit Abstand bestvernetzte Frau der Insel. Und nicht zuletzt Teeske
Saathoffs langjährige Chefin.

»Alles klar bei dir?« Katharina blickte ihn belustigt an.

»Entschuldige bitte.« Er nahm sie in den Arm, gab ihr
einen Kuss auf die Wange. »Ich brauche gleich noch einmal zwei, drei Stunden für den aktuellen Fall. Eine Vernehmung, wird nicht lange dauern. Danach bin ich ganz
für euch da.«

»Ja, natürlich. Es ist eine Mordermittlung.« Katharina
kuschelte sich an ihn heran. »Wir freuen uns, wenn du danach noch ein bisschen Zeit für uns erübrigen kannst.«

Eigentlich nicht. Aber er würde es einrichten, das musste
einfach sein.

*

Die Redaktion der *föhruns* war in einem alten, weiß getünchten Inselhaus untergebracht. An Pflanzengittern rankten

Rosensträucher, garniert mit den letzten gelblich braunen Blättern des Vorjahres.

Fenja Sartorius empfing sie herzlich. Sie hatte eine schwarze Sonnenbrille in die grauen, fast weißen Haare einbetoniert, eine schmale Hakennase und trug eine Muschel-Perlenkette auf blauem Winterpulli. »Bedienen Sie sich.« Ungefragt stellte sie große Tassen vor ihnen auf den Tisch, auf einem Stövchen dampfte eine Kanne mit schwarzem Tee. Sie goss sich selbst als Erstes ein. »Vasna hat mir von Ihrem Anliegen erzählt. Teeske war ein ganz besonderer Mensch. Und so gut in ihrer Arbeit, so ehrgeizig …«

»Seit wann war Teeske denn bei Ihnen in der Redaktion tätig?«, begann Marten mit einer allgemeinen Frage.

»Sie hat vor knapp zehn Jahren angefangen. Vorher hatte sie sich um die beiden Kinder gekümmert, dann auf dem Hof mit ausgeholfen.«

»Die Arbeit hier war ein willkommener Ausgleich für sie, oder? Man kommt ein wenig herum, kriegt mit, was auf der Insel und darüber hinaus so passiert?«

»Ja, das schon. Sie war mit ganzem Herzen Friesin, etwas anderes als das Leben hier am Wasser hätte sie sich nicht vorstellen können. Es hat ihr von Anfang an großen Spaß gemacht, sie hat auch mehr gemacht als eine normale freie Mitarbeiterin. Eigentlich war sie die letzten Jahre mit mir zusammen die treibende Kraft bei *föhruns*. Und mir nicht zuletzt eine sehr gute Freundin. Eine tiefe Freundschaft, die mir sehr viel bedeutet hat.« Sie nahm einen großen Schluck von ihrem Tee. »Wenn ich irgendetwas tun kann, damit ihr Mörder gefasst wird …«

Eine tiefe Freundschaft. Eine Freundin, die Geheimnisse

kannte? Marten dachte an Svenja Saathoff, die mit demonstrativer Kühle auf den Tod ihrer Mutter reagiert hatte. »Wir möchten gerne verstehen, wie Familie Saathoff … funktioniert hat. Wie war Teeskes Verhältnis zu ihren beiden Kindern?«

Sartorius blickte in ihre Teetasse. Dann stellte sie sie auf den Tisch, stand auf, ging zu den Fenstern, die trotz der Kühle auf Kipp standen, und schloss sie energisch. »Ich will Ihnen alles sagen, was ich weiß.« Sie warf einen Seitenblick auf Vasna. »Ich kann mich ja drauf verlassen, dass sie alles streng vertraulich behandeln.«

»Teeske und ihre Kinder, sie hatten Probleme miteinander?« Er erinnerte sich an das Testament, an die Formulierung, die er gleich als irritierend empfunden hatte. *Für uns stehen Svenja und Ansgar an erster Stelle. Um dies in unserem letzten Willen zu bekräftigen …* Als ob das bei Eltern und ihren Kindern nicht stets der Fall sein sollte. Gab es einen Grund dafür, das extra so zu betonen?

»Svenja und Ansgar, die Zwillinge sind beinahe das Spiegelbild von Wenko und Teeske selbst. Kein Wunder, dass Svenja und Teeske andauernd aneinandergeraten sind.«

»Teeske hatte Streit mit ihrer Tochter?«

»Na ja. Ich würde das nicht überbewerten. Aber beide haben diesen Drang zur Unabhängigkeit, verstehen Sie? Und Svenja war schon immer klug, sie wirkt älter, als sie eigentlich ist.«

»Und Ansgar war anders?«

»Er kommt nach seinem Vater. Er hat Teeske geliebt, beinahe verehrt. Er ist ein ruhiger Typ, treu und lieb, vielleicht nicht so willensstark wie Svenja. Manchmal wird er allerdings auch unterschätzt. Das hat er mit Wenko gemeinsam.«

»Wie haben sich Ansgar und Svenja denn verstanden?«

»Sehr gut. Sehr, sehr gut. Pure Geschwisterliebe.« Sartorius wirkte jetzt deutlich entspannter. »Ich meine, sie sind zusammen auf einem einsamen Bauernhof aufgewachsen, zusammen groß geworden, waren immer füreinander da … Zwischen die beiden passt keine Sonntagsausgabe, wie wir zu sagen pflegen.«

So weit, so einleuchtend. Er beschloss, etwas konkreter zu werden. »Es gibt da diese Gerüchte, dass es einmal eine Art Fehde der Saathoffs mit einer anderen Familie gegeben haben soll?« Er ließ den Namen absichtlich unerwähnt.

»Mit den Gravensens, ja. Sie hatten früher einen Hof ganz in der Nähe von dem der Saathoffs. Schon früher hatte es da mehr als die üblichen Nachbarschaftsstreitigkeiten gegeben. Also, wenn das eine Rolle spielt …?«

»Ich weiß es nicht. Wie kam es denn zu diesen Streitigkeiten?«

»Sie haben es eben Fehde genannt, das passt eigentlich ganz gut. Den genauen Grund kann ich Ihnen nicht nennen, beides sind sehr alte Familien, aber die Gravensens stammten ursprünglich aus Wyk. Als Föhr deutsch wurde, nach dem Deutsch-Dänischen Krieg, kamen sie wohl an ein recht großes Grundstück in Utersum und haben einen Hof neben dem der Saathoffs gebaut. Während die Gravensens sich recht schnell auch als Preußen sahen, blieben die Saathoffs vom ganzen Herzen Dänen. Spätestens bei der Volksabstimmung 1920, als Utersum für eine Rückkehr nach Dänemark gestimmt hat, aber doch in Deutschland bleiben musste, hat sich dann dieser Hass zwischen den Familien entwickelt. So hat es mir zumindest mein Großvater mal erzählt. Wann immer sich Mitglieder der beiden Familien sahen, flogen die Fäuste, das war halt so. Das ging bis in die Zeit von Wenko und Tim, so hieß der letzte der Gravensens, der hier gewohnt hat.«

»Die Gravensens sind weggezogen?«

»So ist es. Sie haben den Hof in den Achtzigern verkauft, als es mit der Landwirtschaft allgemein bergab ging. Das Land wurde unter den umliegenden Landwirten aufgeteilt, nur nicht an die Saathoffs. Später wurden die Gebäude abgerissen. Die Gravensens zogen in ein Haus in Wyk, die Eltern von Tim sind erst vor zwei Jahren gestorben, kurz nacheinander. Sie liegen aber auf dem alten Friedhof Süderende in der Nähe von Utersum. Bei der Beerdigung habe ich Tim auch zum letzten Mal gesehen. Er ist mit ungefähr Anfang vierzig in die Niederlande gezogen.«

»Tim Gravensen und Wenko Saathoff waren bis zuletzt verfeindet?«

»Ja, das kann man wohl sagen. Wenko ist zum Beispiel auf die Beerdigung der Eltern gekommen, hat Tim aber nicht kondoliert, wenn ich das richtig beobachtet habe. Das war schon alles ziemlich bizarr.«

»Und Teeske und Tim? Wie war das bei den beiden?«

Es war so, als habe Sartorius auf diese Frage gewartet. »Es ist kein Zufall, dass Sie das fragen, oder?« Sie schürzte die Lippen. »Die beiden kannten sich natürlich auch. Hier auf der Insel kennt irgendwann jeder jeden, der im gleichen Alter ist.«

Das war geradezu eine Bitte, weiter nachzufragen. »Also,

die beiden kannten sich. Hat Teeske denn den Hass ihres Mannes auf Tim geteilt?«

Die Frau vor ihm antwortete nicht, atmete schwer aus. Er hatte plötzlich eine gleißend helle Ahnung, was sie sagen wollte, aber er musste es von ihr hören. »Frau Sartorius? Das ist wirklich wichtig.«

Die Frau nickte. Sie hatte die zweite Aufforderung gebraucht. »Nein. Nein, hat sie nicht.« Sie blickte erst zu Boden, dann direkt zu ihm hinüber. »Es ist schon lange her, über fünfundzwanzig Jahre, aber die beiden ... die beiden hatten mal eine Affäre.«

»Wie bitte?« Mit einem Mal war die Ahnung zur Gewissheit geworden, so selbstverständlich, dass er den Kopf schütteln musste. »Das wissen Sie sicher?«

»Ich hab sie gesehen. Beim Biikebrennen, es muss neunundneunzig oder zweitausend gewesen sein. Teeske und ich waren gemeinsam in einer größeren Frauengruppe unterwegs, alles Freundinnen aus Schulzeiten, hier in Wyk. Wenko, mit dem sie damals schon zehn Jahre zusammen war, hat in Utersum mit Freunden gefeiert. Bei Teeske und ihren Freundinnen floss viel Alkohol. Und ich habe mich schon immer gewundert, warum Tim immer wieder in unserer Nähe auftauchte. Habe ihre heimlichen Blicke gesehen. Und sie schließlich knutschend hinter dem Haus erwischt.«

»Wie ging es weiter?«

»Ich hätte lieber gar nichts davon erfahren. Aber dafür war es zu spät, also habe ich sie am nächsten Tag zur Rede gestellt. Ich wollte wissen, wie ich damit umgehen sollte, vor allem Wenko gegenüber. Wenko ist ein feiner Kerl, der hatte das nicht verdient.« Sartorius machte eine kurze Pause, als durchlebte sie das Gespräch ein zweites Mal. »Sie bat mich, es ihm nicht zu sagen. Das wollte sie selbst tun. Sie sagte, sie habe vor, sich von Wenko zu trennen und mit Tim zusammen zu sein.«

»Aber das hat sie nicht getan?«

»Ich weiß nicht genau, warum.« Sartorius räusperte sich. »Tim Gravensen war ein ziemlicher Frauenheld zu der Zeit, es gab nicht viele, mit denen er nicht ... Ich kann mir ziemlich gut vorstellen, dass er das mit Teeske auch nur angefangen hat, um Wenko eins auszuwischen. Er wusste immer recht genau, auf welche Knöpfe er drücken musste. Jedenfalls ... Sie blieb doch mit Wenko zusammen, und sie bat mich, mit niemandem darüber zu reden. Und knapp acht Monate später kamen Svenja und Ansgar zur Welt.«

»Puh ...« Könnten Ansgar und Svenja auch ...?

»Wenn Sie sich das fragen, wovon ich gerade ausgehe, dann, theoretisch, könnte es hinkommen.« Aber sie schüttelte den Kopf. »Ihre Ähnlichkeit mit Wenko ist allerdings kaum zu übersehen.«

»Wer weiß davon?«

»Das kann ich Ihnen nicht sagen. Ich jedenfalls habe es niemandem erzählt. Bis gerade eben.« Sie blicke zu Vasna. »Als du mich gefragt hast, ob ich etwas zur Familienfehde sagen könnte, ist mir diese Episode sofort eingefallen. Teeske hat mir damals das Versprechen abgenommen, es für mich zu behalten. Das habe ich getan, bis heute. Aber ich denke«, fuhr sie leiser fort, »es ist in ihrem Interesse, dass ihr informiert seid.«

»Wusste Wenko von der Affäre?«

»Da habe ich keine Ahnung.« Sartorius ließ die Schultern hängen.

»Ich danke dir, Fenja.« Vasna berührte Sartorius kurz am Arm. »Wir können noch nicht einschätzen, ob es wichtig ist. Aber es könnte gut sein. Wir passen auf, dass es niemand erfährt, der es nicht wissen muss.«

»Danke.« Es war Sartorius anzumerken, dass eine Last von ihren Schultern fiel. Sie hatte ihre alte Freundin nicht gerne verraten.

*

Marten beobachtete Katharina, wie sie genüsslich den langstieligen Löffel ableckte, der in dem hohen Glas mit Eiskaffee gesteckt hatte. An ihren Lippen blieb dieser kleine Schokoschaum zurück, mit dem sie immer so süß aussah. »Guten Appetit!«

»Den habe ich!« Sie löffelte etwas von der Sahne ab, die mit Schokoraspeln bedeckt war. Vor einem halben Jahr hatte sie, in London, vermutlich auch eine kurze Affäre gehabt. Sie hatten nie darüber gesprochen, so getan, als sei es nie passiert. Vielleicht war es auch nicht passiert, und Marten hatte die Zeichen nur falsch gedeutet. Weil er ihre Beziehung nicht aufs Spiel setzen wollte, hatte er sie nie gefragt. Wollte er es nun wissen? Würde er es irgendwann erfahren wollen? Er wusste es nicht.

Und jetzt musste er sich damit beschäftigen, ob Teeske und Tim ihre alte Affäre wieder hatten aufleben lassen. Und ob Wenko davon Wind bekommen hatte, oder Fabienne. Und ob Eifersucht ein ausreichendes Mordmotiv war.

»Du bist schon wieder ganz abwesend, Süßer«, be-
schwerte sich Katharina.

»Nein«, antwortete Marten. »Ich merke nur gerade, wie
schön es ist, wenn du bei mir bist.«

Sie legte ihre Hand in die seine.

39

Fabienne Sanders lag wach im Bett, als sie die Geräusche hörte.

Sie hatte noch an Tim gedacht. An den Mann Anfang vierzig, als den sie ihn damals kennengelernt hatte. Der nach einer Finanzierung für diese größenwahnsinnige Erweiterung seines kleinen Ingenieurbüros suchte und der so lange und charmant mit ihr verhandelte. Der nach dem Deal nach ihrer privaten Nummer fragte. Sie hatte endlich jemanden gefunden, der es mit ihr aufnehmen konnte und wollte. Ja, vielleicht war sie damals sogar ein wenig verliebt gewesen, so albern ihr das jetzt auch vorkam. Es tat gut, doch zu heiraten, ganz in Weiß und kitschig mit vielen Blüten, so wie sie sich das als kleines Mädchen vorgestellt hatte.

Sie waren romantisch gewesen, und sie waren eiskalt und professionell gewesen. Gemeinsam gliederten sie sein Unternehmen schließlich in ihre Finanzholding ein, als Nukleus ihrer Expansion, und fügten einen Konkurrenten nach dem anderen hinzu. Zusammen wollten sie die Welt erobern, das war ihr Plan gewesen.

Nun hatte sie ihm heute die Bankkarten gesperrt. Nein, sie spürte keine Enttäuschung. Sie wollten diesen Weg eigentlich gemeinsam beschreiten, jetzt würde sie alleine weitergehen. Die Entfremdung war schon lange da, als seine Affären ans Licht kamen, sogar eine Praktikantin war dabei, wie albern war das denn bitte schön. Das pure Klischee, die angeblich langen Arbeitstage, das Prepaidhandy, extra dafür gekauft. Vielleicht musste er kompensieren, dass er zeugungsunfähig war. Dabei wollte sie eh keine Kinder haben. Jedenfalls gab er alles zu, bereute alles und bat sie auf Knien, ihn nicht zu verlassen. Sie hatte angenommen. Ein Fehler, mit Sicherheit.

Und dann diese deutsche Journalistin. Was für eine Katastrophe war daraus entstanden, nur weil sie ihm vertraut hatte. Aus dem Nachbarland war noch niemals etwas Gutes gekommen. Die Frau hatte alles zum Einstürzen gebracht. Sie musste gestoppt werden, keine Frage.

Fabienne merkte, wie sich die feinen Härchen in ihrem Nacken aufstellten, und sie bekam Gänsehaut an den Armen. Wieder horchte sie in das Haus hinein. Einen Moment lang erwog sie, Tim neben sich zu wecken. Aber der war ja nicht da.

Da war es wieder. Ein Quietschen, es klang wie die Tür zur Garage, die von dem Hauswirtschaftsraum abging. Und das, waren das Schritte im Erdgeschoss? Sie tastete in der Dunkelheit nach ihrem Handy. Es lag nicht da, wo es sonst war. Stimmt, sie hatte es zum Aufladen auf die Fensterbank gelegt, man sollte ja nicht neben den Dingern schlafen, wegen der Strahlung und so. Sie knipste das Licht an.

Sie hörte Schritte, jemand hastete die Treppe hinauf, sie

wurden lauter. Sie warf die Bettdecke weg, sprang aus dem Bett, zur Fensterbank, das Smartphone, blöde PIN-Eingabe, vertippt, die Geräusche kamen näher. Nein, man brauchte doch keinen PIN für den Notruf, ihre Finger wischten panisch über den Bildschirm.

»Finger vom Handy!«

Tim stand dort, schwer atmend, in der rechten Hand eine Pistole. Langsam hob sie die Hände. »Tim, was soll das?«

»Das Handy. Lass es fallen!«

Vorsichtig warf sie es auf das Bett.

»Was wird hier gespielt, Fabienne?«

»Das sollte ich dich fragen!« Wütend starrte sie ihn an. »Was fällt dir eigentlich ein? Bist du jetzt total durchgedreht?«

»Hast du Teeske umgebracht?«

»Nein, natürlich nicht.« Sie verstand nicht, was diese Frage sollte. Auch nach den vielen Jahren, die sie bereits zusammen waren, wusste sie ihn nicht immer einzuschätzen. Das hatte ja auch den Reiz an ihm ausgemacht, zumindest anfangs.

»Wo warst du an dem Donnerstagabend?«

»In London, bei dem Kongress. Wie wir das besprochen hatten. Dafür gibt es übrigens dreißig Zeugen.« Das Gleiche hatte sie heute Nachmittag auch schon dieser Iska van Loon erklärt.

»Hast du jemanden angeheuert? Steckst du dahinter?«

Jetzt wurde es absurd. Lass dir das nicht gefallen. Antworte nicht. Dreh den Spieß um. »Du redest ja irre. Hör auf mit dem Blödsinn. Und nimm jetzt endlich die Waffe runter.«

Er sah sie an, sie konnte erkennen, wie die Räder in seinem Kopf sich drehten. »Natürlich. Entschuldige bitte.« Kraftlos setzte er sich auf das Bett. »Ich war in Panik, dass du die Polizei anrufen könntest. Die denken, ich wäre der Mörder. Das gibt es doch gar nicht. Donnerstagabend hatte ich doch noch den Termin im BZ. Direkt neben dem Fundort von … Saathoff. Irgendjemand will mir das in die Schuhe schieben, mich fertigmachen.«

Einen Moment lang erwog sie, die Gelegenheit zu nutzen und die Polizei zu alarmieren. Nein, tu das nicht, sagte sie sich. So, in dem Zustand, ist er viel nützlicher. Mit allem, was er tat, machte er sich noch unglaubwürdiger.

»Was willst du tun, Darling?« Sie setzte sich neben ihn, nahm ihn in den Arm.

»Ich weiß es nicht.« Tim stützte den Kopf in die Hände. Eine Geste voller Selbstmitleid. Zu dick aufgetragen, früher war er ein besserer Schauspieler gewesen. »Ich muss den finden, der es getan hat.«

»Mach das, Darling. Mach das. Ich halte dir den Rücken frei.«

40

Wieder wurde Iska von dem Handy geweckt. Und wieder lag dieser Arm auf ihr, und dieses Mal störte er richtig. Sie drehte sich von Emil weg.

»Wer ist es diesmal?«, fragte er.

»Eine dienstliche Nummer? Ich kenne sie nicht.« Als ob ihn das etwas anginge … Sie nahm den Anruf an. Eine unbekannte Stimme. »Iska? Hier ist das Team vor Sanders Haus. Es tut mir leid, es gibt Neuigkeiten …«

»Okay, kleinen Moment.« Sie deutete zu Emil, dass er nichts sagen sollte, dann schaltete sie den Lautsprecher ein. »Was ist los?«

Der Mann erzählte, dass sie am Morgen Fußspuren im Schneematsch im Garten von Fabienne Sanders' Villa gefunden hätten, die zu einer Hintertür in der Garage führten. Daraufhin hatten sie Sanders aufgesucht. Nach kurzer Diskussion hatte sie zugegeben, dass ihr Mann in der Nacht bei ihr gewesen war. Er habe ein paar Sachen aus dem Haus geholt, dann sei er wieder verschwunden.

Iska hatte Mühe, sich zu beherrschen. Der Mann, den sie

europaweit suchten, spazierte einfach zu seiner Frau für ein kurzes Tête-à-Tête. Beinahe direkt unter den Augen der Streife, die für die Observation ihres Hauses zuständig war. Versager. Wenigstens meldeten sie es pflichtbewusst. »Was hat sie denn noch gesagt?«

»Dass er beteuert habe, nicht der Mörder von Teeske zu sein. Dass sie ihm glaube. Und dass er jetzt selbst die Mörder von Teeske Saathoff suchen werde.«

»Okay, danke fürs Bescheidsagen.« Sie drückte den Mann weg. Sie wollte ihre Wut nicht an ihm auslassen.

»So eine Scheiße. Das Arschloch ist jetzt über alle Berge.« Emil sackte müde in das Kissen zurück. Schwer lagen seine mächtigen Oberarme auf der Bettdecke. Hätte er nicht Gravensen damit besser festhalten können? Emil rieb sich die Augen, ihm war anzusehen, dass er nicht aufstehen wollte. Er reckte den Arm zu ihr. »Kommst du auch noch einmal her?«

»Nein. Ich bin jetzt wach.« Wie abwegig war das denn, bitte? Nein und nochmals nein. Sie wollte jetzt eher irgendetwas kaputt schlagen. Leider befand sie sich in ihrer Wohnung, die Dinge um sie herum gehörten ihr. Sie stand auf. »Ich aktualisiere mal den letzten bekannten Aufenthaltsort in der Fahndungsmeldung«, sagte sie sarkastisch.

»Ist es okay, wenn ich noch etwas liegen bleibe?«

»Ja, klar, mach mal.«

Emil schloss wieder die Augen. Attraktiv sah er ja aus, wie er so dalag, in die weiße Bettwäsche eingewickelt. Oh ja, er war mindestens zehn Jahre jünger als sie. Nein, sie wollte es gar nicht so genau wissen. Sie griff sich die Jogginghose und den Pullover, die sie gestern bei Dirks spontanem

Besuch schon übergezogen hatte, dann schloss sie die Schlafzimmertür hinter sich.

War Tim wirklich zu Fabienne gegangen, um seine Unschuld zu beteuern? Iska wusste nicht, was sie davon halten sollte. Vielleicht inszenierte er das ja alles. Komisch, dass Sanders nicht von sich aus die Polizei gerufen hatte. Ob die beiden unter einer Decke steckten? Sie überlegte, ob sie sich einen Espresso machen sollte. Die Maschine war laut, und Emil nebenan wollte ja schlafen. Doch, natürlich konnte sie das.

Was mache ich hier eigentlich, fragte sie sich, dass ich mich in der eigenen Wohnung so einschränke. Meine Güte, sie war ja nicht mit Emil zusammen. Warum hatte sie ihn gestern überhaupt noch mitgenommen? Eigentlich hatte sie da schon keine Lust auf Gesellschaft gehabt, sie war so frustriert gewesen wegen der vergeblichen Fahndung nach Gravensen. Ach ja, er hatte sie abends noch zum Spanier eingeladen, es war ihm wirklich wichtig gewesen. Und nach dem zweiten Glas Wein …

Eigentlich hätte sie jetzt mit Maaike und Marc ein gemeinsames Wochenende gehabt. Sie hatte den beiden beim letzten Mal vorgeschlagen, zum Lasertag zu gehen. Und Maaike wollte mit ihr nach Haveneiland, dem neuen Stadtteil auf künstlichen Inseln im Osten der Stadt, und dort durch die Läden schlendern.

Stattdessen versteckte sie sich jetzt in ihrem eigenen Wohnzimmer. Sie ärgerte sich über Emil, und sie ärgerte sich über sich selbst. Was war da eigentlich in sie gefahren? Sie wollte doch gar nichts von ihm, und jetzt war sie in so etwas Komisches hineingeraten. Gestern hatte er Anekdoten von seiner Familie erzählt. Lustige Anekdoten zugegebenermaßen, und sie hatte auch gelacht. Aber eigentlich wollte sie die gar nicht kennen. Nein, Emil, da muss wieder mehr Abstand zwischen uns. Puh, das klang ja schon fast nach einem Beziehungsgespräch.

Beziehungsdrama. Ob Teeske wegen einer Affäre hatte sterben müssen?

Aber warum war dann ihre Unterkunft in Burghsluis durchsucht worden? Das verstand sie sowieso noch nicht ganz. Hatte der Einbrecher die Suche abgebrochen, oder hatte er gefunden, was er brauchte? Wonach hatte er gesucht? Teeskes Notebook war ja weg, aber um welche Daten ging es ihm? Um die, die de Light ihnen übergeben hatte und die auch im Blumenkübel versteckt gewesen waren? Oder war es vielleicht etwas anderes gewesen? EU35E? Hatte Teeske Saathoff von Gravensen Unterlagen dazu bekommen? Hatte der Einbrecher danach gesucht? Wer war der Einbrecher? Wirklich Gravensen? Sie hatte so viele Informationen gesammelt, aber noch fehlte ihr der rote Faden, der alles zusammenführte. Ihr brummte der Schädel. Und der blöde Espresso war auch kalt geworden.

Sie musste hier raus, egal wohin. Nein, am besten ins Büro, da konnte sie am besten arbeiten. Sich in Unterlagen stürzen, zu Gravensen, zu Epsilon, zu EU35E, alles noch einmal in Ruhe durchdenken.

Emil würde schon alleine aus der Wohnung hinausfinden.

41

Skurril ist das schon, dachte Marten, als er sich neben Vasna an seinem Sitz auf der Brücke des Seenotrettungskreuzers festhielt, der durch die steilen Wellen des aufgewühlten Wattenmeeres pflügte. Regelmäßig schwappten Wassermassen über das grün lackierte Vorschiff.

»Übles Wetter«, brummte der Mann am Steuerrad. »Muss man üben.«

Da die Wasserschutzpolizei keine eigenen Boote auf Föhr unterhielt, waren sie, sofern keine besondere Dringlichkeit bestand, auf den normalen Fährverkehr angewiesen, um auf die Halligen zu kommen. Und im Winter wurde Langeneß von Wyk aus nur dienstags und donnerstags angefahren. Aber sie habe etwas anderes organisiert, hatte Vasna gesagt. Der Seenotrettungskreuzer, eigentlich auf Amrum stationiert, lag zufällig diese Nacht über in Föhr. Und mit dem Vormann habe sie abgemacht, dass er sie eben zur Hallig rüberfahren könne. »Wir deklarieren das als Übungsfahrt. Kommt gar nicht so ungelegen, jetzt, in der Sturmsaison, ist das sowieso regelmäßig notwendig.«

»Muss man üben«, echote Marten in Gedanken. Er war froh, dass er nur ein leichtes Frühstück zu sich genommen hatte, das müsste so langsam verdaut sein, Brötchen und Marmelade. Katharina dagegen hatte beim Fischsalat kräftig zugelangt. Na ja, ihre Fähre zurück nach Dagebüll war auch deutlich größer und schwerer und die Überfahrt wahrscheinlich entsprechend angenehmer. Vermisste er sie schon? Ja, ein wenig. Der gestrige Nachmittag war wie ein kleiner Urlaub gewesen. Anders als heute.

Sie fuhren entlang der Föhrer Küste nach Westen. Vor ihnen tauchte nach einiger Zeit Amrum auf, er konnte die Häuser von Wittdün und die Wälder der Inselmitte ausmachen. »Gleich wird es noch ein wenig ungemütlicher, wenn wir den Kurs nach Süden setzen und den Schutz von Amrum verlassen«, erklärte der Vormann. »Dann rollt die Nordsee ungebremst auf uns zu.«

Er sollte recht behalten. Die Gischt spritzte hoch bis an die Scheiben der Brücke, die Scheibenwischer waren pausenlos im Einsatz. Marten schaute auf die offene See zu seiner Rechten. Er dachte an EU35E. Würde sich dort eines Tages ein riesiger Deich aus dem Meer erheben, der die Inselwelt und Festlandküste beschützte? Er blickte nach links, Richtung Langeneß.

Die Hallig ragte nur knapp einen Meter aus dem Meer empor, weites grünes Marschland, das zur Beweidung sowie zur Heuernte genutzt wurde, flach wie eine Scheibe. Die einzelnen Warften stachen wie kleine Berge heraus. Er wusste, dass es auf den meisten Warften mehrere Häuser gab, aber das war in dem grauen Wetter nicht auszumachen. Was für ein Aufwand ... Und das zum zweiten Mal.

Schon letzte Woche hatten sie Boris Pfeiffer befragt, ob er das Alibi von Svenja Saathoff bestätigen konnte. Auch da hatten die Kollegen ja übersetzen müssen, eine Polizeiwache gab es auf den Halligen nicht.

Plötzlich fiel ihm etwas ein. »Sag mal, Vasna, die letzte Befragung von Boris Pfeiffer – wie sind da die Kollegen eigentlich hingekommen?«

»Ich hab nicht gefragt … Wahrscheinlich lief das per Telefon. Oder eher Videotelefon«, antwortete Vasna schließlich mit entwaffnender Ehrlichkeit. Im Protokoll war das nicht festgehalten worden. Marten schluckte seinen Ärger hinunter, das brachte jetzt nichts, nicht in diesem Moment. Vasna sah stoisch geradeaus, wich seinem Blick aus. »Diese Tour hier rüber, nur für eine einzige Befragung. Es gab ja damals keinen konkreten Anlass, ihm dabei direkt in die Augen zu sehen.«

Aber genau darum hatte Pfeiffer ihn gebeten, als er ihn gestern Abend noch angerufen hatte.

Der Hafen von Langeneß, der im Südwesten direkt neben Rixwarf lag, bestand im Wesentlichen aus einem Fähranleger für Gäste der umliegenden Inseln. Alle Güter des täglichen Bedarfs wurden über die Lorenbahn transportiert, mit der die Insel an das Festland angeschlossen war. Ein wenig wie Sylt und der Hindenburgdamm, nur viel kleiner. Und der Damm, auf dem die Lorenbahn fuhr, wurde bei höherer Tide bereits überflutet.

»In drei Stunden holen wir euch wieder ab!«, rief der Vormann, nachdem das Schiff angelegt hatte. »Später wird es schwierig, da könnte dafür die Flut zu hoch stehen.«

»In Ordnung«, antwortete ihm Vasna.

Genau in dem Moment, als sie das Schiff verließen, begann es heftig zu regnen. Marten zog seine Kapuze hoch. Gemeinsam trat er mit Vasna auf die Straße, nickte ihr zu, dann stapften sie los. Sie wählten einen schnellen Schritt, Wind und Regen schoben von hinten an. Auf den Wiesen neben ihnen flogen ab und zu Vögel los oder landeten dort. Als sie die ersten Warften im Inselinnern erreichten, graste eine Schafherde in direkter Nähe. Den Tieren schien das Wetter nichts auszumachen. Marten dachte mit schlechter Laune an den Rückweg, wenn das Wetter aus der Gegenrichtung kam.

Boris Pfeiffer hatte eine Einliegerwohnung in der ersten Etage eines zweistöckigen Bauernhauses mit benachbarten Ställen. Unter ihm wohnten seine Eltern, die den Hof bewirtschafteten. Er öffnete ihnen direkt nach dem ersten Klopfen. Marten hatte kein Schließgeräusch hören können.

»Die Türen sind hier immer offen. Kommen Sie herein.« Boris Pfeiffer war ein hochgewachsener junger Mann mit unnatürlich schwarzen, offenbar gefärbten Haaren, einem Ring im rechten Ohr und Akne im Gesicht. Er trug ein Metallica-T-Shirt der Welttournee 2023, bei dem sie auch in Hamburg aufgetreten waren, Marten erinnerte sich.

Pfeiffer führte sie ins Innere, an einen großen Tisch, an dem zwei gleichartige Holzstühle sowie ein Metallstuhl standen. Auch Boris hatte bereits Tee aufgesetzt und Tassen verteilt. »Kandis, Milch?«

»Ja, gerne.« Marten ließ den Blick schweifen. Ein Schreibtisch samt drei Monitoren, einem ledernen und sehr hochwertigen Sessel davor, vier große Schränke aus Kiefernholz, zwei Wandregale mit Fantasy-Romanen, allesamt Klassiker. *Herr der Ringe, Harry Potter, Das Rad der Zeit.*

Boris schenkte ihnen Tee ein.

»Sagen Sie, Herr Pfeiffer, es geht uns ja nichts an, aber womit verdient man eigentlich sein Geld, wenn man auf einer Hallig lebt? Sie sehen jetzt nicht direkt wie ein Landwirt aus?«

Pfeiffer schmunzelte. Er wäre Fachinformatiker, also Programmierer. Dank des guten Internetanschlusses konnte er fast zu hundert Prozent im Homeoffice arbeiten. »Die Jobmöglichkeiten sind hier sonst tatsächlich sehr begrenzt. Von der Landwirtschaft alleine kann man nicht mehr leben. Viele der Bewohner haben einen Zweitjob beim Küstenschutz. Dann kommt man ganz gut durch.« Er erzählte vom Leben auf den Halligen zwischen alten Traditionen, Tourismus und der Sorge um die Zukunft.

»Svenja Saathoff wird ja auch hierherziehen. Werden Sie zusammen wohnen? Haben Sie schon darüber nachgedacht?«

»Wir wissen es noch nicht. Ist ja alles recht neu, die ganze Situation jetzt …« Er warf einen weiteren Kandisbrocken in den Tee. »Sie ist gerne hier, aber ich weiß nicht. Nicht jeder ist für ein Leben hier gemacht, wissen Sie? Ich meine … ich bin auch gerne für mich und so … So lange sind wir ja auch noch gar nicht zusammen. Ein halbes Jahr vielleicht.«

Sie hatten sich über das Internet kennengelernt, er hatte bei Instagram Bilder über Langeneß geteilt, und darüber waren sie miteinander in Kontakt gekommen. Ihre Familie hätte er erst zweimal getroffen, als die Eltern sie zu sich auf den Hof eingeladen hätten. Zwischen den Zeilen ließ er durchblicken, dass er sich im Haus der Saathoffs eher unwohl gefühlt hatte.

»Haben Sie eigentlich in den letzten Wochen eine Veränderung bei Ihrer Freundin bemerkt? Oder hat sie etwas gesagt, dass sich in ihrer Familie etwas geändert hat? Gab es vielleicht irgendeinen ungewöhnlichen Vorfall?«

»Ja. Darum hatte ich Sie ja hergebeten. Videotelefonie mag ich nicht, da weiß man nie, wer noch so alles mithört. Bin da ein wenig schizophren, kommt vielleicht von meinem Job. Ich weiß ja, was technisch alles möglich ist. Also …« Er nahm einen großen Schluck vom Tee. »Ja, da ist etwas passiert. Ich habe mitbekommen, dass wohl ein gewisser Tim Gravensen bei Ihnen in den Ermittlungen eine Rolle spielt?«

»Worauf wollen Sie hinaus?«

»Na ja, Svenja ist tatsächlich … also, ziemlich genau vor zwei Wochen war sie auch hier, und da habe ich ihr von den neuen Küstenschutzplänen erzählt. Für die Halligen wird ja ein gesondertes Programm gestartet, damit sie trotz Meeresspiegelanstieg weiter bewohnt bleiben können. Und inzwischen wurde ein Unternehmen ausgewählt, das die Baumaßnahmen ausführen soll. Ich habe ihr die Unterlagen gezeigt, eine Werbebroschüre, in der aber auch die Ansprechpartner genannt waren. Und als sie einen der Namen gelesen hat, da ist sie beinahe ausgerastet. Gibt's doch gar nicht, jetzt ist ihr alles klar, und so weiter. Sie hat mir aber nicht sagen wollen, was sie damit meint.«

»Welcher Name war das?« Er nahm das Faltblatt in die Hand, das Pfeiffer ihm hinhielt. *Langeneß 2030* lautete die Überschrift. Erhöhung der Sedimentation, Warfterweiterungen, neue Gebäude. Auf der letzten Seite waren drei Ansprechpartner genannt. Der Projektleiter, seine Assistenz und der technische Direktor der Konzernmutter des ausführenden Bauunternehmens.

»Tim Gravensen.« Boris verschränkte die Arme vor der Brust. »Danach hatte Svenja richtig schlechte Laune.«

»Und, okay, wie ... ging es weiter? Hat sie sich irgendwie verändert? Hat sie dann später doch Andeutungen gemacht, um was es geht?«

»Nein. Also, zwischen mir und ihr, zwischen uns, da ist alles okay, kein Streit oder so, aber sie ist schon irgendwie verändert seitdem. Verbittert. Und vielleicht Ansgar auch ... Also, ich treffe mich mit ihm ab und zu online, zum Zocken. Na ja ... also, bei ihm kann ich mich auch täuschen, aber Svenja ... ich glaube, es beschäftigt sie.«

Marten nickte nur.

»Ich habe mir Sorgen gemacht«, versuchte der Junge sich zu erklären. »Ich denke, Sie sollten es wissen, Sie haben ja danach gefragt ... Es war hoffentlich nicht zu aufwendig für Sie?«

»Nein, alles in Ordnung. Sie haben uns sehr geholfen.«

»Bitte sagen Sie Svenja nicht, dass ich Ihnen das hier erzählt habe.«

Marten versicherte ihm, dass er sich keine Sorgen machen brauche. Mit etwas Small Talk ließ er den Besuch ausklingen.

Auf dem Rückweg zum Fähranleger fühlte sich der Nieselregen bei dem harten Wind wie ein Peeling im Gesicht an. Als sie mit dem Seenotrettungskreuzer losfuhren, spülten die ersten Wellen bereits über die dicken Steine der Uferbefestigung. Land unter stehe der Hallig wohl bevor, schon wieder, sagte der Vormann. Hätte es früher nicht so oft gegeben.

Martens Gedanken waren woanders. Gravensens Name. Die Familienfehde war doch längst vorbei. Und trotzdem hatte er bei Svenja einen solchen Schock ausgelöst, als sie ihn las?

42

Iska betrachtete das Foto, das Maaike von sich und ihrem Bruder bei Instagram gepostet hatte, zusammen mit den hashtags *#kulturgeschwister* und *#sneekstattamsterdam*. Ein Falschfarbenbild, im Hintergrund der Eingang zu einem Theater. Es war ersichtlich, dass Maaike die Kamera für das Selfie gehalten hatte. Trotz der Falschfarben war das Lachen der beiden gut zu erkennen. Iska wurde kurz schwermütig. Anstatt mit den beiden hatte sie das Wochenende an einen Baum gefesselt und zusammen mit Emil verbracht, und im Nachhinein hätte sie auf beides gut verzichten können.

Die Nacht ohne ihn hatte gutgetan. Sie hatte die Zeit genutzt und nicht nur eine, sondern zwei grundsätzliche Entscheidungen getroffen. Eine betraf das Privatleben, die andere die weiteren Ermittlungen.

Sie kam genau pünktlich zum Statusmeeting, Emil trug einen blauen Anzug und ein hellblaues Hemd, er sah verdammt gut aus, vielleicht ein wenig overdressed, aber der Stil stand ihm einfach. Er hatte sie bereits zweimal am Morgen angerufen, sie war nicht drangegangen, einfach so, weil sie nicht wollte. Heute war auch ein gewisser Florin Titz anwesend, der Kollege, der die Alarmfahndung nach Gravensen koordinierte, und Tanya Molling, um die Ergebnisse der Spurensicherung vorzustellen. Früher hatte sie die Statusmeetings im großen Kreis mit allen Beteiligten abgehalten, aber inzwischen beschränkte sie das Ganze auf die Leitung der Abteilungen. Das kostete einfach weniger Zeit, die für operative Aufgaben besser verwendet war. Vom Bildschirm an der Wand blickten Vasna und Marten auf sie herab.

»Alles klar bei dir, Iska?«, fragte Emil.

»Ja. Wir können anfangen.« Sie nickte Florin zu. Der sportliche junge Mann mit dem Dreitagebart nahm die Fernbedienung zur Hand. Auf dem Bildschirm verkleinerten sich die Gesichter der deutschen Kollegen und wanderten auf die Seite, stattdessen erschien in der Mitte eine Karte der Niederlande. An verschiedenen Punkten waren digitale gelbe Fähnchen eingesteckt.

»Gravensen bewegt sich weiter nordwärts. Wir vermuten, dass er sich am Freitag noch in Belgien aufgehalten hat, die Kollegen konnten seinen Wagen sichern. Entgegen unserer Einschätzung hat er sich danach ja wieder in die Niederlande begeben, wo er gestern in Middelburg bei seiner Ehefrau aufgetaucht ist. Gestern Abend wurde er von einer Überwachungskamera am Rotterdamer Hauptbahnhof erfasst. Da sein Bild aber erst seit Kurzem in der Datenbank für den automatisierten Gesichtsabgleich gespeichert ist, haben wir diese Information erst heute Morgen bekommen.«

»Deswegen hatte ich dich angerufen«, erklärte Emil. Iska

nickte nur, ohne ihn anzusehen, und folgte weiter Florins Ausführungen.

»Wir vermuten, dass er auf öffentliche Verkehrsmittel umgestiegen ist. Um einen Leihwagen zu mieten, müsste er seinen Ausweis vorzeigen. Bei Übernachtungsmöglichkeiten wird er dieselben Probleme haben, wir denken, dass er sich möglichst durchgehende und lange Bahnverbindungen als Schlafplatz aussucht.«

Iska stimmte ihm zu. »Ich setze mich bei Schouten dafür ein, dass wir weitere Kräfte bekommen, die in Zügen patrouillieren. Ich gebe dir dann Bescheid.« Sie überlegte einen Moment. »Ich schlage Patrouillen in Zivil vor. Die Kollegen sollen wirklich vorsichtig sein, der Mann ist gefährlich und wird schnell unterschätzt.«

Emil wirkte angespannt.

Florin fuhr fort. »Ob er sich lediglich versteckt oder wirklich ein konkretes Reiseziel hat, ist unklar. Er verfügt zwar über ausreichende Mittel, um eine Weile unterzutauchen. Aber die ganzen Rahmenbedingungen – dass er nicht schon vor der versuchten Festnahme auf der Flucht war, dann die … improvisierte Geiselnahme, die spontane Bargeldbeschaffung, all das deutet darauf hin, dass er auf diese Situation nicht vorbereitet war.«

»Was gegen ihn als Täter spricht«, kommentierte Emil. »Er hat ja auch öfters betont, reingelegt worden zu sein.«

»Danke, Florin«, sagte Iska. »Halte mich bitte auf dem Laufenden, falls es etwas Neues gibt.«

»Was allerdings wiederum für ihn als Täter spricht, sind die Ergebnisse der Spurensicherung.« Molling erhob sich. Auf dem Bildschirm erschienen nun Fotos aus der Pension.

»Wir haben DNA-Spuren von ihm in allen Bereichen von Teeske Saathoffs Unterkunft gefunden. Hautschuppen, kleine Härchen, Kleidungsfasern, das Übliche. Er war also definitiv vor Ort, dass das alles durch Dritte dorthin gelangt sein soll, halte ich für ausgeschlossen.« Sie deutete mit der Hand nacheinander auf Tisch, Koffer, Küche, Wasserhahn im Badezimmer und das Bett.

»Besonderheiten zu den Spuren dort?«, fragte Iska.

»Keine Spermaspuren oder Ähnliches, was direkt auf Geschlechtsverkehr hinweist. Die Spuren könnten auch von der Durchsuchung des Zimmers stammen. Sofern das Gravensen war.«

»Gibt es noch Spuren von weiteren Personen?«, fragte Iska.

»Ja. Da die Vermieterin die Endreinigungen selbst durchführt, haben wir zum Beispiel auch Spuren von ihr gefunden, aber in erheblich geringerem Ausmaß als von Gravensen. Es gibt jedoch auch Spuren von einer weiteren Person, und zwar ähnlich umfangreich wie die von Gravensen. Nur konnten wir noch nicht ermitteln, um wen es sich handelt. Alle anderen DNA-Spuren sind marginal, wahrscheinlich vorherige Mieter.«

»Ein Komplize von Gravensen?«, vermutete Florin.

»Derjenige, der ihn reingelegt hat?«, schlug Emil vor.

»Oder jemand aus Deutschland«, schaltete Marten sich ein. »Die Familienverhältnisse der Saathoffs sind verworren, sowohl Wenko, Ansgar und Svenja Saathoff als auch Boris Pfeiffer sind mir suspekt. Wir sollten nicht ausschließen, dass tatsächlich jemand aus Föhr angereist ist, um Teeske zu töten.« Seine Stimme klang blechern aus den Lautsprechern.

»Gravensen meinte, er habe nur noch ein Ziel«, sagte Iska schließlich entschieden. »Den wahren Mörder zu fangen.«

»Behauptet er. Wenn er es denn nicht selbst ist. Er ist äußerst geschickt darin, sich zu verstellen«, warf Molling ein.

»Nehmen wir einmal an, er ist unschuldig«, sagte Iska. »Erst war er bei seiner Frau. Sie hat ihn überzeugt, dass sie ebenfalls nicht die Mörderin ist. Dann zieht er weiter, zu den nächsten, die er als Mörder verdächtigt.«

»Zu den Saathoffs.« Marten sprach aus, was sie vermutete. »Die Intimfeinde seiner Familie. Es wäre plausibel.«

»Vor allem, wenn die Sache mit der Affäre stimmt«, fügte Iska hinzu. »Und noch mehr, falls Teeske und Gravensen sie wieder haben aufleben lassen.«

»Morgen ist Teeske Saathoffs Beisetzung in Süderende, hier auf Föhr«, sagte Marten.

»Ich bin überzeugt, dass Gravensen auch dorthin will. Nach Deutschland. Ich komme zu euch.« Sie wandte sich an Emil. »Emil Kuijpers wird mich hier während meiner Abwesenheit vertreten.«

Nach kurzem Small Talk beendeten sie das Meeting. Florin und Molling verließen den Raum, ließen Iska und Emil alleine. Sie ging zu der Thermoskanne, die auf einem Sideboard unter dem Bildschirm stand, und schenkte sich Kaffee ein.

»Iska.« Emil klang ernst. »Ich hoffe sehr, dass die Fahndung nach Gravensen keine persönliche Sache für dich wird. Dass du objektiv bleibst.«

»Ich weiß die Leitung hier bei dir in guten Händen.« Sie berührte ihn an der Brust. Als er näher zu ihr wollte, drückte sie ihn ruhig, aber bestimmt von sich weg. »Natürlich ist das eine persönliche Sache. Egal ob er der Mörder ist oder nicht. Er ist das Arschloch, das dich zusammengeschlagen und mich an einen Baum gefesselt in der Kälte zurückgelassen hat.«

Und das war die zweite Entscheidung. Der Abstand zu Emil tat gut, war genau das, was sie wollte.

43

Svenja Saathoff nahm ihren Bruder in den Arm. »Wir machen das gemeinsam, Ansgar. Wir schaffen das.«

»Mama fehlt mir.« Ansgar erwiderte den Druck, sie merkte, wie er mit der linken Hand hinter ihrem Rücken eine Träne wegwischte, dann ließ er los. »Es wird brutal. Aber wir schaffen das.«

Er machte ein paar Schritte, sah nach draußen. Es nieselte, der Wind wehte die leichten Tröpfchen beinahe waagerecht vor dem Fenster vorbei, im dunstigen ersten Licht des Tages war die Welt da draußen nur schemenhaft zu erkennen. Er hatte darauf bestanden, zuerst sie abzuholen und dass sie gemeinsam erst zu Papa und von da mit ihm nach Süderende zur Beisetzung fuhren.

»Bevor es losgeht, Svenja …«

»Ja?«

»Ich hab gehört, dass dieser Tim Gravensen auf der Flucht ist.«

»Die Polizei wird ihn finden, da bin ich mir sicher.«

Er wandte sich ihr zu. In seinem Blick lag diese Naivität,

270

die sie heimlich so belächelte, aber auch trotzige Entschlossenheit. »Wenn die Polizei ihn nicht zu fassen kriegt, dann
müssen eben wir Mamas Mörder finden. Das sind wir ihr
schuldig. Er darf damit nicht davonkommen.«

Svenja schluckte. »Ja«, antwortete sie so leise, wie es
irgend ging.

»Und Gravensen trägt Schuld an Mamas Tod. Da bin
ich mir sicher.«

»Ich auch.« Sie legte den rechten Arm um seine Schultern, dann verließen sie gemeinsam die kleine Wohnung.

44

Durch die Frontscheibe beobachtete Iska, wie nacheinander die Menschengruppen auf den am südlichen Ende des Dorfes gelegenen Friedhof traten. Mehr und mehr Leute kamen, der kleine Parkplatz war voll, Autos standen bereits am Straßenrand. Nein, sie erwartete nicht wirklich, dass auch Tim Gravensen auftauchen würde. Aber manchmal ergaben sich in derartigen emotionalen Ausnahmesituationen neue Ansatzpunkte für Ermittlungen. Und irgendwie war es ihr auch ein persönliches Bedürfnis, hier zu sein.

»Ich werde mir Fotos vom Meer aufhängen.« Martens Satz riss sie aus ihren Gedanken. »Nicht mit Sonnenuntergang und so, aber einfach diese Landschaft. So ganz reduziert, auf wenige Merkmale. Vielleicht nur schwarz-weiß. Das hat etwas Beruhigendes.« Er machte eine Pause. »Katharina war immer für möglichst viel Farbe.«

Iska musste einen Moment überlegen, worauf ihr Kollege hinauswollte. »Ich hab damals die Küche grün gestrichen. Hellgrün. Und dazu rote Schränke.«

»Ich glaube, das wäre jetzt nicht meins.« Er musste lachen.

»Meins heute auch nicht mehr.« Sie schüttelte sich. »Ich brauchte damals einfach etwas, was mich nicht an Daniel und die Kinder erinnert. Als ich ausgezogen bin, aus der gemeinsamen Wohnung, da war irgendwie wieder alles auf Anfang … Ich kannte mich selbst ja gar nicht mehr.«

»Darf ich dich mal was fragen?«

»Nur zu.« Was sollte da denn jetzt kommen? Sie sah hinüber zu Marten, blickte in ein ernstes Gesicht mit müden Augen.

»Wohnst du eigentlich gerne alleine?«

Ja, hätte sie beinahe spontan gesagt. Aber auf einmal war sie sich da nicht mehr so sicher. »Mir tat es damals total gut, in eine andere Stadt zu ziehen, ganz neue vier Wände. Und bisher hat es sich auch nicht ergeben, dass ich wieder mit jemandem zusammenleben wollte.«

»Verstehe.«

Natürlich war ihm aufgefallen, dass sie die Frage nicht wirklich beantwortet hatte. Sie wollte das nachholen. »Ich mag es, alleine zu wohnen. Und es muss ja auch nicht für immer sein.«

»Danke dir.« Marten lächelte verlegen. Dann streckte er sich und sah nach vorne. »Vasna ist auch schon da. Lass uns mal losgehen.«

*

Iska beobachtete die Personen aus der Entfernung. Neben ihr stand Marten, neben ihm Vasna, die ihnen leise die Anwesenden vorstellte. Sie wollten die Trauernden nicht stören. Es kam vor, dass Polizisten, die dienstlich zu einer Beerdigung gingen, plötzlich mit Vorwürfen bedacht oder offen angefeindet wurden.

Sie waren alle da. Wenko Saathoff, sein Sohn Ansgar, Tochter Svenja, ihr Freund Boris Pfeiffer, alle in Schwarz gekleidet, vor ihnen das frisch ausgehobene Grab. Hinter ihnen eine große Menschenmenge, hundertfünfzig, zweihundert Leute, die Teeske Saathoff auf ihrem letzten Weg begleiten wollten. Und das, obwohl man die Beerdigung kurzfristig auf den Vormittag vorverlegt hatte, weil ab Mittag wieder heftige Unwetter samt Orkanböen angesagt waren.

Der Sarg, ein schlichtes Modell aus Holz mit einem Blumengesteck drauf, stand bereit, hinabgelassen zu werden. Der Pastor hielt die Grabrede, aber wegen des starken Windes kamen die Worte nicht bei ihnen an. Selbst wenn das anders gewesen wäre, hätten sie trotzdem nichts verstanden. Der Pastor sprach Fering, den Föhrer Dialekt des Friesischen, wie ihnen Vasna erklärte.

Die ganze Szenerie, der im Osten noch hellgraue Horizont unter den dunklen Wolken, die tief über der Kirche des Friedhofs hinwegjagten, die jahrhundertealten Sprechenden Grabsteine, die die Lebensgeschichten der beigesetzten Menschen erzählten, all die in lange Mäntel gekleideten Menschen, das wirkte seltsam bedrohlich.

Es fröstelte sie. Wann war sie das letzte Mal auf einer Beerdigung gewesen? Mit acht oder neun Jahren, damals war ihre Oma gestorben. Sie erinnerte sich an ihre weinende Mutter und wie sie selbst in Tränen ausgebrochen war. An Worte, die jemand an sie richtete und die doch durch sie hindurchflossen, weil sie sie einfach nicht hatte aufnehmen können oder wollen. An das krampfhafte Bemühen, etwas zu verstehen, was sie damals einfach nicht verstehen konnte. Inzwischen waren ihre Eltern auch Ende siebzig. Niemand lebte ewig … Sie wollte nicht dran denken.

Vier Männer traten vor und ließen den Sarg an langen Seilen hinunter. Wenko schüttete als Erster mit einer kleinen Schaufel Sand in das Grab. Traurig, aber auf die Situation vorbereitet. Ein sichtlich gebrochener Mann, dem es nicht mehr wichtig war, gerade dazustehen. Dann griff er in die Manteltasche, nahm etwas heraus und ließ es in das Grab regnen. Blütenblätter. Ihm folgte Ansgar. Er stand länger am Grab, mit gefalteten Händen. Es dauerte, bis auch er sich mit einem letzten Blick verabschiedete. Dann kam Svenja, kühl und mechanisch, mit Boris an ihrer Seite. Es dauerte keine fünf Sekunden, bis sie das Grab wieder verließ.

Nacheinander kondolierten ihnen nun die Menschen, die in den Reihen hinter ihnen gewartet hatten. Artig schüttelten die Saathoffs Hände. Vater, Sohn und Tochter. Ja, die drei waren Iska suspekt, sie teilte Martens Unbehagen. Trotzdem, wenn man die nüchternen Fakten betrachtete, blieb nach wie vor Tim Gravensen der Hauptverdächtige.

Was hatte Dirk früher immer gesagt? Die Kunst der Kriminalistik bestand darin, die Fakten in relevante und irrelevante einzuteilen, in richtige und falsche Indizien. Die Indizien gegen Gravensen hatten sich wie von selbst ergeben, eines nach dem anderen. Angefangen von Wenko Saathoffs Hinweis auf Teeskes Recherchen, deswegen waren sie bei den Ermittlungen auf genau diese Spur gekommen. Wie von einer unsichtbaren Hand gesteuert.

Wir hatten Tim Gravensen unterschätzt, dachte sie. Was, wenn sie das auch mit den Saathoffs taten? Vielleicht hatte jemand die Fakten schon vorsortiert …

Aber Fakten blieben Fakten. Wenn man sie anders zusammensetzte, dann könnte …, vom Zeitablauf her, von der Motivation … vielleicht auch etwas ganz anderes passiert sein.

Sie musste noch einmal in Ruhe darüber nachdenken.

45

Nach den letzten Trauergästen kondolierten die Polizisten. Aus der Entfernung waren für Tim die Gesichter schwer zu erkennen. Kurzes Händeschütteln, nur Vasna legte kurz ihren Arm an Wenkos Schulter. Wenko und seine beiden Kinder verließen gemeinsam mit ihnen den Friedhof. Mehrere Autos bogen auf die Landstraße ab, dann umgab ihn Stille.

Normalerweise müsste bald der Totengräber kommen, um das Grab zu schließen. Tim fragte sich, ob er vorher noch schnell dahin gehen sollte. Es waren nur ein paar Schritte, vielleicht fünfzig Meter. Andererseits war der Friedhof gut einsehbar, nicht dass ihn jemand schon von Weitem bemerkte. Er hatte doch bisher alles getan, um nicht aufzufallen. Beherrsche dich, Tim. Darauf kam es nun auch nicht mehr an. Er blieb in seinem Versteck am südöstlichen Rand des Friedhofs, hinter einem Busch und der Feldsteinmauer, die das Areal umgab. Ihn fröstelte es.

Die Saathoffs. Es war ein Fehler gewesen, wegzugehen und ihnen Föhr zu überlassen. Wenko Föhr zu überlassen. Dieser Heuchler ... Er hätte den Schwächling damals noch mehr verdreschen sollen. Mama und Papa hatten schon recht gehabt, dass diese Familie schlecht war bis ins Mark und dass man Wenko niemals trauen konnte. Was hatte Teeske bloß an ihm gefunden? Und warum war sie Teil dieser Familie geworden?

Drei Männer mit schweren Schaufeln stapften auf das offene Grab zu, sie trugen Arbeitskleidung und dunkle Wollmützen. Es war die richtige Entscheidung gewesen, noch im Verborgenen zu bleiben. Ohne viele Worte zu verlieren, schaufelten sie die Erde zurück in das Loch, bis ein kleiner Hügel entstand, darauf legten sie behutsam die mitgebrachten Kränze und Blumengestecke, an deren bunten Bändern der kalte Wind zerrte. Wenn der Sturm tatsächlich mit der von der Wettervorhersage berechneten Stärke eintraf, würde vom Grabschmuck morgen nicht mehr viel übrig bleiben. Tim merkte, wie ihm das Herz schwer wurde. Teeske hätte Besseres verdient gehabt.

Auch nachdem die Männer ihre Arbeit beendet und sich davongemacht hatten, blieb er zunächst im Verborgenen. Einige Möwen trieben über ihm hinweg, nach Süden, in Richtung See. Langsam entfernte sich ihr Kreischen. Ein letztes Mal blickte er sich um, dann stapfte er los, sich weiter nach allen Seiten absichernd.

Nein, niemand war hier außer ihm. Und Teeske.

Jetzt hätte er, dachte er erstaunt, gerne auch einen Kranz abgelegt, Blumen ins Grab geworfen. Er erinnerte sich an ihren Duft, an ihre warme Haut. Nichts blieb, außer die Erinnerung an einen besonderen Menschen. An die Frau, die etwas verstanden hatte, das andere nicht verstehen konnten. Die wusste, was man gesehen hatte, was man gefühlt hatte, die die gleichen Gedanken durchlebt hatte. Die die Macht der Flut verstanden hatte. Wasser kommt, Wasser geht, hatte Teeske gesagt. Eines Tages wird es eine Sturmflut sein, der sie nicht entkommen konnten, hatte er geantwortet.

Bei ihrer Wiederbegegnung auf Neeltje Jans hatte sie nur eine Frage gestellt. »Halten unsere Deiche?« Dabei hatte sie seine Hände mit ihren umfasst.

»Nein«, hatte er schließlich zugeben müssen.

Teeske war tot. Und Schuld daran hatte allein Wenko. Er nahm die Dienstwaffe von diesem einfältigen Polizisten, legte sie, einer spontanen Eingebung folgend, auf das frisch ausgehobene Grab. Er tat das, was richtig war. Deshalb hatte er diese Waffe bekommen. Und darum würde nun auch Wenko sterben müssen. Und mit ihm alle, die an Teeskes Tod Schuld trugen.

Es war klar, wo er Wenko heute finden würde. Er hatte Zeit, musste nur auf den richtigen Moment warten.

46

Traurig, aber auf die Situation vorbereitet. Marten spürte, dass Iska mit ihrer Vermutung recht hatte. Er trat an das Whiteboard, um die wichtigsten Gedanken aufzuschreiben. Sie waren nur zu zweit, Vasna führte zusammen mit dem Leiter der Feuerwehr den vorsorglich eingerichteten Katastrophenstab, um die Schutz- und Notfallmaßnahmen wegen des Sturms zu koordinieren. »Du meinst, Wenko hat Teeske getötet?«

»Und dann hat er versucht, es Epsilon, vor allem Tim Gravensen, anzuhängen. Bestimmt wusste er von Teeske mehr über den Stand ihrer Recherche, als er uns gegenüber zugegeben hat. Dann hat er versucht, uns genau auf die Spuren zu bringen, die zu Epsilon führen. Alles was Epsilon und Tim entlastet, hat er getilgt.« Iska wirkte von ihrer Theorie überzeugt.

»Zum Beispiel?«

»Wir haben weder Teeskes Handy noch ihr Notebook gefunden. So können wir die Nachrichten, die sie ausgetauscht hat, nicht rekonstruieren. Wahrscheinlich hätten sie

Tim entlastet oder Wenko belastet. Genau wie das Notebook. Es ist sehr gut möglich, dass Teeske den Artikel ab einem bestimmten Zeitpunkt gar nicht mehr veröffentlichen wollte. Entweder, weil an den ganzen Vorwürfen grundsätzlich zu wenig dran ist, oder weil Tim sie mit seinen Argumenten überzeugt hat. Oder aus Liebe zu ihm. Wenko hat Teeskes Notebook und Handy vermutlich irgendwo vernichtet. Die Unterlagen, die Epsilon belasten, haben wir dagegen gleich in dreifacher Ausfertigung vorliegen. Zufall? Die Speicherkarte hat er wahrscheinlich selbst nach dem Mord in dem Blumenkübel versteckt und das Zimmer nur verwüstet, damit es so aussah, als ob jemand danach gesucht hätte.«

»Darum hat er uns, als wir den Hof der Saathoffs besuchten, angeboten, dass wir ihn ins Arbeitszimmer begleiten. Nicht aus Höflichkeit, sondern weil er uns einen vermeintlichen Tipp unterjubeln wollte.« Wenko Saathoff hatte ihnen Teeskes Geheimversteck unter die Nase gerieben, obwohl sie gar nicht danach gefragt hatten.

»Er muss irgendwie erfahren haben, dass Tim Gravensen bei Epsilon ein hohes Tier ist. Oder sogar, dass Teeske und Gravensen sich getroffen haben. Da sind bei ihm die Sicherungen durchgebrannt. Die alte Affäre von damals war noch nicht vergessen.« Iska richtete eine Haarsträhne, die sich gelöst hatte.

»Alles für die Kinder.« Marten erinnerte sich an die Formulierung in dem gemeinsamen Testament der Saathoff-Eltern. »Es war vielleicht sehr viel Vernunft im Spiel, als Teeske sich für Wenko und gegen Tim entschieden hat. Sie wusste, dass sie von Wenko schwanger war.«

»Teeske stand damals zwischen zwei Männern und hat

sich für die sichere Variante entschieden. Für Wenko, für die gemeinsamen Kinder, gegen Tim.«

»Die alte Rivalität war endgültig entschieden. Tim verlässt Föhr und sucht sein Glück anderswo.«

»Findet es. Und dann, fünfundzwanzig Jahre später, stolpert Teeske nichts ahnend zurück in seine Arme.«

»Es ist egal, ob Tim und Teeske die alte Affäre wieder angefangen haben oder nicht. Für Wenko musste es so aussehen, als ob sie mit ihm, seinem alten Erzrivalen, durchgebrannt sei.«

»Vielleicht war Teeskes Tod auch ein Unfall, eine missglückte Aussprache, wer weiß. Es muss kein gezielter Mord gewesen sein, den er schon plante, als er Föhr verlassen hat. Aber Fakt ist: Wenko hat ein Motiv und kein Alibi.«

»Das sieht mir schon sehr nach einem geplanten Mord aus.« Marten überlegte. »Die ganze Strecke hinfahren, Teeske töten, die Spuren verwischen, nein, sogar die Spuren manipulieren, um Tim Gravensen zu belasten.« Wenn sie nachweisen konnten, dass er in Zeeland gewesen war, sah es nicht gut für Wenko Saathoff aus. Allerdings hatten sie bisher erst eine Theorie, keinen Beweis.

»Die Frage lautet, wie ist Wenko Saathoff nach Zeeland gekommen? Er muss irgendwelche Spuren hinterlassen haben«, sagte Iska. »Die Saathoffs hatten nur ein Auto, er muss sich also einen Leihwagen genommen haben. Oder mit der Bahn … nein, das glaube ich nicht.«

»Wenn man mit der Fähre übersetzt, wird das Kennzeichen erfasst. Das hat er sicher vermieden.« Marten erinnerte sich an die Überfahrten. »Also hat er wohl erst nach der Überfahrt ein Auto gemietet.«

Er informierte die Kollegen auf dem Festland. Spuren gab es immer, manchmal musste man nur wissen, wo sie zu suchen waren.

47

Sie waren wieder allein zu Hause, nur dass es jetzt leerer war als früher. Mama fehlte. Aber allmählich kam Ansgar mit der neuen Situation klar. Der Leichenschmaus, er hasste dieses Wort, hatte geholfen, er verstand jetzt dessen Bedeutung. Es tat gut, zu merken, dass das Leben weiterging. Man aß, man trank, man redete, Leute waren um einen herum. Die Trauer und Traurigkeit hatten ihre Zeit gehabt, gerade die Beerdigung hatte noch einmal alles nach oben gespült, aber jetzt waren die Tränen geweint, und es war wieder Platz für anderes. Für die Akzeptanz, für das Verstehen, dass das Leben nun anders war als vorher, dass jemand nun eben fehlte. Und für die Wut, die einen Schuldigen suchte. Der Blick war wieder nach vorne gewandt.

Svenja saß im Schneidersitz auf dem Sofa, sie hatte die Stiefel gegen dicke Wintersocken getauscht, ihre Hände umfassten eine Teetasse, schwarzer Tee, Ansgar erkannte es am Geruch. Papa hatte den Whisky geöffnet, der seit fünf Jahren in der Wohnzimmervitrine stand, ein achtzehnjähriger Single Malt einer kleinen Destillerie aus Schottland, den

Mama ihm damals geschenkt hatte, und drei Tumbler herausgeholt. Svenja hatte abgelehnt, also hatte Papa nur ihm und sich eingeschenkt. Der Whisky floss warm und mild die Kehle hinunter. Ein sanfter Schmerz, der weh- und auch guttat. Währenddessen zog draußen der Wind um das Haus, das Rauschen war allgegenwärtig. Es klang kalt, aber hier drinnen dieses Gefühl der Geborgenheit. Ein schöner Moment, dachte er. Es tat gut, ihn mit Svenja und Papa zu teilen.

»Papa, was ist dein schönster Gedanke an Mama?«

Papa antwortete sofort. »Wie sie euch beide in den Armen hielt, als ich sie im Krankenhaus besucht habe.« Ein bitteres Lächeln auf den Lippen. »Wie sie ›ja‹ gesagt hat, als ich vor ihr auf die Knie gegangen bin. Wie wir zusammen mit euch hier in diesem Wohnzimmer all den Stürmen getrotzt haben, zusammen den Tee getrunken haben und es genauso war wie jetzt. Dass sie bei mir war, um mich herum, all die Jahre.«

Svenja schüttelte behutsam den Kopf. »Sie hat dich gar nicht verdient, Papa.«

»Sag das nicht, bitte.« Papa schüttelte sich. Aber er widersprach ihr auch nicht, fiel ihm auf. Das hatte Mama auch nicht verdient.

»Wer immer sie getötet hat, er wird dafür büßen müssen, Papa, das versprechen wir dir.«

Das Handy in seiner Hosentasche vibrierte, gleichzeitig ertönte ein Warnton, ebenso bei Svenja. Beinahe hätte er sein Getränk verschüttet. »Was zum …?« Er zog das Smartphone hervor. Eine Kurzmitteilung war eingegangen.

»Allgemeine Warnmeldung vor schweren Orkanböen«, las seine Schwester vor, was auch auf seinem Display angezeigt wurde.

»Es besteht das Risiko einer sehr schweren Sturmflut. Die weitere Entwicklung der Gefahrenlage ist nicht vorherzusehen. Aktuelle Informationen finden Sie online auf der Website des Bundesamtes für Seeschifffahrt und Hydrografie unter *www.bsh.de*. Achten Sie auf Durchsagen im Radio und Fernsehen sowie auf Lautsprecherdurchsagen der örtlichen Polizei oder Feuerwehr. Bleiben Sie wachsam.«

»Das hatten wir lange nicht mehr.« Papa sah nach draußen und betrachtete den Deich. Er hatte keinen Alarm erhalten, sein Handy lag wahrscheinlich mal wieder in der Schublade oben im Arbeitszimmer.

»Schaden kann es ja nicht.« Ansgar dachte an Mamas Recherchen, an ihre Sorgen. Er erhob sich und schaltete die alte Stereoanlage an, die auch schon zu Kinderzeiten dort gestanden hatte, wählte UKW. Gerade wurde auch dort die Warnmeldung vom Sprecher wiederholt. Danach Rockmusik der Achtzigerjahre.

»Diese Warnungen müssen sie jetzt bringen. Denkt mal an die Katastrophen im Ahrtal und so wegen der Starkregenfälle. Das Ministerium muss sich halt absichern.« Papa nahm noch einen Schluck. »Bleibt heute auf jeden Fall mal besser hier. Kann gut sein, dass Äste auf die Straße fliegen und so. Ihr habt doch nichts mehr vor heute, oder?«

48

Tim Gravensen beobachtete durch das Fenster, wie der alte Mann nach draußen stierte. Er wusste, dass Wenko ihn hier in der Dunkelheit nicht sehen konnte. Vielleicht spürt er ja meine Anwesenheit, dachte Tim. Wir kennen uns schon lange, du und ich, wir kreisen umeinander wie zwei alte Straßenhunde können nicht voneinander ablassen. Es musste enden. Bevor noch mehr passierte. Tim zog den Kragen der Jacke hoch, als Schutz gegen den schneidenden Wind. Feuchtigkeit lag in der Luft, Regen, aber es hätte auch die Gischt sein können. Von weit her hörte er, wie das Meer gegen den Deich anrollte.

Wie damals. Er war dort oben gewesen, verbotenerweise. Hatte sich flach auf den Bauch gelegt, das Gras unter ihm war ganz nass gewesen. Und hatte dann über die Kante in den Abgrund geschaut. Es war die gleiche Faszination, wie wenn man in die Flammen eines offenen Feuers guckte, den Blick nicht abwenden konnte, nur um das Tausendfache potenziert. Er sah die schlimmste Fratze der Nordsee, aus nächster Nähe, mitten im Sturm, wie die Wellen unter ihm gegen den Erdwall anrollten, mit all ihrer Macht, dass er die Erschütterungen am ganzen Körper spüren konnte. Die Luft war feucht und schwer wie der Boden unter ihm, alle Elemente gingen ineinander über. Er sah, wie beim Zurückströmen das Wasser Erde und Sand mit sich riss, sodass tiefe Furchen und Löcher im Deich entstanden. Wie die Wellen höher und höher schlugen. Plötzlich erreichte ihn eine, überspülte ihn ohne Vorwarnung mit solch immenser Kraft, dass er brutal den Deich hinuntergeschwemmt wurde. In einer matschigen Pfütze rappelte er sich langsam auf. Sein Mund war voller Salzwasser, am Körper hatte er unzählige Prellungen. Erst da verstand er, in was für einer Gefahr er sich befand.

Letztlich war damals alles gut gegangen, bei ihm genau wie bei Teeske. Eine gemeinsame Erinnerung, nur an zwei unterschiedlichen Orten.

Drinnen im warmen Licht kippte Wenko sich einen weiteren Drink in den Schädel. Eine gute Gelegenheit, ihn bereits heute Abend aufzusuchen, er war reif. Und er war allein. Erst war seine Tochter, dann sein Sohn in der oberen Etage verschwunden. Na dann. Er nahm die Walther P5 aus der Tasche, fuhr mit dem Finger über den Lauf. Hätte er sie genutzt, gegen die niederländischen Polizisten eingesetzt? Er wusste es nicht. Auch für ihn war in der Toilettenanlage alles sehr schnell gegangen, ihm blieb keine Zeit für Reflexion. Er steckte die Waffe hinten in den Gürtel. Wenko war noch nie ein Gegner für ihn gewesen, wahrscheinlich würde er sie erst einmal nicht brauchen.

In aller Ruhe stand er auf, umrundete das Haus, bis er

vor dem Eingang ankam. Der Wagen von Ansgar Saathoff stand noch dort, sonst befanden sich keine weiteren Autos im Hof. Und bei dem Wetter waren auch keine neuen Gäste zu erwarten.

Er klopfte einfach an.

»Ja?«

Er klopfte ein weiteres Mal.

»Bin auf dem Weg ...«

Tim wartete. Es dauerte nur fünf Sekunden, dann leuchtete die Deckenlampe im Flur auf, wie er durch das kleine Milchglasfenster in der Tür erahnen konnte. Schritte kamen näher. Ein Schlüssel klapperte, er hörte das Schloss. Die Tür öffnete sich.

»Hallo, Wenko.« Endlich stand er ihm gegenüber. Wenko sah gut aus, fit. Die körperliche Arbeit auf dem Hof hatte ihm gutgetan. Ein Schrecken war in sein Gesicht gefahren, hatte sich dort festgesetzt. »Es ist kalt. Willst du mich nicht hereinbitten?« Um ihn abzulenken, blickte er ziellos über dessen linke Schulter.

»Nein ...«

Dass der alte Trick mit der Ablenkung immer noch funktionierte. Tim trat seinem Gegenüber gegen das Knie, rammte ihm die Faust unter das Kinn, griff nach Wenkos linkem Arm, der ziellos eine Abwehrbewegung imitierte, und schleuderte den zusammenklappenden Mann auf die Erde. Wenko stöhnte kurz auf, als er auf dem Asphalt landete, versuchte, sich abzurollen.

»Hör auf. Du weißt, dass du keine Chance hast.« Er setzte ihm nach, traf ihn mit der Fußspitze in die Rippen, instinktiv rollte sich sein Opfer wie ein Embryo ein. Kurze

Gerade auf die linke Schläfe, dann wehrte sich Wenko nicht mehr.

Keine drei Sekunden.

Irgendwo die Geräusche eines Hubschraubers. Dann huschte das Licht eines starken Scheinwerfers herab, tastete suchend umher, wischte kurz über das Gebäude. Polizei? Woher wusste die, dass er hier war? Dann verfolgte er, wie der Lichtkegel Richtung Küste wanderte. Küstenwache? Bei dem Wetter. Egal.

Kurzer Blick zum Haus, alles ruhig, niemand zu hören. Er rollte den Mann so hin, dass er sein Gesicht sehen konnte. Kniete sich auf die Brust, der Schmerz sollte ihn wieder zu sich bringen. Mit ein paar Ohrfeigen half er nach.

»Aaahh«, ein Stöhnen. Wenko kam wieder zu Bewusstsein.

»Warum hast du Teeske getötet?«

»… kann nicht …«, keuchte er beinahe lautlos.

»Rede!« Er lockerte ein wenig den Druck.

»Du! Du hast sie auf dem Gewissen, Tim!« Giftig leuchteten Wenkos Augen auf. »Du weißt das. Du hättest die Finger von ihr lassen …«

Er war es also wirklich gewesen. Ungläubig verstärkte er den Druck mit dem Knie wieder, was den Mann unter ihm verstummen ließ. Tatsächlich. Er hatte insgeheim bis zuletzt gehofft, dass er sich getäuscht haben könnte. Was also tun? Es gab keinen anderen Ausweg. Er zog die Pistole hervor. Langsam und ruhig präsentierte er die Waffe.

»Was …?« Wenko war die Panik ins Gesicht gemeißelt.

»Ich habe ihr am Grab versprochen, dass es endet. Was ist dein letzter Wunsch?«

»Dass du …« Plötzlich grinste er, trotz der Schmerzen, die er haben musste. »Dass du zur Hölle fährst.«

Ein Schmerz zuckte in Tims rechter Schläfe auf, fuhr durch seinen Kopf, und dann wurde es dunkel.

49

Vasna, die gerade von einer Videoschaltung des Katastrophenstabes zurückgekommen war, und Iska blickten ihn erwartungsvoll an. Marten bedankte sich, beendete das Telefonat. »Wenko Saathoff hat sich an Teeske Saathoffs Todestag in Niebüll am Donnerstagmorgen einen Ford Focus gemietet und am Freitag frühmorgens wieder abgegeben. Der Servicemitarbeiter konnte sich noch gut an ihn erinnern, der Wagen hatte gut 1 600 Kilometer mehr auf dem Tacho. Als ob Saathoff die ganze Nacht durchgefahren wäre.«

»So viel also zu *Ich muss mich um die Tiere kümmern.*« Iska ärgerte sich genau wie er, dass sie Wenko Saathoffs Aussage nicht genauer überprüft hatten.

Marten sah zu Vasna und Iska hinüber. »Gefahr im Verzug, wir können nicht warten. Wissen wir, wo er jetzt ist?«

»In Utersum? Zu Hause. Soweit ich weiß, sind nach dem Leichenschmaus auch Ansgar und Svenja …« Vasna legte die Stirn in Falten. Sie wurde von einem Vibrationsalarm unterbrochen und sah auf ihr Smartphone.

»Okay, versuchen wir es da«, meinte Iska.

Vasna schüttelte den Kopf. »Wir haben extreme Wetter-bedingungen da draußen. Seid ihr sicher?«

»Jemand, der so etwas macht, ist zu allem fähig.« Mar-ten musste sich anstrengen, Verständnis für die Frage auf-zubringen. »Er hat seine Ehefrau getötet. Was, wenn noch mehr in seinem Hirn kaputtgegangen ist?«

Vasna blieb unbeeindruckt. »Wir haben gerade eine mas-sive Sturmflut. Und das, nachdem die letzten Wochen schon herausfordernd waren, die Deiche sind bereits alle durch-weicht. Und die Wasserstände steigen ... Der Helikopter, den wir zur Lagebeobachtung rausgeschickt haben, hat ge-rade durchgegeben, dass er gleich abdrehen muss. Vielleicht müssen wir eine Evakuierungsanordnung rausgeben.«

Auf Vasnas Schreibtisch bimmelte das Festnetztelefon. Genervt blickte sie zwischen ihm und dem Gerät hin und her. »Ich kann jetzt hier nicht weg.«

Iska tippte ihn an.

*

Mit jedem Meter wurde die Fahrt über die Landstraße schwieriger. Die Scheinwerfer brachten nur wenig Licht in die Dunkelheit, der starke Wind wirbelte Ästchen, Laub und andere kleine Gegenstände umher. Das Auto war schwer in der Spur zu halten, wurde immer wieder nach links und rechts getrieben, inzwischen fuhr er auf dem Mittelstreifen, außer ihnen war sowieso niemand unterwegs.

Marten hatte sich für die nördliche Route entschieden. Sie erreichten Alkersum, in den Fenstern der Häuser war ge-dimmtes Licht zu sehen. Er reduzierte ein weiteres Mal die

Geschwindigkeit. Keine Passanten. Zwischen den Häuserlücken raste überfallartig der Sturm hindurch und warf sich gegen den Wagen. Von irgendwoher brach eine Sirene durch das Geheul um sie herum.

Marten krallte sich ans Lenkrad, er achtete nur noch auf das, was er vor sich sehen konnte. Regen setzte wieder ein, dicke Tropfen schlugen schwer wie Steine auf Dach und Fenster ein. Der Scheibenwischer arbeitete nur ein kleines Sichtfenster heraus.

Ein Schatten raste aus dem Nichts auf sie zu, prallte mit einem ohrenbetäubenden Schlag auf die Windschutzscheibe, gezackte Linien zogen sich auf ihr von einem bis zum anderen Ende. Mit voller Kraft trat Marten auf die Bremse, der Wagen stoppte, sie wurden in die Gurte gepresst. Irgendetwas polterte auf und über die linke Autoseite zum Heck. Endlich stand der Wagen. Seine rechte Wade brannte von der Notbremsung. »Was war denn das?«

Iska musste sich kurz fangen. »Ein Ast?«

Er versuchte, die Fahrertür zu öffnen, doch der Sturm drückte sie direkt wieder zu. Schließlich bekam er die Tür auf und trat neben das Auto. Ein Einschlagkrater prangte auf der Scheibe, breite Kratzer führten zum hinteren Ende des Wagens. Instinktiv duckte er sich, um dem Wind weniger Angriffsfläche zu bieten, machte ein paar Schritte in die Dunkelheit, die nur minimal von den roten Rücklichtern erhellt wurde. Der Sturm schob ihn weiter.

Nach zehn, fünfzehn vorsichtigen Schritten entdeckte er den Schatten wieder, der sich an einem Begrenzungspfahl verfangen hatte. Tatsächlich ein Ast, bestimmt drei Meter lang, die Bruchstelle sah morsch aus. Ganz sicher, das Ding musste sie erwischt haben. Er wandte sich um. Der Regen schmerzte wie Nadelstiche auf der Haut. Tief geduckt, Schritt für Schritt, kämpfte er sich gegen die Böen zurück zum Auto, stolperte, fiel hin.

In der Ferne blitzte es, erleuchtete die Landschaft für einen kurzen Moment. Als würden sie sich durch eine Welt kämpfen, die sich in Auflösung befand.

50

Ansgar hielt den dicken Ast noch immer umklammert, mit dem er auf den fremden Mann eingeschlagen hatte. Zufällig hatte er, als er noch einmal zur Toilette gegangen war, vom Badezimmer der ersten Etage aus mitbekommen, dass sein Vater unten die Haustür geöffnet hatte. Er war betrunken und emotional angeschlagen, nicht, dass er bei dem Wetter draußen herumirrte und sich in Gefahr brachte.

»Wer ist das?« Schwer atmend schaute er seinen Vater an. Das Herz raste. Die Augen tränten, obwohl sie sich im Windschutz des Hauses befanden. »Was ist passiert?«

»Danke, Ansgar.« Papa stand langsam auf, er konnte erkennen, dass seine Unterlippe aufgeplatzt war. Verächtlich trat er dem Fremden in den Bauch, der regte sich nicht. »Das ist Tim Gravensen. Der Mörder deiner Mutter.«

Ansgar ließ den Stock los, bückte sich und hob die Pistole vom Asphalt auf. »Er war bewaffnet.« Schockiert betrachtete er die Pistole in seiner Hand. »Was macht er hier?«

»Ich denke mal, er wollte da weitermachen, wo er mit Teeske begonnen hatte. Er ist krank, voller Hass, schon immer gewesen.« Papa stützte sich auf die Knie, spuckte Blut. »Wir müssen ihn töten. Er ist gefährlich.«

Ansgar war von der Brutalität der Worte schockiert. Ja, er wollte Mama rächen, aber … Nein, nicht so.

»Worauf wartest du, Junge, drück ab.« Wenko wurde fast flehentlich. »Wir können uns nicht auf die Polizei verlassen. Wir müssen das selbst in die Hand nehmen.«

»Nein.«

»Dann lass mich das machen!« Papa trat auf ihn zu, die Hand fordernd ausgestreckt. Ansgar war entsetzt, so verzweifelt hatte er ihn noch nie gesehen. Schwer atmend standen sie einander gegenüber. Regentropfen fielen vom Himmel, schlugen ihnen hart gegen Gesicht und Hals.

»Was ist hier los?« Die Silhouette von Svenja zeichnete sich vor dem hell erleuchteten Eingangsflur ab.

»Er wird uns nicht mehr gefährlich werden«, versprach Ansgar seinem Vater. »Aber zuerst bringen wir ihn rein. Ich will hören, was er zu sagen hat.«

»Tu das nicht!«, sagte der mit zusammengekniffenen Lippen. »Das ist keine gute Idee. Du kennst ihn nicht. Lass es uns hier erledigen.«

»Wir sind zu dritt. Wir haben seine Waffe. Er kann uns gar nicht mehr gefährlich werden.«

»Er ist ein Teufel. Mit tausend falschen Gesichtern.«

Von weit in der Ferne hörten sie ein Grollen nahen. Blitze zuckten vom Himmel. Jetzt auch noch ein Gewitter. Sie beeilten sich, ins Innere zu kommen.

*

Mamas Mörder. Er saß auf einem Küchenstuhl, Papa hatte ihn mit seinem Gürtel an die Rückenlehne gefesselt, nur zur Sicherheit, hatte er betont. Gravensen sah eigentlich gar nicht so gefährlich aus. Eher wie ein lieber Onkel, mit ehrlichen blauen Augen, schnell wanderte sein Blick zwischen ihnen hin und her. Seine dunkelgrauen Haare hingen ihm nass über die Stirn, sie hatten einige Gläser Wasser über ihn gekippt, bis er sein Bewusstsein wiedererlangt hatte. Seine Angst konnte man ihm, wenn er sie denn hatte, nicht ansehen. Eher schien es Ansgar so, als wirkte er erleichtert, wenn er zu ihm oder seiner Schwester blickte.

»Ich habe sie nicht umgebracht!« Gravensen sah nun Svenja an. »Ich habe Teeske geliebt. Niemals hätte ich ihr etwas antun können.«

»Halt deine Fresse, du dummes Arschloch!« Wenko schoss von seinem Stuhl hoch, verpasste Gravensen eine Ohrfeige, dass dieser beinahe umkippte. Mühsam beherrscht stand Papa vor ihm, dann setzte er sich langsam wieder hin.

»Seht ihr es?« Gravensen wandte sich Svenja zu, dann ihm. Seine Wange glühte rot.

»Was soll das heißen, du hast sie geliebt?« Ansgar rang nach Luft. Warum stellte sonst niemand diese Frage?

»Gravensen und Mama hatten eine Affäre, das soll das heißen. Kurz bevor wir geboren wurden«, antwortete Svenja für Gravensen mit ganz dünner Stimme. »Mama hat es mir mal erzählt. Ich hab es ihr übel genommen. Sie bat mich, es dir nicht zu sagen, weil sie dir nicht wehtun wollte.« Sie wandte sich an Gravensen. »Und, habt ihr wieder … da weitergemacht, wo ihr vor siebenundzwanzig Jahren aufgehört habt? Ist sie deswegen in die Niederlande gefahren? Um dich zu treffen?«

»Nein! Nein, sie hatte keine Ahnung …«, begann Gravensen.

»Oh doch! Sie hatte jede Menge Ahnung!«, unterbrach Papa ihn wütend. »Sie hat herausgefunden, was für einen Pfusch ihr macht, und wollte das an die ganz große Glocke hängen! Euren ganzen Scheißladen sprengen, das wollte sie! Und deswegen habt ihr sie umgebracht!«

Gravensen sah nur Svenja an, als er weitersprach. »Sie hatte eine E-Mail an Epsilon geschrieben, in der sie eine Stellungnahme einforderte. Sie wusste nicht, dass ich bei Epsilon bin, aber ich habe die Mail gesehen … und hab die Sache an mich gezogen. Ich hab ihr vorgeschlagen … ich hab ein Treffen vorgeschlagen. An einem öffentlichen Ort. Im Besucherzentrum Neeltje Jans. Sie wusste nicht, wer kommen würde.«

»Du hast sie manipuliert!«, fuhr Svenja ihn an.

»Ich … vielleicht hatte ich es vor, ja. Aber als sie ankam, war ich einfach nur froh, sie endlich einmal wiederzusehen.«

»Du sollst die Fresse halten!« Wieder beugte sich Wenko vor, wieder schlug er Gravensen ins Gesicht. »Svenja, er manipuliert euch, das hat er schon immer gemacht. Er kann Leute einlullen, um den Finger wickeln, schon immer. Vertrau ihm nicht! Vertraut ihm nicht, bitte, Svenja. Ansgar!«

Ein dunkles Grollen ertönte durch das Sturmgeheul um sie herum, mächtiger, bedrohlicher als das allgegenwärtige Tosen dieser Nacht. Das Gewitter musste direkt über ihnen sein.

»Wir haben stundenlang nur geredet«, sprach Gravensen weiter. »Ich bin damals gegangen, weil es das Beste war. Weil ich nicht ... weil ich eurer Familie nicht im Weg stehen wollte. Und weil es das Beste für mich war, möglichst weit wegzugehen. Einen Neuanfang zu versuchen.«

»Heuchler!« Wenko konnte seine Wut kaum unterdrücken.

Tim wurde energisch. »Und ich habe ihr Unterlagen gegeben, die belegen, dass wir keinen Pfusch gemacht haben. Keinen ... systematischen Pfusch jedenfalls. Wir ... also Epsilon, wir haben vielleicht Fehler gemacht, aber wir wollen genau das Gegenteil!« Ein neuartiges Geräusch, direkt an der Hauswand. Wie ein unterdrücktes Gurgeln, ein Rauschen.

Die Augen waren falsch, dachte Ansgar. Man kann es an den Augen sehen. Es ist zu perfekt, zu glatt, die ganze Scheiße, die er erzählt. »Warum bist du hier?«, fragte er den Mann. »Du hast eine Pistole dabeigehabt.«

»Um uns zu töten, genau, wie er es auch mit Teeske gemacht hat!«, schrie Papa schrill.

»Ich wurde hereingelegt«, antwortete der Mann. »Irgendjemand will mir den Mord an Teeske in die Schuhe schieben. Irgendjemand will mich vernichten.« Das war das erste Mal, dass er Papa ansah. Ein giftiger, wütender Blick schoss durch den Raum.

»Du hast irgendwie herausgefunden, dass ich bei Epsilon arbeite, oder, Wenko? Hab ich recht? Du hast gedacht, sie würde zu mir zurückkehren, oder?«

»Halt die Fresse, Tim ...«

»Ich war es«, sagte Svenja zu Ansgar. »Ich hab es ihm gesagt.« Sie sah unendlich blass aus.

»Und dann, dann hast du sie umgebracht, oder, Wenko? Du hast gedacht, sie würde zu mir zurückkehren, und bist durchgedreht. So war es doch, oder?«

Wenko rastete aus. Seine Faust landete auf Gravensens Nase, Ansgar konnte das Knacken hören. Blut floss über das Gesicht. Der Stuhl kippte hintenüber, fiel mit dem wehrlosen Gravensen zu Boden.

Es knallte irgendwo, dann gingen die Deckenlampen aus. Dunkelheit. Die Sicherungen waren rausgeflogen.

Gravensen entfuhr ein Schmerzensschrei. Holz splitterte. Ansgar merkte, wie die ganze Situation an ihm vorbeilief. Mama hatte Papa betrogen, sie alle betrogen, mit dem da … Langsam gewöhnten sich seine Augen an das kümmerliche Restlicht.

Gravensen rief wieder. »Genau so wie jetzt war es doch, Wenko, oder? Du hast sie erschlagen! Gib es doch zu, Wenko!«

»Ich bring dich um!« Papa stürmte an Ansgar vorbei auf den am Boden liegenden Gravensen zu. Wasser platschte. Wasser platschte? Gravensen lag inmitten … einer Pfütze aus … Wasser?

Ansgar schaltete hektisch die Taschenlampe an seinem Smartphone ein. Er erkannte, wie Papa einen Treffer landete, aber Gravensen hatte einen Arm freibekommen, den rechten. Der schnellte vor, bekam Wenko zu fassen, am Hals, drückte zu. Ein neuer Schmerzensschrei. Wenkos Kopf stieß hinab, er biss in Gravensens Hand. Die Körper der beiden Männer wirbelten über die Wasserlache am Boden.

Scheiben klirrten. Wasser schoss durch das zerbrochene Wohnzimmerfenster.

»Was ...?« Eiskaltes braunes Wasser flutete binnen Sekunden durch den Wohnraum. Eine brutale Strömung riss Ansgar an den Füßen, wollte ihn zu Boden werfen, wegziehen zum Hausflur, nach draußen.

»Nach oben!«, schrie Svenja. »Wir müssen nach oben!« Sie stürzte zur Treppe, die untersten Stufen waren bereits nicht mehr zu sehen.

Ansgar riss sich aus seiner Lethargie. Stieg auf den Sessel, auf dem er zuvor noch gesessen hatte, sprang auf den Wohnzimmertisch, weiter zur Couch, bemerkte, wie er mit den Füßen einsackte. »Papa!«

Noch immer kämpften die alten Männer, drehten, wälzten sich umeinander, schlugen, würgten, bissen, schnauften.

»Hierher, Ansgar!«, hörte er Svenja rufen. Er sprang in ihre Richtung, in schwarze Leere, so kam es ihm vor, ins Wasser, tief in kaltes Wasser, es reichte ihm schon bis zu den Knien, er watete weiter, gegen die Strömung, die immer stärker wurde, er erreichte das Treppengeländer, zog sich mit Mühe hoch, zu seiner Schwester. Hielt sich an ihr fest.

»Wir müssen weiter!«, rief Svenja. Sie zog ihn eine Stufe weiter.

»Papa!« Ansgar schwenkte das Licht der Taschenlampe umher, dorthin, wo er und Gravensen eben noch ineinander verkeilt gewesen waren. »Papa?«

»Ansgar?« Nicht Papa antwortete, sondern seine Schwester. »Ansgar! Du musst etwas wissen!«

»Was?«

»Ich war an dem Tag, als Mama gestorben ist, am Mittag hier. Hörst du, ich war hier!«

»Jaja ...«

»Ansgar, hör mir zu. Ich wollte Papa überraschen, mit ihm etwas zu Mittag essen. Weißt du, wer nicht hier auf dem Hof war?«

»Was?!«

»Wer alle Tiere einfach in die Ställe gesperrt hat und ihnen die Futtertröge bis oben vollgemacht hat, sodass es für einen Tag reicht? Weißt du, wer das gewesen ist?«

»Du... wusstest ...«

»Nein.« Die Zeit blieb stehen, in einem ewigen eiskalten, bösen Moment. Und alles wurde klar. Furchtbar klar. »Ich wollte es nur einfach auch nicht wahrhaben«, hörte er ihre Worte dumpf, wie von weit her, in seinem Schädel widerklingen.

Etwas bewegte sich im Wasser vor ihnen, ein Schatten tauchte auf, ein rundes Etwas. Schnappte nach Luft, es war Gravensen, sein Kopf erschien im Licht der Taschenlampe. Tiefe Kratzer zogen sich von seiner Schläfe die Wange herunter. »Helft mir.« Er versank wieder in den Fluten.

Was war mit Papa ... Was hatte Gravensen ... was war geschehen? Hatte Gravensen ...?

»Hilfe!« Wieder war Gravensen aufgetaucht.

Ansgar handelte, weil er nicht anders konnte. Er stieg eine Stufe runter, noch eine, streckte die Hand aus, hielt sich mit der anderen am Geländer fest. Gravensens Hand schoss aus dem Wasser, krallte sich an seiner fest. Er zog, eine zweite Hand ergriff seinen Arm. Gravensen kam prustend hoch, erklomm mit und neben ihm die sichere Treppe, ließ sich schwer auf die ersten Stiegen über dem Wasser fallen.

»Wo ist Papa?«, fragte Ansgar bitter und hatte Angst vor der Antwort.

Gravensen öffnete den Mund, schloss ihn wieder, ohne etwas zu sagen, schüttelte nur den Kopf.

Ansgar blickte auf die Wasserfläche, die eben noch die Wohnküche seiner Familie gewesen war, die Wellen tanzten bereits auf der Höhe des Fernsehers. Das Wasser stieg weiterhin an.

»Wir müssen weiter, Ansgar«, sagte Svenja. Ihre Stimme zitterte.

Dann folgte er ihr die Stufen hoch, matt und still, kraftlos, wie betäubt. Wollte es alles nicht wahrhaben.

51

Iska hatte es zusammen mit Marten am Vorabend noch bis Oldsum geschafft, dann hatten sie gesehen, wie die Fluten auf die Landstraße und die Senke zwischen den Dörfern schwappten. Keine Chance, weiterzukommen. Bei der Freiwilligen Feuerwehr hatten sie Zuflucht gefunden, bis das Wetter es später zuließ, den Rückweg nach Wyk anzutreten.

Zusammen mit Marten saß sie nun am Bug des offenen Holzbootes und betrachtete fassungslos die mit Wasser bedeckte Landschaft, durch die Vasna, die am Außenbordmotor am Heck des Bootes Platz genommen hatte, sie steuerte. Lange Baum- und Strauchreihen guckten hervor, markierten die Verläufe von Landstraßen oder ehemaligen Entwässerungsgräben. Überall trieben Äste, Unrat oder irgendwelche anderen, schwer zu identifizierenden Gegenstände. Der Wind war abgeflaut, noch zogen Wolken über ihnen hinweg, aber sie waren heller und hingen bei Weitem nicht mehr so tief wie in der Nacht.

Vom Hof der Saathoffs war nicht mehr viel übrig. Das Haupthaus stand noch, ragte aus den braunen Fluten heraus, aber lange Risse zogen sich bereits die Fassade hoch. In der oberen Etage hatten Svenja und Ansgar bis zu ihrer Rettung ausgeharrt, zusammen mit Tim Gravensen, bei dem schwere Unterkühlungen festgestellt wurden. Die Leiche von Wenko Saathoff wurde im Hausflur, unweit der Eingangstür gefunden. Mit starken Würgemalen und anderen kleineren Verletzungen, aber der Tod war letztlich durchs Ertrinken gekommen.

Im Gegensatz zum stabilen Haupthaus hatten die dünneren Scheunenwände dem Druck des einströmenden Wassers nicht standgehalten. Sämtliche Schweine, Kühe und Schafe waren jämmerlich ertrunken.

Vasna zeigte auf die leere Stelle in der Landschaft im Westen. Ein gut zweihundert Meter breiter Teil des Deiches fehlte schlichtweg, die Bruchkanten links und rechts waren ausgefranst. »Das Problem war offensichtlich, dass der Deich durch die vorhergegangenen kleineren Sturmfluten des Winters bereits geschwächt gewesen war, und zwar nicht nur an einer einzelnen Stelle, sondern auf ganzer Breite. Der schützende Strand war bereits weggeschwemmt. Deshalb ist die Nordsee beinahe direkt gegen den Deich gebrandet. Und der war wohl schon so weit durchweicht und instabil, dass dann die gestrige, durch den Orkan besonders hohe Flut zu einem Riss geführt hat. Dann ist der Deich nach und nach auf ganzer Breite weggebrochen. Darum konnte auch so schnell so dermaßen viel Wasser auf die Insel vordringen. Es muss wie bei einer riesigen Flutwelle gewesen sein.«

»Und der erste Riss? Wie kann der entstanden sein?«

»Das ist natürlich Spekulation. Der Hubschrauber, den

wir losgeschickt hatten, hatte noch feststellen können, dass das Wasser sehr hoch stand, sodass der Deich schon teilweise überspült wurde, also die Wellen immer wieder über die Krone geschwappt sind. Dass auch an der Rückseite des Deiches Erde abgetragen war, wie er sozusagen von beiden Seiten angefressen war … Alles in allem eine extrem unglückliche Verkettung von Umständen. Aber es bleibt noch unklar, wie es genau abgelaufen ist. Bislang gibt es nur Szenarien und Spekulationen«, wiederholte sie.

»Weiß man schon, ob es viele Opfer gegeben hat?«

»Bisher fast nur Leichtverletzte, zum Glück. Die Vorwarnsysteme haben gut funktioniert, auch wenn sie seit Jahrzehnten nicht mehr zum Einsatz gekommen sind. Wenko Saathoff ist derzeit das einzige uns bekannte Todesopfer. Sein Hof lag genau in der Senke, wo der Deich wohl zuerst gebrochen ist.«

Vasna ließ den Blick traurig über die Szenerie schweifen. »Utersum und die Dörfer im Norden liegen etwas höher, dort haben wir zum Glück im Wesentlichen nur ein paar überspülte Straßen, beschädigtes Mobiliar, vollgelaufene Keller, natürlich. Schlimmer sieht es bei den Höfen aus, die inmitten des überfluteten Marschlandes lagen. Viele Tiere …«

Das Boot, in dem sie saßen, schaukelte leicht in den Wellen. »Wie schnell lässt sich das jetzt wieder instand setzen?«

»Na ja, schnell erst einmal gar nicht.« Vasna deutete wieder auf den Deichdurchbruch. »Die Lücke da muss ja zuerst wieder geschlossen werden. Voraussetzung dafür ist, dass nicht direkt die nächsten Sturmfluten folgen. Dann muss das ganze Land entwässert werden … Ich weiß es nicht. Das Land liegt ja teilweise sehr tief. Bevor das Gebiet für die Landwirtschaft erschlossen wurde, noch vor knapp hundert Jahren, waren da ja teilweise noch Feuchtgebiete, Seen und Moore. Also … Monate? Jahre? Aber wir werden es wiederherstellen. Das hier ist unser Land. Unsere Heimat, die geben wir nicht auf. Wir werden nicht vor dem Wasser weichen.«

Iska mochte das unterschwellige Pathos und den Trotz in ihrer Stimme. Anders würde es nicht gehen, als mit einem festen Willen.

Am Morgen hatten die Nachrichten von den umliegenden Inseln Nordfrieslands sie erreicht. Auf Sylt waren die Dünen bei Rantum durchbrochen worden, der Südteil der Insel mit den Dörfern Hörnum und Rantum war vom Rest der Insel abgeschnitten. Ähnlich schlimm wie Föhr hatte es auch die Halligen getroffen. Auf Hooge, Nordstrandischmoor und Langeneß hatten die Fluten mehrere Warften überspült, die Menschen hatten in den Schutzräumen überlebt, aber die Häuser waren zerstört.

In den anderen Regionen waren die Auswirkungen zum Glück weniger katastrophal. Die Schäden in Ostfriesland waren bei Weitem nicht so schlimm, einige stark beschädigte Deiche, aber keine Durchbrüche. Die Niederlande waren vergleichsweise glimpflich davongekommen, das Maeslant-Sperrwerk sowie der Oosterscheldekering waren geschlossen worden und hatten Schlimmeres verhindert, auch wenn sie nahe an ihre Leistungsgrenzen gekommen waren.

Föhr hatte dieses Glück nicht gehabt. Iska legte die Hand

auf Martens Schulter, lehnte sich an ihn. Das Grauen um sie herum war nur schwer zu ertragen. Noch nie war sie sich so unbedeutend und machtlos vorgekommen. Keiner sprach mehr ein Wort, als sie schließlich den Heimweg antraten.

52

Marten sah Katharina in die Augen. Es war zu Ende, alle Fragen waren geklärt.

Im Fall Teeske Saathoff hatte Ansgar zugegeben, dass er mit dem Einbruch in den Safe seiner Eltern versucht hatte, seine Spielschulden zu begleichen. Dabei war er auf den Ausdruck von Hansens Blogartikel gestoßen, in dem dieser Epsilon schwer beschuldigt hatte. Aus einer Laune heraus hatte er dann versucht, als *eyeforaneye1976* Epsilon zu erpressen. Nachdem das Unternehmen darauf nicht eingegangen war, hatte er von weiteren Versuchen abgesehen.

Ob Gravensen und Teeske Saathoff ihre Affäre in Zeeland wieder hatten aufleben lassen oder nicht, darüber ließ sich nur spekulieren. Es war faktisch aber egal. Gravensen stritt es ab, vielleicht, um seine eigene Ehe nicht noch weiter zu gefährden. Marten bezweifelte, dass er damit Erfolg haben würde. Jedenfalls hatte Fabienne Sanders darauf verzichtet, ihren Ehemann in der Untersuchungshaft zu besuchen.

Systematischer Pfusch konnte Epsilon auf Basis der beschlagnahmten Unterlagen noch nicht nachgewiesen werden. Als sicher galt bisher nur, dass der gebrochene Deich, da große Teile vom vorgelagerten Strand fehlten, zu steil und zu angreifbar gewesen war. Die Untersuchungen, ob Epsilon wirklich zu wenig Sand hatte aufschütten lassen, waren gerade erst angelaufen. Sie würden wohl noch eine ganze Weile dauern. Gravensen beteuerte immer wieder, dass er seine Heimatinsel niemals wissentlich gefährden würde.

Dass Wenko Saathoff Teeske Saathoff getötet hatte, durfte nun als erwiesen gelten. Zwar blieben Teeskes Notebook und ihr Handy weiterhin verschwunden, doch hatten sie den Tatablauf anhand der übrigen Spuren weitgehend rekonstruieren können.

Wenko Saathoff hatte demnach seine Frau in der Pension in Burghsluis überraschend besucht und, vielleicht in Folge eines Streites, im Wohnzimmer erschlagen. Danach versuchte er, die Spuren zu verwischen, und wollte es so aussehen lassen, als sei jemand in das Pensionszimmer eingedrungen und habe es durchsucht. Dabei versteckte er auch die Speicherkarte mit den kompromittierenden Daten. Nach Einbruch der Dunkelheit versenkte er Teeske Saathoff mitsamt dem Wagen im Hafen von Neeltje Jans und fuhr mit öffentlichen Verkehrsmitteln wieder zurück nach Burghsluis. Der Fahrer eines Linienbusses meinte sich zu erinnern, dass jemand an jenem Abend zur passenden Uhrzeit in Neeltje Jans zugestiegen war. Es fiel ihm auf, weil das zu der Jahres- und Uhrzeit doch ungewöhnlich war. Da Wenko Zugriff auf das Handy seiner Frau hatte, konnte er sich als diese ausgeben und Gravensen zum Fundort locken. Danach zerstörte er sowohl das Handy als auch das Notebook seiner

Frau an einem unbekannten Ort und reiste zurück nach Deutschland.

Mordmotiv Eifersucht, das wohl klassischste von allen. Marten atmete tief durch. »Machen wir uns noch einen schönen Abend in Hamburg?«

Katharina wischte sich lachend eine Träne aus dem Gesicht. »Ja. Das machen wir!« Sie gab ihm einen Kuss auf die Wange.

Marten hatte keine Ahnung, ob das, was sie gerade getan hatten, eine gute Idee war. Aber es war wohl an der Zeit, Katharina nun wieder freizulassen. Sie waren ein Traumpaar gewesen, sie hatten eine traumhafte Zeit zusammen gehabt. Es sollte auch ein traumhaftes Ende sein. Es gab keinen Grund, einander in irgendeiner Weise böse zu sein. Vielleicht bedeutete es auch nicht das absolute Ende. Etwas ließ ihn hoffen, dass ihre Geschichte zu einem anderen Zeitpunkt weitergeschrieben würde.

Katharina sah das genauso, hatte sich nur lange nicht getraut, es auch auszusprechen: Sie sollten sich nicht mehr weiter an der Vergangenheit festhalten, so hatte sie es schließlich ausgedrückt. Vielleicht war es schade, für den Moment, aber sie gaben einander ja nicht auf. Die Verbindung zwischen ihnen würde weiterbestehen. Nur eben anders als bei anderen, klassischen Pärchen. Sie brauchten beide einfach gerade mehr eigene als gemeinsame Zeit.

Marten freute sich auf das, was vor ihm lag. Es wurde Zeit, den eigenen Weg zu gehen.

»Lass uns feiern!«, sagte Katharina.

»Lass uns feiern!«, antwortete er. Gab es eine schönere Form der Trennung? Marten konnte sich das nicht vorstellen.

53

Es klingelte genau zur verabredeten Uhrzeit. Iska öffnete die Tür, Maaike und Marc traten ein. Als Erste umarmte Maaike Iska. Auch Marc und Daniel, der bei den letzten Telefonaten immer recht kurz angebunden schien, ließen sich herzlich drücken. Zusammen gingen sie in die Wohnung.

Sie freute sich, alle drei um sich zu haben. Seitdem sie die Sache mit Emil beendet hatte, war niemand mehr hier gewesen. Emil hatte es verstanden, auch wenn er sich wohl mehr erhofft hatte. Sie hätte gar nicht gedacht, dass sie sein Typ war, allein vom Altersunterschied. Es schien besser, einen Schlussstrich zu ziehen, bevor sich noch irgendwelche tieferen Gefühle entwickelten. Außerdem hatten sie so noch verhindern können, dass das Büro davon Wind bekam.

Heute Morgen hatte er sich zum ersten Mal seit einer Woche tatsächlich noch einmal gemeldet, eine E-Mail mit drei Links. Die Links führten auf die Titelseite der deutschen *Bild*-Zeitung, der *De Volkskrant* sowie der *De Telegraaf.* »Nie wieder!« lautete die Schlagzeile der *Bild,* »Einen neuen Deltaplan« verlangte *De Volkskrant,* und »Milliarden für Deiche, nicht für die Bankenrettung« hatte *De Telegraaf* getitelt und damit auf die Rettungsfonds während der Finanzkrise angespielt. Alle drei Blätter forderten, die Anrainerstaaten der Nordsee künftig vor weiteren katastrophalen Überflutungen wie jener in Nordfriesland zu schützen. Sie verwiesen auf mehrere Studien der EU, die gerade nahezu zeitgleich veröffentlicht worden waren. Dazu hatte Emil ein zwinkerndes Smiley gesetzt – es war klar, dass er nicht aufdringlich sein wollte. Sie hatte ihm mit dem gleichen Smiley gedankt.

»Wir haben sogar einen Vlaai mitgebracht.« Daniel holte den in Papier eingeschlagenen Kuchen hervor. Rötlich schimmerte das Kirschkompott durch das Teiggitter. Ihr Lieblingskuchen. »Keine Sorge, frisch gebacken, nichts, was bei Erikas Feier noch übrig geblieben ist.«

»Er sieht toll aus!« Erika. Es wurde wirklich Zeit, dass sie sich den Namen merkte. Sie suchte nach einem langen Messer und schnitt den Vlaai an.

Daniel setzte sich mit dazu, eher wortkarg, aber er lächelte, als sie sich mit Maaike und Marc über die Pläne für das Wochenende austauschte. Es schien fast so, als ob er sie im Umgang mit Maaike und Marc beobachtete. Sie beschloss, nicht darüber nachzudenken. Marc war besonders um Kontakt mit ihr bemüht. Vielleicht tat es ihm leid, ihr nicht direkt erzählt zu haben, weswegen er beim letzten Treffen Kummer gehabt hatte.

»Ihr wollt morgen also tatsächlich zum Keukenhof?«, fragte Daniel.

»Tatsächlich, ja.« Dort wurde dieses Wochenende das jährliche Tulpenfest eröffnet. Daniel und sie waren einmal zusammen dort gewesen, Iska hochschwanger mit Maaike.

Eigentlich hätte sie vermutet, dass sich die bunten Tulpenfelder eher als Touristenattraktion eigneten und weniger für Jugendliche. »Das haben deine Kinder so entschieden. Du kannst gerne mitkommen«, neckte sie ihn.

»Och, es ist euer Wochenende«, wich er aus. Er pulte mit seiner Gabel in dem Vlaai herum. »Aber ... bald ist ja Ostern ... Wir vier könnten wirklich mal wieder zusammen feiern ... wenn du möchtest?«

Eine Millisekunde dachte sie, sie hätte sich verhört. »Ja, gerne.« Sie merkte, wie ein Lächeln über ihr Gesicht huschte. Nichts lieber als das. Die Feiertage der vergangenen Jahre waren die Kinder fast immer bei Daniel – und Erika – gewesen, sie dagegen hatte zur Freude ihrer Kollegen meist freiwillig Dienste übernommen. Schön, dass er den Vorschlag gemacht hatte.

Kurz darauf stand er auf, um sich zu verabschieden, erst von den Kindern, dann umarmte er auch sie einmal kurz. Irgendetwas ist mit ihm. Bedrückt. Aber ... nicht direkt traurig. Aus dem Fenster sah sie, wie er zu seinem Auto ging. Vor dem Einsteigen winkte er ihnen noch einmal zu.

Auf einmal verspürte sie einen starken Drang, sich zu bewegen. »Habt ihr vielleicht Lust, noch mal eine Runde nach draußen zu gehen?« Es sah nicht danach aus, Marc und Maaike bauten bereits das Schlafsofa auf. Sie freute sich, dass die beiden die Wohnung wieder mit Leben füllten. »Oder starten wir direkt mit dem Gammelabend?«

Auf dem Fernseher startete *Pulp Fiction* von Tarantino. Die letzten Sonnenstrahlen schienen warm durch das Wohnzimmerfenster. Alles war gut. Maaike lächelte sie an. »Morgen ist auch noch ein Tag, Mama.«

Nachwort

Wenn ich auf einem Deich stehe, meist in einem Sommer-urlaub bei bestem Wetter und eigentlich guter Laune, stellt sich fast immer auch ein unbestimmtes mulmiges Gefühl bei mir ein. Diese Bauwerke erinnern mich daran, wie ge-fährlich die Nordsee sein kann. Die Landkarten von Nord-friesland vor der Zweiten Marcellusflut aus dem 14. Jahr-hundert oder von Zeeland aus dem 16. Jahrhundert zeigen einen komplett anderen Küstenverlauf als heute. Zwar wurden dem Meer auch erfolgreich große Flächen an Land abgewonnen, dem stehen aber immer wieder katastrophale Sturmflutereignisse mit vielen Tausend Toten und großem Leid gegenüber.

Nach der Sturmflut von 1953 in den Niederlanden, dort schlicht als *de Ramp* (»die Katastrophe«) noch in Erinne-rung, und der sogenannten Hamburg-Sturmflut von 1962 an der deutschen Nordseeküste wurde massiv in modernen Küstenschutz investiert. Für eine Katastrophe in dem Aus-maß, wie in diesem Roman skizziert, müssten sich die Zu-fälle maximal ungünstig kombinieren.

Neue Herausforderungen erwachsen allerdings aus der Klimakatastrophe. Der Anstieg des Meeresspiegels ist eine Tatsache, er hat sich in der Vergangenheit deutlich beschleunigt (18. Jahrhundert: 2 cm, 19. Jahrhundert: 6 cm, 20. Jahrhundert: 19 cm). Der wahrscheinliche weitere Anstieg bis zum Jahr 2100 wurde in den letzten Weltklimaberichten stetig nach oben korrigiert. Ob durch den Meeresspiegelanstieg tatsächlich auch eine Häufung der Sturmfluten mit einhergehen wird, ist statistisch nicht erwiesen. Allerdings legen Studien nahe, dass durch die Klimaveränderung es mehr Tage pro Jahr geben wird, an denen die atmosphärischen Bedingungen zu Sturmfluten führen könnten. Zur Begegnung dieser Herausforderungen wurde bisher unter anderem das Konzept Klimadeich entwickelt. Deiche, die nach diesem Konzept verstärkt werden, gelten als sicher bis in das nächste Jahrhundert, auch wenn sich die ungünstigste Weltklimarat-Projektion zum künftigen Meeresspiegelanstieg einstellt.

Der Anstieg des Meeresspiegels wird sich jedoch aufgrund der Trägheit des Klimasystems mit Sicherheit in den nächsten Jahrhunderten fortsetzen. Bis zum Jahr 2300 wird der globale Meeresspiegel auch im günstigsten Fall (»1,5°C-Szenario«) um 0,5 bis 3,2 Meter angestiegen sein, bei anderen Szenarien sind zwischen 2 und 7 Meter wahrscheinlich, aber auch 15 Meter können nicht ausgeschlossen werden.[*]

Unsere Kinder oder Enkelkinder werden sich vielleicht eines Tages mit alternativen Konzepten des Küstenschutzes

---

[*] IPCC sixth assessment report, 2021

auseinandersetzen müssen. Neben dem hier vorgestellten Haak-Seedeich, der es auch in die Berichterstattung von *FOCUS* und *SRF* geschafft hat, wurde in der Vergangenheit unter anderem auch das Projekt *NEED (northern european enclosure dam)* wissenschaftlich diskutiert. Hier würde ein Damm im Englischen Kanal und ein weiterer Damm von den Shetlandinseln bis Norwegen die Nordsee komplett vom Atlantik abtrennen und zu einem Binnenmeer machen.

Wer nicht will deichen, der muss weichen, heißt es schon seit dem Mittelalter an der Nordseeküste. Es bleibt eine Aufgabe für die Ewigkeit.

Herzlichen Dank fürs Lesen
Ihr Christian Kuhn